바들비와
바들비들

바틀비와
바틀비들

엔리께 빌라-마따스 지음

조구호 옮김

소담출판사

바틀비와
바틀비들

펴낸날 ┃ 2011년 11월 15일 초판 1쇄

지 은 이 ┃ 엔리께 빌라-마따스
옮 긴 이 ┃ 조구호
펴 낸 이 ┃ 이태권
펴 낸 곳 ┃ (주)태일소담
　　　　　서울시 성북구 성북동 178-2 (우)136-020
　　　　　전화 ┃ 745-8566~7　팩스 ┃ 747-3238
　　　　　e-mail ┃ sodam@dreamsodam.co.kr
　　　　　등록번호 ┃ 제2-42호(1979년 11월 14일)
　　　　　홈페이지 ┃ www.dreamsodam.co.kr

ISBN 978-89-7381-258-5　03870

파울라 데 파르마에게

어떤 이의 영광 또는 장점은 글을 잘 쓰는 데 있다.

어떤 이의 영광 또는 장점은 글을 쓰지 않는 데 있다.

장 드 라브뤼예르

나는 불쌍한 외톨이다. 여자들과의 관계에서 운이 좋았던 적이 단 한 번도 없고, 처량한 곱사등이 상태를 받아들여 견뎌내고 있으며, 가까운 가족은 모두 죽었고, 섬뜩한 사무실에서 일하고 있다. 그러나 이런 것을 제외하면 나는 행복한 남자다.* 특히 1999년 7월 8일 오늘은 그 어느 때보다 행복하다. 눈에 보이지 않는 어느 텍스트들에 관한 온갖 주석註釋을 모아놓은 나의 노트와 더불어, 수많은 바틀비**를 추적하는 사람으로서 내가 가진 능력을 보여줄 수 있으리라 기대하는 이 일기를 오늘부터 쓰기 시작했기 때문이다.

  25년 전, 아주 젊었을 때, 나는 사랑의 불가능성에 관한 작은 소설 한 권을 출간했다. 그 후 나는 나중에 설명하게 될 정신적

---

* 앞으로는 화자를 '행복한 남자'라고 부를까 한다. 스스로를 '불쌍한 외톨이'라 지칭하면서 이 글을 시작한 화자가 글을 다 쓴 뒤에 다시 불행해졌는지는 알 수 없으나, 우리가 이 글을 읽는 동안에는 어쨌거나 그는 글을 써 내려가고 있으므로, 우리는 계속 행복한 상태인 그를 만나게 될 것이기 때문이다.

** 여기서 말하는 '바틀비Bartleby'는 『모비 딕』의 작가로 유명한 미국의 허먼 멜빌(1819~1891)이 문예지 《퍼트넘스 먼슬리 매거진》에 1853년 11월과 12월, 두 번에 걸쳐 연재한 짧은 소설 「필경사 바틀비Bartleby, the Scrivener」의 주인공이다. 행복한 남자는 '부정否定'과 '아니오'의 작가, 즉 다양한 이유로, 다양한 방식으로 절필한 세상의 모든 작가를 '바틀비'라 부른다.

외상으로 인해 과격하게 글쓰기를 포기함으로써 다시는 글을 쓴 적이 없는 바틀비가 되어버렸고, 그로 인해 얼마 전부터는 바틀비들에게 관심을 갖게 되었다.

우리는 모두 바틀비들을 알고 있다. 그들은 세상에 대해 깊은 거부감을 품고 있는 사람들이다. 그들은 허먼 멜빌의 소설에 등장하는 필경사, 뭔가를 읽는 모습을, 심지어는 신문 한 장 읽는 모습도 보여준 적이 없는 바틀비의 이름으로 불린다. 바틀비는 어느 병풍에 가려진 어슴푸레한 유리창을 통해 오랫동안 밖을, 월스트리트의 어느 벽돌담 쪽을 내다보고 서 있다. 바틀비는 보통 사람들과 달리 맥주는커녕 차도 커피도 마시지 않는다. 사무실에 기거하며 심지어는 일요일까지도 사무실에서 지내기 때문에 사무실 외에는 그 어느 곳에도 가본 적이 없다. 자신이 누구인지, 어디서 왔는지, 이 세상에 가족은 있는지에 대해서조차 결코 말한 적이 없다. 누군가 그에게 어디서 태어났냐고 물을 때에도, 일을 맡길 때에도, 그 자신에 관해 뭔가를 말해달라고 요청할 때에도 그는 늘 다음과 같이 대답한다.

"하지 않으려고 합니다."[*]

---

[*] 멜빌의 바틀비는 창백할 정도로 말쑥하고, 가련할 정도로 점잖고, 구제 불능으로 쓸쓸하며, 조용하고 음울한 분위기에 말수가 적다. 바틀비를 채용한 변호사는 묵묵히 일하는 그를 보고 기뻐한다. 하지만 어느 순간 시작된 바틀비의 '거부'는 변호사를 곤혹스럽게 만든다. 바틀비는 사소한 심부름부터 시작해 필사 업무까지 거부하게 되고, 해고 통보조차도 받아들이지

나는 문학계에 존재하는 바틀비증후군의 다양한 예를 이미 오래전부터 추적하고 있으며, 현대문학의 병, 즉 문학 특유의 해악에 관해서도 오래전부터 연구하고 있다. 일부 작가들이 대단한 문학 의식을 소유하고 있으면서도(정확히 말해 그런 문학 의식을 소유하고 있기 때문에) 결코 글쓰기를 하지 못하거나, 책 한두 권을 쓰게 된다 할지라도 결국에는 글쓰기를 포기하거나, 작품 한 편을 아무 문제 없이 쓰기 시작해 어느 정도 진척시킨 뒤, 어느 날, 느닷없이, 문학적으로 영원히 마비 상태에 빠지게 되는 부정적否定的인 충동 또는 무無에 대한 이끌림에 관해 연구하고 있는 것이다.

　지난 화요일 사무실에서 사장의 여비서가 한 말을 들은 바로 그 순간 나는 '아니오'의 문학, 즉 '바틀비와 바틀비들'의 문학을 추적하는 일을 실행에 옮겨야겠다는 생각이 불현듯 떠올랐다. 그때 그녀는 전화로 누군가에게 다음과 같이 말했던 것 같다.

　"바틀비 씨는 지금 회의 중이십니다."

　그때 나는 회심의 미소를 지었다. 바틀비가, 예를 들어, 어느 중역 회의의 묵직한 분위기에 휩싸여 누구와 함께 있다는 상상

않는다. 바틀비는 '하지 않으려고 합니다' 외에 다른 말은 거의 하지 않는다. 여기서 바틀비의 '하지 않으려고 합니다'의 대상은 근대적 합리성, 자본주의 사회의 소외된 인간과 노동, 작가의 창조적 자유와 권리 등으로 확장될 수 있다. 이 글에 등장하는 수많은 작가가 '바틀비'로 이름 지어진 바탕이 여기에 있다.

을 하기는 아주 어려운 일이다. 하지만 여러 명의 바틀비, 즉 부정적인 충동이라는 질병에 걸린 바틀비 여러 명을 모으는 일은 그다지 어렵지 않다. 이는 내가 이 일기 또는 이 주석 노트를 통해 하고자 하는 일이다.

물론, 당시 여비서는 내 사장의 성姓을 말했지만, 내가 '바틀비'로 잘못 알아들은 것이었다. 사실 사장의 성은 바틀비와 아주 유사하다.* 그리고 이 착오는 더할 나위 없이 시의적절했다. 그것이 갑자기 나를 움직였기 때문이다. 다시 말해, 25년 동안 침묵을 지킨 뒤 결국 다시 글쓰기를 하도록, 즉 글쓰기를 포기한 작가들 가운데 아주 매력적인 인물들의 마지막 비밀을 글로 쓸 결심을 하도록 만들었기 때문이다.

그렇기 때문에 나는 지금 '아니오'의 미로, 즉 현대문학의 여러 경향 가운데 가장 혼란스럽고 가장 매력적인 오솔길을 거닐 준비를 하고 있다. 그 길은 진정한 문학 창작을 향해 열려 있는 유일한 길이다. 글쓰기가 무엇이며 글쓰기가 어디에 있는지 질문하는 길이고, 글쓰기를 불가능하게 만드는 것이 무엇인지 살펴보는 길이고, 이 밀레니엄의 끝 무렵**에서 문학이 예측하는,

---

* 사장의 성은 '바르톨리Bartoli'다. 이 책의 '62)'를 참조하기 바란다.

** '이 밀레니엄의 끝 무렵'은 서기 2000년경을 의미하는데, 새로운 밀레니엄이 시작되는 시점에서 우리는 문학의 운명에 대해 생각해볼 필요가 있다. '문학의 죽음'을 말하는 이 시대에 문학을 선택한다는 것은 아웃사이더가 되기를 자처하는 것일 수도 있지만, 이런 '문학의 위기'

심각하지만 아주 자극적인 면모에 관한 진실을 말하는 길이다.

오직 부정적인 충동과 '아니오'의 미로에서 미래의 글쓰기가 태동할 수 있다. 하지만 그런 문학은 과연 어떤 것일까. 얼마 전에 사무실 동료 하나가 약간 심술궂은 태도로 그것에 관해 내게 물었다.

"잘 모르겠소." 내가 그에게 말했다. "내가 그걸 안다면, 그런 글쓰기를 하겠소."[***]

내가 과연 그런 글을 쓸 수 있을지는 두고 볼 일이다. 나는 오직 '아니오'의 미로를 찾는 것만이 미래의 문학을 향한 길을 여는 것이라고 확신한다. 내가 과연 그런 길을 제시할 수 있을지는 두고 볼 일이다. 나는 보이지는 않지만 존재할 수 있는 어느 텍스트에 관해 각주를 쓸 것이다.[****] 쓰지 않는다면, 다가오는 밀레

가 역설적으로 문학의 생존에 기여할 수도 있다. 지배적 관습에 대항하는 전복적 사유와 실천이 문학과 글쓰기의 가장 중요한 소임이고, 이는 이 '혼탁한' 시대에 반드시 필요한 것이기 때문이다. 세상이 바뀌어도 문학은 다양한 방식으로 살아남을 것이고, 이 책은 이에 대한 전망을 독특하게 제시해주고 있다.

[***] 이 책의 원제는 '바틀비와 동지들Bartleby y compaña'이다. 이 글은 한 명의 바틀비(행복한 남사)가, 자신의 동지늘인 바틀비들에 관해, 바틀비의 입장에서 서술한 것이다. 따라서 미래의 문학이란 어떤 것이냐는 동료의 질문에 대한 행복한 남자의 대답은 충분히 솔직하고 그래서 안쓰럽다.

[****] 이 글에 등장하게 되는 수많은 바틀비들의 '말(릂)'이 모두 실제로 보이는 것은 아니다. 그러나 존재할 수는 있다. 언젠가, 어디선가, 누군가에게 정말 그렇게 말했을 수도 있고, 어느 잡지에 글로 실렸을 수도 있고, 그렇지 않다면 바틀비들의 마음속에서만 맴돌던 말일지도 모른다. 중요한 것은 어떤 형태로든 충분히 존재할 수 있는 말이라는 것이다. 우리가 앞으로 읽게 될 행복한 남자의 주석은 바로 그런 말에 대한 것이다.

니엄의 문학계에 유령 같은 그 텍스트가 꽤 오랜 기간 그대로 머물러 있을 가능성이 농후하기 때문이다.

1) 로버트 발저는 글을 쓸 수 없다는 사실을 글로 쓰는 것 역시 글을 쓰는 것이라는 사실을 알고 있었다. 로버트 발저는 수많은 하급 직업(서점 종업원, 변호사의 비서, 은행원, 재봉틀 공장의 노동자, 그리고 마지막으로 실레지아에 있는 어느 성城의 집사)을 전전하는 사이사이에 종종 취리히에 있는〈실직자들을 위한 글쓰기 교실〉(이 이름은 아주 발저적이지만, 실제로 존재했다)에 머물렀고, 밤이면 바틀비가 되어 그곳의 낡은 걸상에 앉아 희미한 석유 등잔불 밑에서 필경사* 일을 하기 위해 자신의 멋진 필체를 이용했다.

발저가 필경사라는 사실뿐만 아니라 그의 존재 자체 때문에 우리는 그를 멜빌이 쓴 단편소설의 주인공, 즉 사무실에서 스물네 시간을 보내는 필경사 바틀비와 연관 짓게 된다.** 로베르

---

* '필경사筆耕士'란 인쇄술이 발달하지 않은 시절에 하나의 문서 또는 서적을 베껴 쓰는 일을 하던 사람을 일컫는다. 이 책을 읽어가면서 이해하게 되겠지만, '필경사'라는 단어는 '문학적 글쓰기를 하는 사람(작가)'에 대한 고도의 은유다. '필경사', '작가', '바틀비' 등의 단어가 내포하는 은유적 의미는 서로 연계되어 있다.

** 자신의 고용주인 변호사도 모르게 사무실에서 기거하기 시작한 바틀비는 해고당한 뒤에도, 분노한 고용주가 마지못해 이사를 가버린 뒤에도 그곳을 떠나지 않는다. 결국 그 사무실에

토 칼라쏘는 발저와 바틀비에 관해 언급하면서 이 남자들이 외모는 점잖고 평범해 보이지만 세상을 거부하는 혼란스러운 성향을 가지고 있다고 평가한다. 바틀비들이 몰개성하고, 점잖고, 온순하다고 생각하는 사람들은 바틀비들이 아주 과격하고 또 그만큼 예측하기 어려운 파괴적인 충동을 가지고 있다는 사실을 인식하지 못한다. "『벤야멘타 하인 학교—야콥 폰 군텐 이야기』의 저자인 발저는," 칼라쏘가 말한다. "여전히 많은 사람에게 아주 친근한 인물이고, 심지어 그의 허무주의조차도 부르주아적이고 스위스적인, 점잖고 온순한 인물로 읽힐 수 있다. 그런데, 그는 보기와는 달리 붙임성이 없고, 자연스러움과는 평행선을 그으며, 은근히 날카로운 인물이다. 바틀비가 순종적이지 않은 것처럼 보이지만 실제로는 아주 순종적이듯이, 발저는 순종적인 것처럼 보이지만 실제로는 전혀 그렇지 않은 것이다. (……) 그들은 남의 글을, 마치 투명지에 통과시킨 것처럼 그대로 필사하고, 그대로 베낀다. 그들은 특별한 글을 만들어내지도 않고 자기 글을 수정하려고 하지도 않는다. '나는 발전하지 않는다'라고 야콥 폰 군텐은 말한다. '나는 변화를 원하지 않는다'라고 바틀비는 말한다. 두 사람 모두 단어의 장식적인 효용성과 침묵 사이의 균형을

이사 온 다른 변호사에 의해 고소당해 투옥된 뒤, 식음마저 거부하며 교도소 벽을 마주한 채 죽는다.

잘 유지한다."

 '아니오'의 작가들이 쓴 작품 중에서 우리가 '필경사 분야'라고 부르는 작품들이 가장 특이하며, 아마도 내게 가장 큰 영향을 미치고 있을 것이다. 25년 전에 나는 필경사가 된다는 것이 어떤 것인지 경험했기 때문이다. 나는 극심한 고생을 겪었다. 당시 나는 아주 젊었고, 사랑의 불가능성에 관한 책을 출간한 것에 대단한 자부심을 느끼고 있었다. 그래서 내 행위가 무시무시한 결과를 초래하게 되리라는 것을 예상하지 못한 채 나는 아버지에게 내 책 한 권을 선물했다. 그런데 며칠이 지난 뒤 아버지는 내 책에 자신의 첫 번째 부인을 모욕하는 내용이 수록되어 있다고 오해해 짜증이 났고, 당신이 받은 책에 당신이 불러준 대로 첫 부인에 대한 헌사를 쓰도록 강요했다. 나는 온갖 수를 써가며 아버지의 명령을 거부했다. 나에게 있어 문학은(카프카가 그랬듯이) 아버지로부터 독립하기 위해 당시 내가 갖고 있던 유일한 것이었기 때문이다.* 나는 아버지가 원하는 대로 베껴 쓰지 않기 위해 미친 사람처럼 투쟁했다. 하지만 결국에는 아버지의

---

* 카프카에게 아버지는 쉽게 넘을 수 없지만 넘어야만 하는 벽이나 장애물처럼 느껴지는 존재였다. 그가 아버지를 극복하는 방법은 글쓰기와 결혼이었다. 하지만 '가장 대단하고, 가장 희망적인 탈출의 시도'이자 '더없이 통렬한 자기해방과 독립에 대한 보장'인 결혼에는 실패하고, 글을 쓸 때면 '어느 정도 안심이 되고 안도의 한숨을 내쉴' 수 있었기 때문에 글쓰기에 천착한다. 그는 평소에 아버지를 직접 원망할 수 없는 것을 글로 토로했다. 그것은 오랫동안 의도적으로 진행된 아버지와의 결별 과정이었고, 그의 의도는 어느 정도 성공했다.

17

뜻에 굴복하고 말았고, 내가 어느 독재자의 명령에 따라 글을 쓰는 사람이 되어 헌사마저 그가 시키는 대로 써버렸다는 사실은 아주 불쾌한 기억으로 남았다.

그 사건 때문에 의기소침해져버린 나는 25년 동안 글을 전혀 쓰지 않았다. 그러다가 얼마 전, 그러니까 '바틀비 씨는 지금 회의 중이십니다'라는 말을 듣기 며칠 전에 나는 필경사라는 나의 처지와 내가 화해하도록 도와준 책을 읽게 되었다. 『피에르 메나르*학교』의 독서가 내게 준 웃음과 즐거움은 내가 과거에 입은 정신적 외상을 극복하고 다시 글을 쓸 준비를 할 수 있도록 도와주었다.

로베르토 모레띠의 소설 『피에르 메나르 학교』는 가장 엉터리 제안에서부터 가장 매력적이고 거절하기 곤란한 제안에 이르기까지 천 개가 넘는 제안에 '아니오'라고 말할 수 있는 법을 가르치는 어느 학교를 배경으로 한 작품이다. 이 소설의 핵심은 바로 로버트 발저가 자신의 벤야멘타 하인 학교를 아주 기발하고 유머러스하게 패러디했다는 것이다. 실제로 피에르 메나르

---

* '피에르 메나르Pierre Menard'는 아르헨티나의 작가 호르헤 루이스 보르헤스Jorge Luis Borges(1899~1986)의 단편소설 「피에르 메나르, 돈키호테의 저자」에 등장하는 인물이다. 보르헤스에 따르면, 그가 미겔 데 세르반테스의 『돈키호테』의 일부를 그대로 '베껴 쓴' 것처럼 보이는 작품 하나를 썼지만 이 작품은 『돈키호테』와는 완전히 다른 작품이다. 학교의 이름은 보르헤스가 만들어낸 허구적 인물 '피에르 메나르'에서 차용한 것 같다.

학교의 학생들 중에는 발저 자신과 필경사 바틀비가 있다. 소설에는 피에르 메나르 학교에서 공부하는 모든 학생이 필경사가 되겠다고 약속하고 그 직업을 즐거이 받아들이는 사람으로 변해 학교를 떠나게 된다는 것 외에는 별다른 점이 없다.

당시 나는 이 소설을 읽으면서 많이 웃었고, 지금도 여전히 웃고 있다. 예를 들어, 지금, 이 글을 쓰고 있는 중에도 내가 필경사라는 생각이 들기 때문에 웃는다. 나는 필경사에 관해 더 잘 생각하고 상상하기 위해 로버트 발저의 어느 책을 펼쳤다. 맨 처음 눈에 띈 문장 하나를 베껴 써볼까 한다. "외로운 나그네가 이미 어두워진 초원을 걷고 있다." 나는 이 문장을 쓰고 나서 멕시코식 억양으로 읽어보고는 혼자 웃는다. 그리고 멕시코의 몇몇 필경사에 관한 이야기 하나를 떠올려본다. 후안 룰포와 아우구스토 몬테로소에 관한 이야기다. 내가 들은 소식에 따르면, 그들은 몇 년 동안 어느 음침한 사무실에서 항상 진짜 바틀비처럼 행동하며 필경사 일을 했는데, 매일 작업이 끝나면 사장이 손을 꽉 쥐며 악수를 할까 봐 두려워했다. 멕시코시티의 필경사인 룰포와 몬테로소는 사장이 자신들에게 악수를 하는 이유가 작별 인사를 하기 위해서가 아니라 영원히 해고해버리고 싶어 하기 때문이라고 생각해 자주 기둥 뒤로 숨어버렸다.

사장이 룰포의 손을 꽉 쥐며 악수를 했을 때 룰포가 느낀 공포

는 지금 내게 『뻬드로 빠라모』의 편집과 관련된 일화를 상기시
킨다. 저자 후안 룰포는 필경사로서 자신이 처한 인간적인 조건
을 다음과 같이 밝히면서 그 당시의 상황을 설명했다. "1954년 5
월에 나는 학생용 공책 한 권을 사서 몇 해 동안 머릿속에 구상
해온 소설의 첫 장을 썼다. (……)『뻬드로 빠라모』의 영감이 어디
에서 나왔는지는 여전히 모른다. 마치 누군가가 내게 그 이야기
를 불러준 것만 같았다. 길을 걷고 있는데 갑자기 생각 하나가 떠
올랐고, 나는 초록색, 남색 종이쪽지에 그것을 썼다."

　룰포는 자신이 마치 필경사나 된 듯이 쓴 그 소설이 성공을 거
둔 뒤, 30년 동안 글을 쓰지 않았다. 룰포의 경우는 랭보의 경우
와 비교되어왔다. 랭보는 열아홉 살에 두 번째 책을 출간한 뒤
로 완전히 절필하고, 20년 후 죽을 때까지 모험에 심취했다.*

　사장이 룰포의 손을 꽉 쥠으로써 룰포가 느끼던 해고에 대한
공포는, 룰포 자신에게 접근해 더 많은 책을 출간해달라고 말하
던 사람들에 대한 두려움과 한동안 공존했다. 사람들이 룰포에
게 이제 책을 쓰지 않는 이유를 물었을 때, 룰포는 늘 이렇게 대
답했다.

　"내 책에 쓰인 이야기를 해준 셀레리노 삼촌이 돌아가셨기 때

* 예술적 자유의 세계에 만족하지 못한 랭보는 스무 살 이후로 문학을 단념하고, 상인 탐험가
가 되어 유럽 및 아프리카에서 파란만장한 삶을 보냈다.

문이죠."

삼촌에 관한 이야기는 룰포가 꾸며낸 것이 아니었다. 룰포의 삼촌은 실존 인물이었다. 그는 아이들의 견진성사堅振聖事를 주관하면서 생계를 유지하던 주정뱅이 사제였다. 룰포는 자주 삼촌과 함께 지냈는데, 그동안 삼촌은 자기 삶에 관해, 대부분은 멋지게 꾸며서 룰포에게 들려주었다. 단편집 『불타는 평원』의 제목은 하마터면 '셀레리노 삼촌이 들려준 이야기'가 될 뻔했다. 룰포는 삼촌이 죽은 지 불과 얼마 되지 않아 글쓰기를 그만두었다. 룰포가 셀레리노 삼촌을 핑계로 삼은 것은, 내가 알고 있는 '아니오'의 작가들이 자신의 절필을 정당화하기 위해 만들어냈던 모든 핑계 사이에서 가장 독창적인 것이다.

"내가 왜 글을 쓰지 않느냐고요?" 후안 룰포가 1974년에 카라카스에서 말했다. "그건 내 책에 쓰인 이야기를 내게 해준 셀레리노 삼촌이 돌아가셨기 때문이죠. 삼촌은 늘 나와 대화를 하며 지냈어요. 하지만 대단한 거짓말쟁이였죠. 삼촌이 내게 해준 이야기는 전부 거짓부렁이었고요, 그래서 내가 쓴 것은 당연하게도 완전히 거짓말인 거죠. 삼촌이 내게 해준 이야기 가운데 일부는 삼촌의 빈곤한 삶에 관한 것이었어요. 하지만 삼촌은 그다지 가난하지 않았어요. 삼촌이 속해 있던 교구敎區의 대주교님이 한 말에 따르면, 삼촌이 사람들의 존경을 받았기 때문에 마을을 돌아다니면서 아이들의 견진성사를 주관하는 직책에 임명된 거래요. 사실 그곳이 위험한 지역이어서 사제들은 그곳을 돌아다니는 것에 두려움을 갖고 있었거든요. 나는 셀레리노 삼촌을 자주 따라다녔지요. 우리가 찾아가는 곳에서 삼촌은 아이들의 견진성사를 주관하고 성사비를 받았어요. 내가 그 모든 이야기를 책에 쓴 적은 없지만, 아마 언젠가는 쓸 수도 있을 거예요. 우리가 그때 이 마을 저 마을을 돌아다니면서 아이들의 견진성사를 주관하고, 아이들에게 하느님의 축복을 내려달라고 축성하고, 또 이런저런 일을 하면서 오두막에서 숙식하던 이야기는 아주 재미있어요. 그럴 것 같지 않아요? 심지어, 셀레리노 삼촌은 무신론자였거든요."

하지만 후안 룰포는 자신이 글을 쓰지 않는 이유를 정당화하기 위해 셀레리노 삼촌에 관한 이야기만 한 게 아니었다. 가끔은 마리화나에도 의존했다.

"지금은요," 후안 룰포가 말했다. "마리화나까지도 책을 출간한다니까요. 아주 특이하다고 할 수 있는 책이 많이 나왔죠. 그렇지 않아요? 그래서 나는 차라리 침묵을 유지하겠다고 작정했던 거예요."

후안 룰포의 신화적인 침묵에 대해서는, 멕시코의 필경사들이 근무한 그 사무실에서 후안 룰포와 절친하게 지내던 몬테로소가 「가장 현명한 수여우」라는 기발한 우화에 쓴 바 있다. 그 우화는, 책 두 권을 써서 성공한 뒤 그것에 만족해버림으로써 더 이상 책을 출간하지 않은 어느 수여우에 관해 다루고 있다. 사람들은 여우에 대해 수군거리기 시작했고, 여우에게 무슨 일이 생긴 건지 서로에게 물었는데, 언젠가 칵테일파티에서 여우를 발견하자 여우에게 다가가 책을 더 출간하라고 말했다. 여우는, 피곤하다는 듯이, 자신은 이미 책 두 권을 출간했다고 말했다. 그러자 사람들은, 그 책들이 아주 좋았고, 바로 그런 이유 때문에 한 권을 더 출간해야 한다고 말했다. 여우는 그에 대해 가타부타 말이 없었으나, 사람들이 진정으로 원하는 것은 자기가 나쁜 책 한 권을 출간하는 것이라고 생각했다. 하지만 그 여우는 여우였기 때문에 사람들의 꾀임에 넘어가지 않았다.

　나는 몬테로소의 그 우화를 베껴 씀으로써 필경사가 되는 행운과 결국 화해하게 되었다. 그리고 아버지가 내게 야기한 정신적인 외상과 영원히 결별했다. 필경사가 되는 것은 전혀 두렵지 않다. 누구든 뭔가를 필사할 때면, 부바르와 페퀴세(플로베르의 작품 속 인물들), 또는 시몬 탄너*(역광을 받아 희미하게 보이는, 그의 창조자 발저와 함께), 또는 카프카가 만들어낸 법원 공무

---

* '시몬 탄너Simon Tanner'는 『탄너 일가의 남매들』의 주인공으로, 로버트 발저의 자화상이라고 할 수 있다.

원 무명씨들*의 가족이 되는 것이다.

게다가 필경사가 되는 것은 바틀비의 무리에 속하는 명예를 갖게 되는 것이다. 나는 그런 즐거움을 느끼며 방금 전에 고개를 숙였고, 다른 생각에 빠져들었다. 나는 집에 머물러 있었고, 살짝 잠이 들어 꿈속에서 멕시코의 어느 필경사 사무실로 이동했다. 책상, 탁자, 의자, 안락의자. 사무실 맨 끝에는 밖이 내다보이기보다는 안이 들여다보이는 커다란 유리창이 있고, 유리창 너머로 꼬말라**의 풍경이 보였다. 유리창 너머 출입구에서는 사장이 내게 손을 내밀어 악수를 청하고 있었다. 멕시코에서의 내 사장이었을까 아니면 실제 내 사장이었을까. 잠시 혼란스러웠다. 연필을 깎고 있던 나는 기둥 뒤로 몸을 숨기기에 아직 늦지 않았다는 사실을 깨달았다. 그 기둥은 내게 바틀비가 살았던 월스트리트의 사무실이 폐쇄되었을 때 그가 숨어든 병풍을 상기시켜주었다.

누군가 기둥 뒤에 숨어 있는 나를 발견하고서 내가 거기서 하는 일이 무엇인지 알고 싶어 한다면, 나는 여유를 만들어내기 위

---

* 카프카의 『심판』에서 주인공 요제프 K.는 어느 날 아침 갑자기 예기치 못한 이상한 상황에 처해 법원 직원들에게 체포되고, 1년 후 법원이 파견한 공무원들에 의해 처형된다.

** '꼬말라Comala'는 후안 룰포의 소설 『뻬드로 빠라모』의 무대이다. 주인공 후안 쁘레시아도가 어머니의 유언에 따라 얼굴도 모르는 아버지를 찾아간 곳으로, 과거의 목소리가 공명하고 죽은 자의 기억이 살아 있는 공간이다.

해 작업하던 몬테로소와 함께 일하는 필경사라고 활기차고 기분 좋게 말해주겠다고 이내 혼잣말을 했다.

"몬테로소 역시 룰포처럼 '아니오'의 작가인가요?"

나는 사람들이 언제든 내게 이런 질문을 할 수 있을 것이라고 생각했다. 그리고 이 질문에 대한 대답을 이미 갖고 있었다.

"아닙니다. 몬테로소는 수필과 우화, 암소와 파리에 관해 씁니다. 많이 쓰지는 않지만, 쓰기는 씁니다."

니는 이렇게 말한 뒤 잠에서 깨어났다. 지금 쓰고 있는 이 주석 노트에 그 꿈을 베껴 써야겠다는 커다란 의욕이 나를 사로잡았다. 필경사의 행복.

오늘은 이만하면 됐다. 주석 노트는 내일 또 써야겠다. 발저가 『벤야멘타 하인 학교—야콥 폰 군텐 이야기』에 썼듯이 '오늘은 글쓰기를 멈출 필요가 있다. 글쓰기가 나를 지나치게 흥분시킨다. 글들이 내 눈앞에서 불타오르며 춤을 추고 있다.'

2) 만약 룰포가 셀레리노 삼촌을 핑계로 댄 것이 무게 있는 자기 합리화였다면, 에스파냐의 작가 펠리페 알파우가 절필하기 위해 이용한 핑계도 그와 같다고 할 수 있다.

1902년 바르셀로나에서 태어나 몇 개월 전에 뉴욕 퀸스의 요양원에서 죽은* 이 신사는 라틴 사람으로, 영어를 배울 때 뇌리에 떠올랐던 것을 51년 동안 지속된 자신의 문학적 침묵에 대한 이상적인 정당화 수단으로 써먹었다.

펠리페 알파우는 제일차세계대전 중에 미국으로 이주했다. 1928년에 첫 번째 소설 『미치광이들—제스처로 이루어진 한 편의 코미디』를 출간했다. 그 이듬해에는 『스페인 옛날이야기』라는 동화책을 출간했다. 그러고 나서 랭보나 룰포와 같은 침묵에 빠져버렸다. 1948년에는 그동안의 침묵을 깨고 『크로모스』를 출간했지만, 다시 인상적이고 결정적인 문학적 침묵이 뒤따랐다.

카탈루냐의 샐린저**라고 할 수 있는 펠리페 알파우는 퀸스의 요양원에 숨었다. 1980년대 말에 그와 인터뷰를 시도한 기자들에게 그는 사람을 피하는 작가 특유의 어투로 말했다. "알파우 씨는 현재 마이애미에 계시는데요."***

펠리페 알파우는 자신이 절필한 이유를, '아니오'의 상징이

---

* 펠리페 알파우Felipe Alfau는 1999년에 죽었다.

** 여기서 비유하는 '샐린저'는 미국 작가 제롬 데이비드 샐린저Jerome David Salinger(1919~2010)로, 서른두 살에 『호밀밭의 파수꾼』을 썼다.

*** 마이애미는 미국에서 에스파냐어를 구사하는 사람이 많이 사는 대표적인 도시인 데다, 뉴욕에서 비교적 가깝기 때문에 이렇게 둘러댄 것으로 보인다.

되는 호프만스탈의 텍스트 「찬도스 경의 편지」[****](이 단편소설에서 찬도스 경은, 자신이 어떤 것에 관해서 일관성 있게 생각하고 말하는 능력을 총체적으로 상실해버렸다고 말하며 글쓰기를 그만둔다)에 밝힌 것과 유사한 말을 이용해 『크로모스』에 다음과 같이 설명한다. "당신이 영어를 배우자마자 온갖 복잡한 일이 생기기 시작한다. 누구든 아무리 노력해도 항상 이런 상태에 도달하고 만다. 이런 일은 모든 사람, 즉 태생적으로 말을 하는 모든 사람, 특히 에스파냐 사람을 포함한 라틴 사람에게 일어날 수 있다. 이렇게 되면 우리는 단 한 번도 생각해본 적이 없는 여러 가지 관계와 복잡한 것을 알게 된다. 그리고 우리는, 특정 분야에서 할 일이 없기 때문에 모든 일에 참견하는 철학으로부터 괴롭힘을 당한다. 그리고 라틴 사람의 경우는 자신의 인종적인 특성 가운데 한 가지, 즉 어떤 사안이 발생하면 그 이유나 동기나 목적을 탐색하지 않으며, 또 자신의 문제가 아닌 것에 대해서는 무분별하게 개입하지 않고, 있는 그대로 그냥 평화롭게 놔두는 고유의 특성을 잃어버리게 된다. 이로 인해 라틴 사람은 불안해질 뿐만 아니라 당시까지 자신이 중요하게 생각한 적이 없는 사안들을 인지하게 된다."

[****] 「찬도스 경의 편지」는 현대 작가의 고질적인 문제인 침묵으로의 추락과 언어에 대한 위기의식을 최초로 서술한 시론적 기록으로 평가받는다.

내가 보기에 펠리페 알파우가 자기 마음대로 꾸며낸 '셀레리노 삼촌'의 경우는 매우 참신하다. 영어를 배움으로써, 그리고 단한 번도 생각해본 적이 없는 복잡한 것들에 신경을 씀으로써 절필하게 되었다고 말하는 것은 참으로 기발하다는 생각이 든다.

나는 서로 자주 만나지는 못하고 지내지만 아마도 단 하나뿐이라고 할 수 있는 친구 후안에게 방금 전에 이 이야기를 해주었다. 독서를 아주 좋아하는 후안은(독서는 그가 힘든 공항 일을 끝낸 뒤의 휴식으로 유용하다) 로베르트 무질 이후로 좋은 소설이 단 한 권도 나오지 않았다고 생각한다. 후안은 펠리페 알파우에 관해서는 귀동냥을 통해서만 알고 있었을 뿐, 펠리페 알파우가 자신의 절필을 정당화하기 위해 영어를 배울 때 겪은 일을 이용했을 것이라는 생각은 전혀 하지 않았던 것 같다. 내가 오늘 후안에게 전화로 그런 이야기를 들려주자 후안이 웃음을 터뜨렸다. 그러고서는 아주 신바람이 나서 여러 차례 되풀이해 말하기 시작했다.

"그러니까, 영어가 펠리페 알파우의 삶을 복잡하게 만들어버렸다고……."

나는 괜히 시간을 낭비하고 있다는 느낌이 들었고, 또 주석 노트를 쓰는 작업으로 돌아와야 했기 때문에 곧바로 전화를 끊어 후안과의 대화를 중단해버렸다. 나는 후안과 대화하면서 시간이나 허비하려고 우울증을 가장한 것이 아니었다. 사실 나는 심각한 우울증에 걸렸다는 핑계를 대고 사회보장 기관으로부터 3주 휴가를 얻어낸 것이었다(8월이 휴가 기간이었기 때문에 8월 말까지는 사무실에 가지 않아도 되는 상황이었다). 휴가는 내가 이 일기를 쓰는 데 전적으로 몰두할 수 있게 해줄 것이다. 나는 바틀비증후군에 관한 이 사랑스러운 주석에 모든 시간을 바칠 수 있을 것이다.

그래서 로베르트 무질 외에는 어떤 작가도 높이 평가하지 않는 이 사내와 통화를 하다 말고 끊어버린 것이다. 그리고 나는 일기를 쓰는 내 일에 복귀했다. 사뮈엘 베케트 또한 펠리페 알파우처럼 어느 요양원에서 생을 마감했다는 사실이 갑자기 뇌리에 떠올랐다. 사뮈엘 베케트 역시 펠리페 알파우처럼 자발적으로 요양원에 들어갔다.

나는 펠리페 알파우와 사뮈엘 베케트 사이에 공통적으로 존재하는 두 번째 사항을 발견했다. 사뮈엘 베케트 또한 영어가 삶을 복잡하게 만들었다고 생각했을 가능성이 농후하고, 그런 점은 프랑스어가 영어보다 더 간단해서 자신의 글에는 더 좋을 것이라고 생각했기 때문에 프랑스어를 사용하기로 했다는 그의 유명한 결정을 설명해준다.

3) "나는 단순한 환각에 사로잡혔고," 랭보가 쓴다. "어느 공장 터에 세워진 메스키타* 하나, 천사들로 이루어진 고수鼓手들의 학교 하나, 천상의 길에 있는 마차들, 어느 호수 밑에 있는 살롱 하나를 아주 선명하게 보았다."

랭보는 열아홉 살에 아주 놀라울 정도로 조숙하게 자신의 모든 작품을 썼고, 그 후에는 생이 거의 다하는 날까지 문학적 침묵에 빠져버렸다. 그렇다면 그의 환각들은 어디에서 온 것이었을까? 아주 강력한 상상력에서 비롯되었을 것이다.

소크라테스의 환각이 어디에서 온 것인지는 그다지 분명하지 않다. 비록 소크라테스가 망상과 환각에 빠지는 특성을 가지고 있었다는 사실이 늘 알려져왔다 할지라도 이런 사실을 대놓고 알릴 수 없게 만든 '침묵의 음모'가 몇 세기 동안 존재했기 때문이다. 우리 문명사의 기둥 가운데 하나가 터무니없이 편향된 사람이었다는 사실을 받아들이는 것은 아주 어려웠을 것이다.

1836년까지만 해도 소크라테스의 진정한 면모가 어떠했는지는 그 누구도 감히 언급할 수 없었는데, 루이 프란시스크 렐루가 크세노폰**의 증언을 신중하게 검토한 뒤에 쓴 아름답기 그지없

---

* '메스키타Mezquita'는 에스파냐어로, '머리를 땅에 대고 절하는 곳'이라는 뜻이다. 에스파냐에 세워진 이 거대한 이슬람 사원에는 이슬람문화와 고딕, 로마네스크, 바로크양식이 혼재되어 있다.

** 크세노폰Xenophon(BC431?~BC350?)은 그리스의 철학자, 역사가, 장군으로, 소크라테스의

는 수필집 『소크라테스의 악마』에 그 그리스 현자의 모습을 재정리했다.[***] 묘사된 것을 보면 가끔 카탈루냐의 시인 페레 짐페레르[****]의 모습을 보고 있는 것 같은 생각이 든다. "소크라테스는 계절이 바뀌어도 매번 똑같은 외투를 입고, 얼음 위건 그리스의 태양열로 데워진 땅 위건 맨발로 걸으며, 자주 혼자, 아무런 이유도 없이, 변덕 때문인지, 춤을 추고 펄쩍펄쩍 뛴다. (……) 결국, 그런 행동과 태도 때문에 그는 칠칠하지 못하고 엉뚱한 사람이라는 평판을 얻음으로써 금욕주의자 제논이 그에게 '아테네의 어릿광대'라는 별명을 붙였는데, 오늘날 우리는 이런 사람을 '괴짜'라 부를 것이다."

플라톤은 망상과 환각에 빠지는 소크라테스의 이런 특성에 관해 『향연』에 아주 불온한 증언 하나를 제공하고 있다. "길을 가는 도중에 소크라테스가 뒤처졌는데, 그는 생각에 깊이 빠져 있었다. 내가 그를 기다리기 위해 멈춰 섰더니 그는 나더러 상관하지 말고 그냥 가라고 했다. (……) '아니요,' 내가 다른 사람들에게 말했다. '내버려두세요. 저분 자주 그러세요. 길을 가시다가

제자다.

[***] 루이 프란시스크 렐루Louis-Françisque Lélut(1804~1877)는 프랑스 의사, 철학자로, 『소크라테스의 악마』(원제는 『소크라테스의 악마와 파스칼의 부적Démon de Socrate and L'Amulette de Pascal』이다)에서 소크라테스와 파스칼이 정신이상자였다고 주장한다.

[****] 페레 짐페레르Pere Gimferrer(1945~)는 에스파냐 시인, 수필가, 비평가, 번역가인데, 행복한 남자가 자신이 알고 지낸 페레 짐페레르의 특이한 행동을 소크라테스의 그것과 연계시킨 것 같다.

갑자기 멈춰 서버리신다니까요.' '나는 아주 친근하고 신성한 신호를 인식했소.' 갑자기 소크라테스가 말했다. '그렇게 신의 계시가 나타나면 늘 내 몸이 굳어버린다오. (……) 나를 지배하시는 신께서 나더러 그에 관해 지금까지 말을 하지 말라고 하셨고, 그래서 나는 신이 허락해주시기를 기다리고 있었던 거요.'"

"나는 단순한 환각에 빠졌다." 소크라테스는 글을 단 한 줄도 쓰지 않은 사람이었는데, 그가 글을 쓰는 사람이었더라면 이렇게 썼을 수도 있었을 것이다. 환각에 빠지기 쉬운 성향에서 비롯된 그의 정신적인 일탈은 그가 글쓰기를 거부한 것과 대단히 밀접한 관계가 있다. 사실 자신이 경험한 환각을 일일이 글로 표현하는 것은 그 누구에게도 기분 좋은 일이 될 수 없다. 물론 랭보는 자신의 환각을 글로 표현했다. 하지만 책 두 권을 쓴 뒤로는 글을 쓰지 않고 쉬었다. 그는 자신이 끊임없이 본 것을 하나하나 기록하는 데 모든 시간을 바치게 된다면 삶이 아주 고통스러울 것이라는 사실을 직감했던 것 같다. 아마도 랭보는 아셸리노의 단편소설「음악가의 지옥」에 관해 들어보았을 것이다. 이 단편소설은 자신이 작곡한 모든 작품을 세상의 모든 피아노가, 잘하건 못하건, 동시에 연주하는 소리를 들어야 하는 형벌을 선고받았던 어느 작곡가가 겪은 무시무시한 환각을 다루고 있다.

랭보가 자신이 본 것을 기록하는 일을 중단한 것과, 소크라테스가 자신의 환각을 글로 쓰지 않고 영원히 침묵을 유지한 것 사이에는 명백한 유사성이 있다. 랭보의 상징적인 절필의 경우는 실서증失書症에 걸린 소크라테스의 유명한 태도를 단순히 반복한 것이라고 볼 수도 있다. 그러나 소크라테스는 랭보와 달리 책을 쓰는 문제로 성가서하지 않고 또 애매한 태도를 취하지도 않았다. 세상의 모든 피아노가 연주하는 소리를 동시에 들었다는 듯이, 자신의 모든 환각에 대한 글쓰기를 애초에 거부해버린 것이다.

랭보와 랭보의 위대한 스승 소크라테스 사이에 존재하는 이런 유사 관계를 설명하는 데는 빅토르 위고의 다음과 같은 말이 잘 어울릴 것이다. "위대해질 수밖에 없는 신비스러운 사람이 몇 있다. 그들은 왜 위대한 인물인가? 그 이유는 그들 스스로도 잘 모른다. 그들을 세상에 보낸 사람은 혹시 그것을 알까? 그들의 눈동자에는 무시무시한 통찰력 하나가 드러나 있는데, 그 통찰력은 그들을 결코 버리지 않는다. 그들은 호머처럼 태양을 보고, 아이스킬로스처럼 코카서스를 보고, 유베날리스처럼 로마를 보고, 단테처럼 지옥을 보고, 밀턴처럼 낙원을 보고, 셰익스피어처럼 인간을 보았다. 그들은 심해深海의 물 위를 거의 인지하지 못한 채 걸어가며 꾼 꿈과 얻은 영감에 취해 이상理想의 기묘

한 광선을 통과했는데, 그 빛이 그들 속으로 영원히 침투해버렸
다……. 희미한 빛의 장막이 그들의 얼굴을 덮는다. 그들의 땀구
멍을 통해 영혼이 나온다. 어떤 영혼? 신."

누가 그런 사람들을 세상에 보내는가? 잘 모르겠다. 신을 제
외하고는 모든 것이 변하기 때문이다. 폴 모랑은 '6개월이면 죽
음까지도 방식을 바꾼다'라고 말했다. 하지만 나는 신은 결코 바
뀌지 않는다고 말하고 싶다. 신은 아무 말도 하지 않으며, 침묵
의 스승이고, 세상의 모든 피아노 소리를 들으며, '아니오'의 더
할 나위 없는 작가고, 그렇기 때문에 초월적인 존재라는 사실은
익히 알려져 있기 때문이다. '내 생각에 신은 예외적인 인간이
다'라고 말한 마리우스 암브로시누스의 견해에 나는 전적으로
동의한다.

4) 실제로 병, 즉 바틀비증후군은 긴 역사를
갖고 있다. 일부 문학 작가들을, 적어도 외관상으로는 결코 문
학 작가가 되지 못하게 만드는 이런 부정적인 충동 또는 무無에
대한 이끌림은 오늘날 현대문학 특유의 병이 되어 있다.

사실 우리의 세기는 호프만스탈의 모범적인 텍스트(「찬도스

경의 편지」는 1902년에 출간되었다)와 더불어 열리는데, 이 비엔나 출신 작가는 앞으로 글을 단 한 줄도 쓰지 않겠다고 괜한 약속을 한다. 프란츠 카프카는, 특히 자신의 『일기』에서 문학의 소재가 지닌 본질적인 불가능성을 끊임없이 암시한다.

앙드레 지드는 결코 쓰지 못한 책 한 권을 쓰겠다며 소설 전체를 누비는 인물 하나를 만들어냈다(『팔뤼드』*). 로베르트 무질은 『특성 없는 남자』에서 '비생산적인 작가'의 이상을 찬양하고 신화처럼 만들어버렸다. 발레리**의 분신인 테스트 씨는 글쓰기를 포기했을 뿐만 아니라 자신의 책꽂이를 창밖으로 내던지기까지 했다.

비트겐슈타인은 책을 단 두 권만 출간했다. 명저 『논리 철학 논고』와 오스트리아 시골의 어휘집 한 권이었다. 그는 자신의 생각을 제대로 표현하는 것이 얼마나 어려운 일인지에 관해 몇 차례 언급한 바 있다. 비트겐슈타인은, 카프카와 마찬가지로, 결코 출간하지 않은 책의 미완성 텍스트, 밑그림, 초안을 준비해 갈무리해두었다.

---

* 『팔뤼드Paludes』(1895)는 문학이라는 미명하에 심미적 · 정신주의적 언어에 묶였던 앙드레 지드 자신에 대한 고별사 같은 작품이다. 소설의 주인공은 파리에 대한 혐오와 권태 때문에 모든 인간사를 떠나 하루 종일 연못에서 벌레를 낚으며 산다. 그는 놀고 있는 자신을 정당화하기 위해 항상 '팔뤼드를 쓰고 있는 중이에요'라고 대답하지만 정작 팔뤼드를 쓰지는 않는다.

** 발레리Ambroise—Paul—Toussaint—Jules Valéry(1871~1945)는 프랑스의 시인, 사상가, 평론가로, 1926년에 소설 『테스트 씨는Monsieur Teste』을 출간했다.

하지만 20세기 문학을 잠깐 쳐다보기만 해도 그 '불가능한' 그림들이나 책들이 낭만주의 미학으로부터 물려받은 것이나 다름없는 논리에 따라 만들어졌다는 사실을 충분히 알 수 있다. 호프만의 소설 『악마의 묘약』에 등장하는 프란츠는 자신이 완벽하게 상상해낼 수 있는 비너스를 결코 그려내지 못한다. 발자크는 「미지의 걸작」에서 자신이 꿈꾸는 여자의 발 하나밖에 그려내지 못한 어느 화가에 관해 언급한다. 플로베르는 '가르송'이라는 제목의 책을 쓰겠다는 계획을 결코 완수하지 못했으나, 그럼에도 불구하고 '가르송'은 플로베르의 모든 작품에 영향을 미친다. 말라르메는 상업적인 계산을 하고서 사절지 수백 장을 휘갈겨 썼는데, 그것은 그가 구상했던 큰 '책'*의 계획을 조금 보충한 것에 불과했다.

이렇듯, 현재 모든 창작이 요구하는 절대적인 차원들 앞에서 무기력해져버린 모든 작가에 관해 조사하자면, 그 역사는 아주 길다. 하지만 역설적으로, 실서증에 걸린 사람들 또한 문학을 구성한다. 마르셀 베나보가 『나는 왜 책을 단 한 권도 쓰지 않았

---

* 말라르메에 따르면, 시인은 무에서 유를 창조하고, 독자를 위해 '부재不在의 꽃' 즉 현실의 꽃밭에는 존재하지 않는 이상적인 꽃을 마법으로 불러내는 진정한 신이 된다. 실제로 존재하는 꽃을 묘사하는 대신, 이런 식으로 꽃의 본질을 명확하게 표현하고 꽃의 개념을 창조하려면 언어의 모든 자원을 극도로 교묘하고 복잡하게 이용해야 한다. 말라르메는 스스로 '대작Grand Oeuvre' 또는 '책Le Livre'이라 부른 작업을 통해 이 이론을 적용하는 데 여생을 바쳤다. 그러나 이 작업은 준비 단계에서 끝나버렸고, 현재까지 남아 있는 약간의 초안만을 보고서는 결과가 어떻게 되었을지 짐작하기조차 어렵다.

는가』에 썼다시피, '독자여, 무엇보다도 내가 쓰지 않은 책들이 온전히 아무것도 아니라고는 생각하지 마세요. 아니, 단도직입적으로 말하자면, 그 책들은 세계 문학사에 보류된 상태로 꽤 오랜 시간 머물러 있는 거랍니다.'

5) 단순히 결코 헤어날 수 없는 광기에 사로잡힘으로써 문학을 포기하는 사람도 가끔 있다. 가장 대표적인 경우는 횔더린인데, 로버트 발저는 자신도 모르게 횔더린을 모방했다. 횔더린은 '스카르다넬리', '킬라루시메노' 또는 '부오나로띠'라는 필명을 사용해 특이하고 이해하기 어려운 시를 쓰면서 튀빙겐에 있는 목수 짐머의 다락방에서 생애 마지막 38년을 보냈다. 횔더린은 처음에는 발다우정신병원에, 나중에는 헤리사우정신병원에 갇혀 생애 마지막 28년을 보내면서 작은 종이쪽지에 극히 미세한 활자로 이해할 수 없는 허구의 이야기를 쓰는 광적인 작업에 집중했다.

나는, 어떤 의미에서는 횔더린도 발저처럼 '계속해서 글을 썼다'고 할 수 있다고 생각한다. "글을 쓰는 것 역시," 마그리트 뒤라스는 말했다. "말을 하지 않는 것이다. 입을 다무는 것이다. 소

리 없이 포효하는 것이다." 횔더린의 소리 없는 포효에 관해서는
특히 J. G. 피셔의 증언이 있다. 피셔는 튀빙겐에 있는 시인 횔
더린을 마지막으로 찾아갔을 때의 상황을 다음과 같이 이야기
한다. "내가 횔더린에게 어떤 주제든 상관없으니 글 몇 줄을 써
달라고 부탁하자 그는 그리스에 관해, 봄에 관해, 또는 시대정신
에 관해 써주기를 원하느냐고 내게 물었다. 나는 시대정신에 관
해 써달라고 대답했다. 잠시 후 책상에 앉은 그는 젊음의 불꽃같
은 뭔가가 반짝이는 눈으로 커다란 종이 한 장과 새 펜을 들더니
책상 위에 놓인 왼손 손가락으로 시의 운율을 고르면서 글을 썼
고, 매 한 줄이 끝날 때마다 만족스럽다는 듯이 '으음'이라는 소리
를 뱉어내며 잘되었다는 식으로 고개를 끄덕였다……."

발저의 소리 없는 포효에 관한 칼 실리그의 풍부한 증언이 있
다. 칼 실리그는 발저가 발다우정신병원과 헤리사우정신병원에
들어갔을 때 계속해서 발저를 찾아갔던 진실한 친구이다. 나는
칼 실리그의 증언들 가운데서 〈순간의 초상〉(그런 문학 장르를
열렬히 좋아한 사람은 비톨트 곰브로비치였다)을 선택해보려
한다. 이 글에서 칼 실리그는 진실의 순간, 즉 누구든 어떤 몸짓
(예를 들어, 잘 쓰였다는 표시로 횔더린이 했던 고갯짓) 또는 어
떤 문장으로 진실을 밝히는 바로 그런 순간에 발저를 놀라게 했
다. "발저와 내가 아주 짙은 안개를 뚫고 토이펜에서 슈파이헨까

지 걸어간 그 가을날 아침을 결코 잊지 못할 것이다. 그날 나는 발저에게 아마도 그의 작품이 고트프리트 켈러*의 작품처럼 오래갈 수 있을 것이라고 말했다. 발저는 땅에 뿌리를 박은 듯 서서 아주 심각한 눈빛으로 나를 쳐다보더니 나더러 자신과의 우정을 진실로 받아들인다면 그런 의례적인 인사치레는 하지 말라고 했다. 로버트 발저는 자신이 보잘것없는 사람이라는 이유로 사람들로부터 잊히기를 원했던 것이다."

발저가 28년 동안 유지했던 애매한 침묵과 발저의 모든 작품은 그가 주도한 모든 일이 지닌 허영심, 그의 삶 자체가 지닌 허영심에 관해 시사해준다. 아마도 그렇기 때문에 그는 보잘것없는 사람이 되기를 원했을 것이다. 누군가는 발저가 자신이 원하는 목표에 도달한 시점에서 깜짝 놀라 갑자기 멈춰 서서 스승들과 동기들을 쳐다보고는 경주를 포기한, 다시 말해, 자기 자신의 내부에 머물러버리는 미학을 추구함으로써 사람들을 어리둥절하게 만들었던 어느 장거리달리기 선수와 비교할 만하다고 말한 적이 있다. 발저를 생각하면, 특이한 '스프린터', 즉 감정의 기복이 심한 정신병적 우울증 때문에 가끔 경기를 제대로 마치

---

* 고트프리트 켈러Gottfried Keller(1819~1890)는 스위스의 소설가다. 시적사실주의의 대표적인 작가로, '스위스의 괴테'라 불린다. 그의 소설들 가운데 일부는 주석을 포함하고 있는데, 이는 독일 문학에서는 시도된 적이 없는 새롭고 이상적인 것으로, 이로 인해 그의 소설들이 독일인들의 특별한 사랑을 오래오래 받고 있다.

지 못했던 60년대의 사이클 선수 피크말이 기억난다.

로버트 발저는 허영심, 여름의 폭염, 여성용 부츠, 햇빛이 잘 드는 집, 바람에 펄럭이는 깃발을 사랑했다. 하지만 발저가 사랑한 허영심은 개인적인 성공에 대한 야망과는 아무런 관계가 없고, 오히려 미세한 것과 덧없는 것을 은근히 과시하는 그런 류의 허영심과 관계가 있다. 발저는 높은 곳의 분위기로부터, 즉 권력과 명성이 지배하는 곳으로부터 가장 멀리 떨어져 있었다. "만약 언젠가 파도 하나가 나를 들어 올려 권력과 명성이 지배하는 저 높은 곳으로 데려간다면, 나는 내게 호의적인 상황들을 파괴해버리고, 내 스스로, 아래로, 최하의, 무의미한 심연으로 떨어져버릴 것이다. 나는 낮은 영역에서만 숨을 쉴 수가 있다."

발저는 스스로 보잘것없는 사람이 되고자 했고, 타인들로부터 잊히는 것 외에는 원하는 것이 전혀 없었다. 그는 모든 작가가 절필을 하자마자 잊혀야 한다고 생각했다. 왜냐하면 작가는 자기가 쓴 글을 이미 잊어버렸고, 작가가 쓴 글은, 문자 그대로 말하자면, 작가로부터 날아가서 이미 각기 다른 상황과 감정의 맥락 속에 들어가버렸기 때문인데, 이는 다른 사람들이 발저에게 물었던 질문, 발저 자신은 전혀 상상도 할 수 없었던 질문에 대한 답이다.

허영심과 명성은 우스꽝스러운 것이다. 세네카는 명성이라는 것이 수많은 타인의 판단에 종속되는 것이기 때문에 무섭다고 말했다. 하지만 발저가 타인들로부터 잊히기를 바랐던 이유는 정확히 이런 것이 아니다. 발저에게 세속적인 명성과 허영심은 무서운 것을 넘어 완전히 터무니없는 것이었다. 그 이유는, 명성이라는 것은, 다음에 예를 든 것과 마찬가지로, 허울에 불과하기 때문이다. 즉, 텍스트 하나가 존재하게 되면 이름이 붙고, 텍스트와 이름 사이에는 소유 관계가 형성되는데, 이름이 활기를 잃으면 텍스트에 확고한 영향을 미칠 수 없게 되는 것이다.

발저는 보잘것없는 사람이 되고자 했다. 그가 사랑하던 허영심은 페르난도 페소아[*]의 허영심과 같았는데, 언젠가 페르난도 페소아는 초콜릿을 싼 은종이를 바닥에 내던지면서 자신이 그런 식으로 삶을 내던져버렸다고 말했다.

발레리 라르보 역시 생애 마지막 며칠 동안 세상의 허영심을 비웃었다. 발저가 생애 마지막 28년을 정신병원에 갇혀 지냈다면, 발레리 라르보는 반신불수였기 때문에 위태로운 존재의 마지막 20년을 휠체어에 앉아서 보냈다.

---

[*] 페르난도 페소아Fernando António Nogueira Pessoa(1888~1935)는 카몽이스, 켄탈과 함께 포르투갈의 대표적인 시인으로 꼽힌다. 《오르페》지誌(1915)를 통해 모더니즘 시파詩派를 개척했다. 그는 최소 72개의 별명(존재 방식)을 사용했는데, 알바루 데 캄푸스, 알베르투 카에이루, 히카르두 헤이스가 대표적이다. 그가 이처럼 많은 별명을 사용했다는 사실은 수많은 '타자'로, '익명'으로 존재하고자 했던 그의 허영심을 대변한다. 그는 '모든 인간은 허영심을 갖고 있고, 모든 인간의 허영심은 다른 사람도 자기와 동일한 영혼을 갖고 있다는 사실을 잊는 것이다'라고 말했다.

발레리 라르보는 명민함과 기억력을 고스란히 보존했으나 문장을 구성할 수 없었기 때문에 언어 구사에 총체적인 혼란을 겪었다. 불안한 침묵에 빠져 있던 그는 말을 할 때도 명사만 나열하거나 동사 원형만 사용했는데, 어느 날 자기를 면회 온 친구들 앞에서 다음과 같이 말함으로써 친구들을 놀라게 만들었다.

"Bonsoir les choses d´ici bas."

구태여 번역하자면, '여기 아래 있는 것들에게 좋은 오후죠?' 인데, 정확한 해석이 불가능한 문장이다. 엑토르 비안시오띠는 라르보에게 헌정한 어느 이야기에서 'bonsoir'라는 단어에는 '황혼', 즉 밤이 아니라 '저물어가는 날'이라는 의미가 들어 있고, '이 세상의'라는 의미의 '여기 아래 있는 것들'에는 약간 비꼬는 뉘앙스가 배어 있다고 파악했다. 이 문장을 '안녕'이라고 바꾸어버리면 미묘한 어감의 변화가 생길 것이다.

라르보는 그날 계속 미소를 머금은 채로 이 문장을 여러 차례 반복했다. 자신이 말실수를 한 것이 아니라는 사실을 피력하고, 또 이 문장이 아무런 의미도 없지만 아주 특이한 허영심에 관해 언급하기에는 아주 효과적이라는 사실을 과시하려 했던 것임이 틀림없어 보인다.

앞서 언급한 것의 대척점에는 내가 대단히 존경하는 아르헨티나의 작가이자 자신도 발저를 대단히 존경했던 위대한 소설가 J. 로돌포 윌콕의 단편소설 「허영심 많은 남자」의 주인공 파닐이 있다. 나는 윌콕이 쓴 어느 책에 수록된 윌콕의 인터뷰 기사를 발견했다. 인터뷰에서 윌콕은 다음과 같은 원리에 관해 밝힌다. "내가 좋아하는 작가 중에는 로버트 발저, 로널드 퍼뱅크가 있고, 발저와 퍼뱅크가 좋아한 모든 작가가 있고, 이 두 작가를 좋아한 모든 작가가 있다."

「허영심 많은 남자」의 주인공 파닐은 피부와 근육이 투명하기 때문에 그의 몸 각 기관은 마치 진열장 속에 든 것처럼 밖에서도 볼 수 있다. 파닐은 스스로 보여주기를, 자기의 내장을 보여주기를 좋아하고, 목욕옷 차림으로 친구들을 맞이하고, 웃통을 벗은 상태로 창가에 모습을 드러낸다. 그는 자기 몸의 각 기관이 움직이는 것을 모든 사람이 볼 수 있도록 해준다. 파닐은 폐 두 개가 바람을 불어넣은 것처럼 부풀어 오르고, 심장이 박동하고, 창자가 천천히 꼬이는 자신의 모습에 대해 우쭐한다. "하지만 늘 그렇다." 윌콕이 쓴다. "어떤 사람이 특이한 점을 갖고 있다면, 그 특이한 점을 숨기는 대신에 자랑을 하고, 가끔은 그런 것을 자기 존재의 이유로 생각한다."

그 단편소설은, 모든 것이 어느 날 누군가가 그 허영심 많은 남자에게 다음과 같이 말하기 전까지 일어난 일이라고 알리면서 끝이 난다. "이봐요, 당신 젖가슴 밑에 든 하얀 얼룩은 뭐죠?

전에는 없었잖아요." 이로써 자기의 몸을 보여주는 행위가 그를 불쾌하게 만들고, 결국 그 행위가 어디서 끝나게 될지 드러난다.

6) 스스로를 아무것도 아닌 사람이라고 간주함으로써 절필한 작가가 있다. 예를 들어 페핀 베요 같은 작가다. 마그리트 뒤라스는 다음과 같이 말한다. "내 삶의 역사는 존재하지 않는다. 내 삶에는 중심이 없다. 길도, 노선도 없다. 넓은 공간에 누군가 있다고 믿어졌으나 그것은 사실이 아니고, 아무도 없었다." "나는 아무것도 아닙니다." 페핀 베요는 어느 인터뷰에서, 그리고 전기도금공 또는 직공職工, 예언가 또는 27세대*의 수뇌首腦로서, 그리고 무엇보다도, 가르시아 로르카, 부뉴엘, 달리와 함께 '레시덴시아 데 에스투디안테스'**에서 결성한 단체의 수뇌로서 그가 지닌 검증된 능력에 대해 언급될 때, 이렇게 말한다. 비센테 몰리나 포익스는 저서 『황금시대』에서 페핀 베요가 자기 세대의 뛰어난 인재들에게 결정적인 영향을 미쳤다는 사실을 회고하며, 페핀 베요가 공허함도 자부심도 드러내지 않은

* '27세대'는 1927년경에 에스파냐에서 태동한 문화·문학 단체다.
** '레시덴시아 데 에스투디안테스Residencia de Estudiantes'는 '학생 기숙사'라는 의미다.

겸손한 태도로 비센테 몰리나 포익스 자신에게 짧게 한마디 했다고 언급한다. "나는 아무것도 아닙니다."

현재 나이 93세, 예술적 독창성 때문에 놀랍게도 실서증에 걸려버린 페핀 베요에게 아무리 강조한다고 해도, 27세대에 관해 다루는 모든 회고록과 책에 그의 이름이 울려 퍼지고 있다는 사실을 그에게 아무리 상기시킨다고 해도, 그 모든 책이 그의 기발한 아이디어와 그의 예지력과 그의 날카로움에 관해 대단한 존경심을 담아 그에 관해 언급한다는 사실을 그에게 아무리 말해 준다고 해도, 그가 금세기 에스파냐의 가장 빛나는 문학 세대의 배후에 있는 수뇌였다는 사실을 그에게 아무리 단언한다고 해도, 그에게 이 모든 것에 대해 아무리 강조한다고 해도, 그는 늘 자신은 아무것도 아니라고 말하고, 아주 진지한 태도로 웃으면서 다음과 같이 밝힌다. "나는 많이 썼으나 아무것도 남아 있지 않습니다. 편지들은 잃어버렸으며, 기숙사에서 살 때 쓴 텍스트들도 잃어버렸습니다. 그 이유는 내가 그런 것을 전혀 중요하게 생각하지 않았기 때문입니다. 회고록을 썼다가 원고를 찢어버렸습니다. 회고록이라는 장르는 중요하지만 나라는 사람은 중요하지 않습니다."

에스파냐에서 페핀 베요는 매우 특별한 '아니오'의 작가이며, 작품이 없는 작가의 독특한 전형이다. 베요는 모든 예술 사전에 등재되어 있고 그의 독특한 활동이 인정받고 있음에도 불구하고 그에게는 작품이 없다. 그는 정상에 올라가야겠다는 야심이 없는 상태에서 예술사에 큰 획을 그은 것이다. "나는 출간하려는 의욕을 가지고 글을 쓴 적이 단 한 번도 없습니다. 친구들에게 보여주려고, 우리끼리 함께 웃으려고, 누군가를 놀려주려고 글을 썼습니다."

약 5년 전 언젠가 잠시 마드리드에 머무르고 있을 때, 나는 우연히 '레시덴시아 데 에스투디안테스'에 들렀는데, 마침 그곳에서 부뉴엘을 기리는 행사가 열리고 있었다. 그리고 그곳에 페핀 베요가 있었다. 나는 꽤 오랫동안 그를 몰래 바라보았고, 그가 무슨 말을 하고 있는지 들어보려고 그에게 아주 가까이 접근했다. 그는 남을 놀리고 웃기는 소리를 하다가 이렇게 말했다.

"나는 각종 편람과 사전에 나오는 그 페핀 베요가 아니오."

이 고집 센 실서증 환자의 운명은 끊임없이 나를 감탄시킬 것인데, 자신의 단순 명료함에는 타인과 구별되는 진정한 방식이 있다는 사실을 아는 듯이, 그가 추구하는 절대적인 단순 명료함은 항상 두드러진다.

7) 트리에스테 출신의 보비 바즐렌은 이렇게 말했다. "나는 이제 책이 쓰일 수 없다고 믿는다. 거의 모든 책은 주석이 부풀려져서 결국 책으로 변한 것에 불과하다. 그래서 나는 주석만 쓴다."

그가 여러 권의 노트에 모아두었던 『텍스트 없는 주석』은 그가 죽은 지 5년이 지난 1970년에 아델피출판사에서 출간되었다.

보비 바즐렌은 모든 언어로 된 모든 책을 읽은 트리에스테 출신의 유대인으로, 여전히 아주 의욕적인 문학 의식을 견지한 채(아니면 아마도 그런 문학 의식을 견지하고 있기 때문에), 글을 쓰는 대신에 사람들의 삶에 직접적으로 개입하는 것을 선호했다. 그가 작품을 단 한 권도 만들어내지 않았다는 사실이 바로 그의 작품의 일부를 이루고 있는 것이다.

보비 바즐렌의 경우는 아주 특이한데, 서양에서 일어난 위기의 '검은 태양'*이라 할 수 있다. 그의 존재 자체가 바로 문학의 진정한 결말, 작품 없음의 진정한 결말, 작가 죽음의 진정한 결말인 것처럼 보인다. 그런 작가는 쓴 책이 없는 작가이며, 결국에 책들은 작가가 없다.

그렇다면 보비 바즐렌은 왜 책을 쓰지 않았을까?

---

* 연금술, 신비주의 철학에서 '검은 태양Black sun'은 빛을 삼키는 태양으로, 죽음, 파괴, 세상의 종말을 상징한다.

이것은 바로 다니엘레 델 주디체의 소설 『윔블던 스타디움』
이 설정한 질문이다. 이 질문은 1인칭 화자가 트리에스테에서
부터 런던까지 탐색하도록 이끈다. 화자는 보비 바즐렌이 사망
한 지 15년이 지난 뒤, 보비 바즐렌의 미스터리에 관해 조사하
면서 보비 바즐렌의 친구들, 이제는 늙었을 젊은 시절의 친구들
을 찾아 트리에스테에서 런던으로 간다. 보비 바즐렌이 멋진 책
한 권을 쓸 수 있었음에도 불구하고 결코 쓰지 않은 동기가 무
엇인지 찾기 위해 그 신화적인 실서중 환자의 옛 친구들을 탐문
한 것이다. 이제는 어느 정도 잊혀버린 보비 바즐렌은 이탈리아
출판계의 존경을 받은 아주 유명한 인물이었다. 모든 책을 읽었
다고들 말해지던 '이 남자'는 에이나우디*의 보좌 역이었으며,
아델피출판사가 1962년에 설립되고서부터는 출판사의 버팀목
이었고, 스페보, 사바, 몬탈레, 프루스트의 친구였으며, 수많은
외국 작가들, 특히 프로이트, 무질, 카프카를 이탈리아에 소개한
사람이었다.

　보비 바즐렌의 모든 친구는 그가 결국 책 한 권을 쓰게 될 것
인데, 그 책은 대작이 될 것이라 믿으며 평생을 보냈다. 하지만

---

* 에이나우디Luigi Einaudi(1874~1961)는 이탈리아의 정치가다. 잡지 《사회 개량》에 대한 파시
스트당의 탄압으로 스위스에 망명했다. 귀국 후 이탈리아은행 총재, 총리 겸 재무 장관을 지내
고 1948년부터 1955년까지 이탈리아 공화국 초대 대통령을 지냈다.

보비 바즐렌은 주석 모음집인 『텍스트 없는 주석』과 반쯤 끝낸 소설 『선장』을 남겼을 뿐이다.

델 주디체는 『윔블던 스타디움』을 쓰기 시작했을 때, '이제는 계속해서 글을 쓰는 것이 가능하지 않다'라는 보비 바즐렌의 생각을 자신의 소설 속에 보존하고자 했으나 동시에 그런 부정적인 언사를 비틀어버릴 방법을 모색했다고 언급한 적이 있다. 그는 그렇게 함으로써 자신의 이야기에 더 강한 긴장감을 부여할 수 있을 것이라 생각했던 것이다. 델 주디체가 소설을 탈고할 무렵 그에게 떠오른 생각이 무엇이었는지는 쉽게 짐작할 수 있다. 모든 소설은, 무엇을 결정한 것, 즉 글을 쓰겠다고 결정한 동기에 관한 이야기에 불과하다는 사실을 그가 알아차린 것이다. 심지어는 델 주디체가, 보비 바즐렌의 옛 여자 친구의 입을 빌려, 그 신화적인 실서증 환자를 극히 잔인하게 대했던 순간이 그 소설에 들어 있다. "그는 사악한 인물이었다. 그는 타인의 삶과 일에 관여하면서 시간을 보냈다. 한마디로 말해, 그는 타인의 삶을 살았던 실패자였다."

그리고 그 소설의 다른 부분에서 젊은 화자는 이렇게 말한다. "글을 쓰는 것은 그다지 중요하지 않지만, 글을 쓸 때는 다른 일을 할 수 없다." 젊은 화자는 보비 바즐렌과 정반대되는 태도를 이런 식으로 명확하게 드러낸다. "델 주디체의 소설은," 파트리지아 롬바르도가 썼다. "문학적인 생산 또는 건축학적인 생산의 과오를 주장하는 사람들, 문학적인 침묵을 지키는 보비 바즐렌을 존경하는 모든 사람들에게 소심하다 싶게 반론을 제기한다. 순수한 예술적 창의성이 지닌 시시함과 부정否定이 유발하는 공포 사이에는 뭔가 다른 것, 즉 표현 양식이 주는 교훈, 아주 잘 만들어진 어떤 대상이 주는 쾌락이 존재할 여지가 있다."

델 주디체는 글을 쓴다는 것을 아주 위험한 행위로 간주한 것 같다. 그는 자신이 존경했던 파솔리니와 칼비노의 예를 본받아 글쓰기의 위험성을 다음과 같이 이해한다. 즉, 글로 쓰인 작품은 무無 위에 세워진 것이고, 하나의 텍스트는, 만약 그 텍스트가 효과적이기를 원한다면, 새로운 길을 열어야 하며, 아직 말해지지 않은 것을 말하려고 애써야 한다는 것이다.

나는 델 주디체의 주장에 동의한다. 잘 다듬어진 기술記述에는, 그것이 비록 음탕한 것이라고 할지라도, 도덕적인 무엇, 즉 진실을 말하려는 의지가 담겨 있다. 단순히 하나의 효과만을 얻기 위해, 허용되지 않은 것 이상은 다루지 않기 위해 언어가 사용될 때, 그 언어는 역설적으로 비도덕적인 행위를 하게 된다. 『윔블던 스타디움』에서 델 주디체가 찾고자 하는 것은, 그가 새로운 형식들을 창조하기 위해 투쟁하기 때문에, 윤리적인 것이다. 인간적인 것의 경계를 확장하려고 애쓰는 작가는 실패할 수 있다. 반면에 전통적인 문학 창작가는 결코 실패하지 않고, 위험을 무릅쓰지 않으며, 늘 사용하던 방식, 즉 그동안 익숙해진 학술적인 방식, 자신의 비밀스러운 방식만을 적용한다.

「찬도스 경의 편지」(우리가 포함되어 있는 무한한 우주적 총체는 단어로 기술될 수 없고, 그렇기 때문에 글쓰기는 작고 무의미한 오류, 즉 너무 작아서 우리를 벙어리나 다름없게 만들어버리는 오류라는 것)처럼, 델 주디체의 소설은 우리에게 글쓰기의 불가능성을 보여주고 있으나, 새로운 대상에 관한 새로운 시선이 존재할 수 있고, 그렇기 때문에 글을 쓰지 않는 것보다 글을 쓰는 것이 더 낫다는 사실 역시 보여준다.

글을 쓰는 것이 더 낫다고 생각할 만한 또 다른 이유가 있을까? 있다. 그런 이유 가운데 어떤 것은 아주 단순하다. 왜냐하면 위험과 미에 대한 고도의 감각을 가지고 고전적인 문체로 글을 쓰는 것이 여전히 가능하기 때문이다. 이것은 델 주디체의 책이 가지고 있는 커다란 가르침이다. 그 책에는 새로운 것에 들어 있는 옛것에 대한 깊은 관심이 매 쪽마다 드러나 있다. 왜냐하면 과거는 항상 비틀어지면서 재등장하기 때문이다. 예를 들어 인터넷은 새로운 것이지만, '그물'은 늘 있어왔던 것이다. 어부들이 물고기를 잡기 위해 사용해왔던 '그물'은 이제 포획물을 가두기 위해서가 아니라 우리에게 세상으로 향하는 길을 열어주기 위해 소용된다. 모든 것은 남아 있으나 변한다. 항상 존재하는 것은 새로운 것 속에서 죽음을 반복하는데, 그 새로운 것은 아주 빠르게 지나가버린다.

8) 글을 쓰는 것이 더 낫다고 생각할 만한 또 다른 이유가 있을까? 얼마 전에 나는 프리모 레비*의 『휴전』을 읽었다. 프리모 레비는 포로수용소에서 함께 지낸 사람들에 관해 묘사하고 있는데, 그가 이 책을 통해 우리에게 그 소식을 알리지 않았더라면 우리는 그들에 관해 몰랐을 것이다. 레비에 따르면, 모든 포로가 자기 집으로 돌아가고 싶어 했는데, 그들이 살아남고 싶어 한 이유는 목숨을 보존하려는 본능 때문만이 아니라, 자신들이 본 것을 세상에 이야기하고 싶었기 때문이라는 것이다. 그들은 그런 비극이 결코 일어나지 않도록 하는 데에 자신들의 경험이 도움이 되기를 바랐으나, 정작은 더 많은 소망

* 프리모 레비Primo Michele Levi(1919~1987)는 이탈리아의 유대계 화학자, 작가다. 1943년 12월 13일 파시스트 민병대에 체포되어, 1944년 2월 21일에 다른 수용자들과 함께 아우슈비츠로 이송되었다. 총 육백오십 명의 수용자가 열두 칸의 화물차로 이송되었는데, 레비가 탄 화물칸에서는 마흔다섯 명 중 네 명이 살아남았다. 레비는 붉은 군대에 의해 해방되기 전까지 11개월을 수용소에서 보냈다.

을 가지고 있었다. 그들은 그 비극적인 날들이 망각 속에서 녹아 없어지지 않도록 하기 위해 그것들에 관해 이야기할 방법을 모색했던 것이다.

우리 모두는 우리에게 돌아오는 삶의 각 파편이 제아무리 천하고 제아무리 고통스럽다고 할지라도, 기억을 통해 그 파편을 간직하고 싶어 한다. 그렇게 하는 유일한 방법은 그것을 글로 확실하게 기록해놓는 것이다.

문학이 우리로 하여금 문학을 거부하도록 압력을 행사한다 할지라도, 문학은 갈수록 비도덕적으로 변해가는 현대사회의 시선이 가장 무심히 지나쳐버리려고 하는 모든 것을 망각으로부터 되찾을 수 있도록 해준다.

9) 플라톤이 관념을 잊어버리는 문제에 평생 동안 골몰했다면, 클레망 카두는 자신이 어느 날 작가가 되고 싶다는 생각을 가졌다는 사실을 잊어버리는 데 평생을 소비했다.

단지 글을 쓰겠다는 생각을 잊어버리기 위해 스스로를 하나의 가구로 간주하면서 평생을 보낸 그의 특이한 태도는 그만큼 특이한 인생을 산 펠리시엥 마보에우프의 태도와 공통점이 있

다. 펠리시엥 마보에우프는 창작을 하지 않겠다고 결정한 창작
자들에 관해 다룬 장—이브 주아네의 기발한 책 『작품 없는 예
술가』를 통해 내가 알게 된 실서증 환자다.

클레망 카두는 부모가 비톨트 곰브로비치를 집에 초대해 저
녁 식사를 대접했을 때 열다섯 살이었다. 그 폴란드 출신 작가
는 (때는 1963년 4월 말이다) 불과 몇 개월 전에 배를 타고 영원
히 부에노스아이레스를 떠났고, 배에서 내린 뒤에 잠시 바르셀
로나에 들렀다가 파리로 가서, 할 일이 많이 있었지만, 부에노스
아이레스에서 50년대를 함께 보낸 친구였던 카두 부부의 저녁
식사 초대를 받아들였다.

당시 소년이었던 클레망 카두는 작가 지망생이었다. 실제로
작가가 되기 위해 몇 개월 동안 준비를 하고 있었다. 그것은 부
모에게 크나큰 즐거움이었고, 소년 카두의 부모는 다른 부모와
달리, 자식이 작가가 될 수 있도록 모든 편의를 제공할 준비가
되어 있었다. 아들 클레망 카두가 어느 날 프랑스 문학계의 빛
나는 별이 될 것이라는 원대한 희망을 품고 있었던 것이다. 여
러 가지 조건이 갖추어져 있는 상황에서 소년 클레망 카두는 쉬
지 않고 온갖 책을 읽어댔고, 최대한 빨리 존경받는 작가가 되기
위해 최대의 노력을 기울여 준비하고 있었다.

클레망 카두는 어린 나이였음에도 불구하고 비톨트 곰브로비

치의 작품들을 속속들이 알고 있었다. 그 작품들은 소년 클레망 카두에게 깊은 감명을 주었고, 소년은 그 폴란드 작가가 쓴 소설들의 일부 단락을 부모 앞에서 통째로 암송하기도 했다.

상황이 그러했기 때문에 비톨트 곰브로비치를 저녁 식사에 초대했을 때 부모가 느낀 만족감은 배에 달했다. 어린 아들이 폴란드 출신의 위대한 작가가 지닌 천재성을 자기 집에서 직접 접촉할 수 있다는 생각은 부모를 한껏 고무시켰다.

하지만 전혀 예기치 않은 일이 벌어지고 말았다. 이린 클레망 카두는 비톨트 곰브로비치를 부모의 집 네 벽 안에서 볼 수 있다는 사실에 너무 감동한 나머지 기나긴 저녁 식사 내내 말 한 마디 제대로 못하고 있다가 결국은 스스로를(어린 펠리시엥 마보에우프가 아버지의 집에서 플로베르를 만났을 때와 마찬가지로), 문자 그대로 표현하자면, 자신들이 식사를 하고 있던 거실에 있는 하나의 가구처럼 느꼈다.

어린 클레망 카두는 집에서 그런 변화를 겪은 뒤, 작가가 되겠다는 자신의 열망이 영원히 폐기되고 있음을 느꼈다.

하지만 클레망 카두의 경우는 광적인 예술 활동을 전개했다는 점에서 펠리시엥 마보에우프의 경우와 다른데, 결코 글을 쓰지 않겠다는 자신의 결정이 남겨준 공백을 메우기 위해 열일곱 살 때부터는 분발하기 시작했다. 그러니까, 클레망 카두는 마보에우프와 달리 짧은 생애(그는 요절했다) 내내 자신을 하나의 가구로 본 것이 아니었고, 적어도 그림은 그랬다. 물론 그가 그린 그림은 가구였다. 그것은 과거의 어느 날 글을 쓰고 싶어 했다는 생각 자체를 차근차근 잊기 위한 자기만의 방식이었다.

그가 그린 모든 그림은 유독 가구를 주인공으로 삼았고, 모든 그림은 수수께끼 같은, 동일한 제목을 가지고 있었다. 〈자화상〉이었다.

"그러니까 나는 나 자신을 하나의 가구라고 느꼈는데, 내가 아는 한 가구는 글을 쓰지 않습니다." 클레망 카두는 자신이 어렸을 때부터 작가가 되고자 했다는 사실을 누군가가 상기시켜줄 때면 늘 이렇게 말했다.

조르주 페렉이 클레망 카두에 관해 아주 흥미로운 연구서(『항상 자신을 가구로 본 작가의 초상』, 1973, 파리)를 썼다. 그 연구서에는 불쌍한 클레망 카두가 길고 고통스러운 병으로 죽었을 때인 1972년에 일어난 사건이 비꼬는 투로 신랄하게 기술되어 있다. 클레망 카두의 가족은 그의 시신을 가구처럼 묻었다. 못 쓰게 되어 애물단지가 된 가구처럼 시신을 버렸고, 수많은 중고 가구가 거래되는 파리의 벼룩시장 마르셰 오 푸세 근처의 틈새에 묻어버린 것이다.

자신이 곧 죽을 줄 알고 있었던 젊은 클레망 카두는 가족에게 짧은 묘비명을 남기면서 묘비명을 자신의 '완작'으로 간주해달라고 부탁했다. 반어적인 부탁이었다. 묘비명은 다음과 같다. "나는 여러 가구가 되겠다는 헛된 시도를 했지만 그것마저도 내게 허용되지 않았다. 그래서 평생 하나의 가구로만 살았다. 어찌되었든, 남아 있는 것은 침묵뿐이라고 생각해본다면 이는 상당한 성과다."

10) 나는 지금 사무실에 출근하지 않기 때문에 과거보다 훨씬 더 격리된 채 살고 있다. 하지만 극적인 일은 전혀 일어나지 않는다. 오히려 그 반대다. 나는 지금 세상의 모든 시간을 갖고 있고, 그래서 수년 동안의 문학적 침묵을 통해 내가 만들어왔던 '아니오'의 작가 목록을 두툼하게 만들도록 해주는 바틀비의 새로운 경우들을 늘 모색하면서 책꽂이 선반을 피곤하게 만들고, (보르헤스 식으로 말하자면) 내 서재에 있는 책 속으로 들어갔다가 나올 수 있다.

오늘 아침, 에스파냐의 저명 작가들을 수록해놓은 사전을 훑어보면서 문학을 포기한 특이한 경우를 우연히 발견했다. 그가 바로 유명한 작가 그레고리오 마르티네스 시에라다.

내가 학교에서 배웠던 작가, 늘 내게 묵직한 울림을 주었던 이 작가 선생은 1881년에 태어나 1947년에 사망했다. 그는 생전에 여러 잡지사와 출판사를 설립했고, 아주 나쁜 시와 소름 끼치는 소설을 썼고, 페미니즘적인 극작품 가운데 그를 영광의 정상까지 올려준 『8월 어느 날 밤의 꿈』은 차치하고라도 특히 『가정주부』와 『자장가』를 쓴 극작가로서, 갑자기 명성을 향유했을 때는 이미 자살을 할 시점에 도달해 있었다(물론 그의 실패는 더 이상 세상을 떠들썩하게 만들 수 없었다).

최근에 발표된 여러 연구에 따르면 그레고리오 마르티네스 시에라의 모든 극작품은 마리아 마르티네스 시에라라고 알려져 있는 부인 도냐 마리아 델 라 올 레하라가가 쓴 것이었다.

11) 내가 이렇게 격리되어 사는 것은 전혀 특별한 일이 아니다. 하지만 가끔은 다른 사람과 소통할 필요성을 강하게 느낀다. 그런데 친구도 없고(후안 말고는) 다른 친척도 없기 때문에 그 누구에게도 의지할 수 없고, 그리고 싶은 마음도 없다. 나는 상황이 그렇다면, 이 주석 노트를 쓰기 위해서는 바틀비에 관해, 그리고 '아니오'의 작가들에 관해 내가 갖고 있는

정보를 늘릴 수 있도록 다른 사람들의 도움을 받는 것도 썩 나쁘지만은 않다고 생각하고 있다. 내가 가지고 있는 바틀비들의 목록을 이용하는 것과 책꽂이 선반을 피곤하게 만드는 것만으로는 충분하지 않을 수 있기 때문이다. 그렇기 때문에 나는 오늘 아침 용기를 내어 파리에 있는 로베르 드랭에게 편지 한 통을 보내는 수밖에 없었다. 나는 그 작가를 단 한 번도 만난 적이 없으나, 그는 평생 책을 단 한 권만 쓰고 나서 절필해버렸다는 공통점을 가진 작가들의 짧은 이야기를 모아놓은 훌륭한 책 『문학적 도피』를 쓴 사람이다. 여러 문학적 도피의 경우를 모아놓은 그 책에 실린 저자는 모두 가공인물이고, 따라서 이 바틀비들의 이야기는 실제로 로베르 드랭 자신이 만들어낸 것이다.

나는 드랭에게 이 주석 노트의 편집을 돕는 친절을 베풀어달라고 요청하는 짧은 편지를 보냈다. 이 책은 내가 25년 동안 문학적 도피를 한 뒤 글쓰기에 복귀한다는 의미를 지닌 것이라고 그에게 설명했다. 이미 갈무리해놓은 바틀비들의 목록 하나를 그에게 보냈고, 혹시 '아니오'의 작가들에 관해 내게 필요할 만한 것이 있으면 그들에 관한 정보를 보내달라고 요청했다.

과연 어떻게 될지 지켜봐야겠다.

12) 영감이 떠오를 때를 기다리느라 아무것도 쓰지 않는 것은 누구에게서든 항상 효과를 발휘하는 수단이다. 스탕달은 자신이 이용한 이런 수단에 관해 자서전에 다음과 같이 쓴다. "만약 1795년 무렵 글을 쓰겠다는 내 계획을 누군가에게 밝혔더라면, 누구든 나더러 영감이 떠오르든 말든 매일 두 시간씩 글을 쓰라고 말했을 것이다. 이 말은 내가 그 '영감'을 기다리느라 허비해버린 10년을 내 삶에서 아끼도록 해주었을 것이다."

'아니오'라고 말하기 위한 수단은 많다. 만약 어느 날엔가 '거부'에 관해 총체적으로 다루는(단지 글쓰기를 거부하는 것만이 아니라) 예술사를 쓸 생각이 있는 사람이라면, 지오반니 알베르토키가 막 출간한 맛깔스러운 책 『알레산드로 만초니의 서신에 관해─발송인의 불편과 불쾌』를 알아야 할 것이다. 이 책에는 만초니가 '아니오'라고 말하기 위해 자신의 편지에 만들어낸 여러 가지 기발한 속임수가 아주 맛깔나게 연구되어 있다.

스탕달이 이용한 궤변을 생각하다 보니, 특이한 시인이자 사람의 마음을 혼란스럽게 만드는 시인인 페드로 가르피아스가 멕시코에 망명 중일 때 글을 쓰지 않기 위해 이용한 궤변 하나가 생각났는데, 루이스 부뉴엘은 자신의 회고록에 페드로 가르피아스를 소개하면서 형용사 하나를 찾느라 단 한 줄도 쓰지 않고 무한한 시간을 보낼 수 있는 남자로 기술했다. 부뉴엘이 페드로 가르피아스를 만났을 때 이렇게 물었다.

"이제 그 형용사는 찾아냈나요?"

"아뇨. 계속해서 찾고 있어요." 페드로 가르피아스가 생각에 잠긴 채 자리를 뜨면서 대답했다.

이와 마찬가지로 기발한 또 다른 수단은 쥘 르나르가 만들어 낸 것인데, 그는 『일기』에 이에 관해 언급하고 있다. "너는 그 어떤 것도 되지 못할 것이다. 네가 아무리 애를 써본들 너는 그 어떤 것도 되지 못할 것이다. 너는 정말 훌륭한 시인들과 정말 깊이 있는 산문가들을 이해하지만, 그리고 그 시인들과 산문가들은 '뭔가를 이해한다는 것은 그 뭔가와 같아지는 것'이라고 말하지만, 너는, 아주 작은 난쟁이가 거인과 비교되는 정도의 수준으로만 그들과 비교될 수 있을 것이다. (······) 너는 그 어떤 것도 되지 못할 것이다. 울어라, 소리를 질러라, 두 손으로 머리를 쥐어짜라, 기다려라, 절망해라, 작업을 재개해라, 바위를 밀어라. 너는 그 어떤 것도 되지 못할 것이다."

절필을 정당화하기 위한 수단이 많이 있었으나, 자신의 절필에 대한 타당한 이유를 전혀 만들어내지 않은 작가도 일부 있었다. 그들은 흔적을 전혀 남기지 않은 채 육체적으로 사라져버린 사람들로, 그렇게 해버림으로써 왜 계속해서 글을 쓰지 않으려고 했는지 결코 설명할 필요가 없었다. 내가 '육체적'이라는 단어를 사용한 이유는 그들이 스스로 목숨을 끊었다는 말이 아니라, 단순히 아무런 흔적도 남기지 않은 채 사라져버리고 증발해버렸기 때문이다. 이런 작가들 가운데 특히 하트 크레인과 아르튀르 크라방이 두드러진다. 이 두 사람은 예술가 부부처럼 보이지만 실제로는 부부가 아니고, 사실 서로 얼굴도 모르는 사이였다. 그럼에도 불구하고 두 사람은 공통점을 가지고 있었다. 둘 다 불가사의한 상황에서 멕시코의 바닷속으로 영영 사라져버린 것이다.

마르셀 뒤샹의 가장 훌륭한 작품은 그의 시간표였다고 말해지듯이, 하트 크레인과 아르튀르 크라방의 가장 훌륭한 작품은 아무 흔적도 남기지 않은 채 멕시코의 바다로 사라져버린 것이었다고 말할 수 있다.

사신이 오스카 와일드의 조카라고 밀하던 아르튀르 크라방은 파리에서 발간된 《만트닝》*이라는 이름의 잡지를 5호까지 발행하고는 폐간시켜버렸다. 그런 것을 '최소 노력의 법칙'이라 부를 수 있을지 모르겠지만, 《만트닝》 다섯 권은 아주 영예롭게도, 그를 문학사에 등재시키기에 충분한 분량이었다.

그는 이 잡지의 어느 호에다 아폴리네르가 유대인이라고 썼

---

* '만트닝Maintenant'은 '지금', '이제'라는 의미를 가지고 있다.

다. 그런데 아폴리네르가 그 미끼를 덥석 물었다. 자신은 유대
인이 아니라고 해명하는 글을 잡지사에 보낸 것이다. 그러자 아
르튀르 크라방은, 이제 자신이 해야 할 행동은 멕시코로 가서
아무런 흔적도 남기지 않은 채 사라져버리는 것이라는 사실을
알고 있었기 때문이었는지, 아폴리네르에게 사과 편지 한 통을
썼다.

　누구든 자신이 사라져버릴 것이라는 사실을 알게 되었을 때
는 자신이 혐오하는 사람들에게 그리 우호적이지 않은 법이다.

　"나는 아폴리네르의 검 같은 것을 두려워하는 사람이 아니지
만," 그가 《만트닝》의 마지막 호에 쓴다. "나 자신을 사랑하는
마음이 아주 희박하기 때문에, 세상에 기록된 것을 모두 바르게
수정할 준비가 되어 있고, 또 내가 잡지에 쓴 글에 암시되어 있는
바와는 달리 아폴리네르 씨는 유대인이 아니라 로마가톨릭교도
라고 선언할 준비가 되어 있다. 앞으로 발생할 수 있는 오해를 불
식시킬 목적으로 나는 앞서 언급한 그 신사의 배가 아주 크기 때
문에 그의 외모가 기린의 외모라기보다는 코뿔소의 외모에 가깝
다는 사실을 첨가하고 싶다. (……) 오해를 불러일으킬 수 있는 문
장 하나도 수정하고 싶다. 내가 마리 로랑생에 관해 언급하면서,
'마리 로랑생은 누군가 그녀의 치마를 들춰서 어느 부위에 커다
란 ……을 삽입해줄 필요가 있었던 여자'라고 한 말은 사실 '마

63

리 로랑생은 누군가 그녀의 치마를 들춰줄 필요가 있고, 또 그녀
가 그린 떼아트르 데 바리에테*의 무대장치에 커다란 천문도天文圖
하나를 삽입해줄 필요가 있었던 여자'라는 의미다."

아르튀르 크라방은 이렇게 쓴 뒤 파리를 떠났다. 멕시코에 도
착한 그는 어느 날 오후, 몇 시간 뒤에 돌아오겠다며 카누를 탔
는데, 그 누구도 그를 다시 보지 못했고, 그의 몸은 결코 발견되
지 않았다.

하트 크레인에 관해 말해보자면, 무엇보다도, 오하이오의 부
유한 실업가의 아들로 태어나 어렸을 때 부모의 별거로 대단히
큰 충격을 받았는데, 그로 인해 마음에 깊은 상처를 입어서 항상
광증의 정상에 다다라 있었다고 한다.

하트 크레인은 자신이 그 비극적인 상태로부터 빠져나올 수
있는 단 한 가지 가능성 있는 출구를 시에서 보았다고 믿고서
얼마 동안 시에 흠뻑 빠져 있었고, 세상의 모든 시를 다 읽었다
고 말할 정도에까지 이르렀다. 아마도 이로 인해 그가 최대한
빨리 자신의 시 작품을 세상에 내놓아야 할 필요성이 대두되었
을 것이다. 그가 T. S. 엘리엇의 『황무지』에서 보았던 문화적
염세주의가 그의 마음을 교란시켰다. 그가 보기에 이 염세주의

---

* '떼아트르 데 바리에테Théâtre des Variété'는 음악, 춤 등의 예술을 공연하는 극장이다. 마리 로
랑생은 발레의 무대장치를 그리기도 했다.

는 이 세계적인 서정시를 시詩라는 공간의 막다른 골목까지 몰아가버렸는데, 그는 그 공간에서 별거한 부모의 자식이 겪었던 극적인 경험으로부터 벗어날 수 있는 유일한 지점 하나를 어렴풋이 보았다.

하트 크레인은 서사시집 『다리(橋)』를 썼고, 그 시는 끊임없는 칭송을 들었으나, 그가 스스로 설정해놓은 요구수준이 높았기 때문에 자신의 시에 만족하지 못했다. 자신이 훨씬 더 높은 수준의 시를 쓸 수 있다고 생각했던 것이다. 그래서 그는 그 당시에 『다리』 같은 서사시를, 그렇지만 이번에는 훨씬 더 심오한 서사시 한 편을 쓰기 위해 멕시코로 가기로 결정했다. 그가 선택한 테마는 바로 목테수마**였던 것이다. 하지만 이 황제의 형상이 결국 하트 크레인에게 심각한 정신적 혼란을 야기함으로써(이내 하트 크레인은 목테수마 황제가 자기에게는 너무 과분하고 거대해서 도저히 총체적으로 포착할 수 없을 것 같다고 생각하게 되었다) 하트 크레인은 시를 쓰지 못하게 되고, 그는 쓰일 수 있는 단 한 가지 것은 아주 억압적인 무엇이라는 확신(이미 몇 년 전에 프란츠 카프카가, 그것이 무엇인지 자신도 모른 채 가졌던 것과 동일한 확신)을 갖게 되었다. 그래서 그는 쓰일

** 목테수마Moctezuma(1466~1520)는 아스테카왕국의 마지막 황제다.

수 있는 유일한 것은 글쓰기가 근본적으로 불가능하다는 사실
뿐이라고 스스로에게 말했다.

어느 날 오후, 하트 크레인은 뉴올리언스로 떠나기 위해 베라
크루스에서 배를 탔다. 배를 탄다는 것은 그에게 시 쓰기를 포
기하는 것을 의미했다. 그는 뉴올리언스에 결코 도착하지 못한
채 멕시코 만 바다 한가운데서 사라져버렸다. 마지막으로 그를
목격한 사람은 배의 갑판에서 그와 평범하고 사소한 대화를 나
눈 네브래스카 출신 상인 존 마틴이었다. 존 마틴에 따르면, 이
런저런 말을 하던 하트 크레인이 결국 목테수마의 이름을 언급
하게 되었는데, 그 순간 그의 얼굴에 굴욕을 당한 남자 특유의
음울한 기색이 드러났다. 하트 크레인은 갑작스럽게 변한 자신
의 음울한 표정을 감추려고 애를 쓰면서 즉시 이야기의 테마를
바꾸더니 뉴올리언스가 둘이라는 것이 확실한지 물었다.

"제가 아는 바로는," 존 마틴이 말했다. "신도시가 있고 그렇
지 않은 도시가 있는데요."

"저는 신도시로 가서 거기서부터 구도시까지 걸어갈 겁니
다." 하트 크레인이 말했다.

"구도시가 맘에 드시나요, 크레인 씨?"

하트 크레인은 그 질문에 대답하지 않았다. 그는 몇 초 전보
다 훨씬 더 음울한 표정으로 천천히 그곳에서 멀어졌다. 존 마

틴은 갑판에서 다시 하트 크레인을 만나게 되면 구도시가 더 마음에 드는지 재차 물어봐야겠다고 생각했다. 하지만 다시는 하트 크레인을 만나지 못했고, 그 누구도 하트 크레인을 만나지 못했다. 그는 멕시코 만 바다 깊숙한 곳으로 사라지고 없었다. 승객들이 뉴올리언스에서 하선했을 때 하트 크레인은 이미 그곳에 없었고, 그는 '아니오'의 예술조차도 할 수 없게 되어 있었다.

13) 내가 텍스트 없는 이 주석을 쓰기 시작한 뒤로는 하이메 힐 데 비에드마가 절필에 관해 쓴 글이 마치 잡음처럼 들린다. 의심할 여지없이, 그의 다음과 같은 말은 '아니오'라고 하는 미로적 테마를 아주 복잡하게 만드는 데 일조하고 있다. "아마도 그것, 즉 절필에 관해 무슨 말이든 해야 할 것 같다. 많은 사람이 그에 관해 내게 질문하고, 나 역시 그에 관해 자문해본다. 그리고 내가 왜 글을 쓰지 않는지 자문하다 보면 훨씬 더 당황스러운 다른 질문, 즉 '왜 나는 글을 썼던가?'에 반드시 도달하게 된다. 어찌 되었든 정상적인 것은 글을 읽는 것이다. 내가 좋아하는 대답은 두 가지다. 하나는 내 시가 나의 정체성 하나를 (그 정체성이 무엇인지는 잘 모르겠지만) 만들어내려는 나의 시

도라는 것이다. 이 정체성은 이미 만들어져 드러나 있기 때문에 내가 쓰고 있는 각각의 시 속에 내가 온전하게 들어가고 싶은 생각은 이제 더 이상 없는데, 그 시들을 쓸 당시에는 내가 시 속에 온전하게 들어가는 것이 아주 좋았다. 또 하나의 대답은, 그 모든 것이 착오였다는 것이다. 즉, 나는 시인이 되고 싶다고 믿었으나 내심으로는 시가 되고 싶었다. 그리고 유감스럽게도, 나는 어느 정도는 시가 될 수 있었다. 그런대로 잘 쓰인 모든 시처럼 이제 나는 내부적인 자유가 결여되어 있고, 가혹하게 고문하는 그 독재자, 잠들지 않고 전지전능하며 어디에나 있는 그 '빅브라더'[*], 즉 '나'에게 반드시 필요한 존재이고, 속으로는 순종하는 존재가 되어 있다. 반은 캘리반이고 반은 나르시스인 나[**]는 열려 있는 어느 발코니 옆에서 빅브라더가 내게 이렇게 물을 때면 특히 그가

---

[*] 조지 오웰의 소설 『1984년』에 등장하는 '빅브라더Big Brother'는 텔레스크린을 통해 소설 속의 사회를 끊임없이 감시함으로써 가공할 만한 사생활 침해를 보여준다. 긍정적 의미로는 선을 추구하기 위해 사회를 돌보는 보호적 감시 기능을 가리키고, 부정적 의미로는 음모론에 입각한 권력자들의 사회통제의 수단, 즉 정보의 독점과 일상적 감시를 통해 사람들을 통제하는 감시 권력을 가리킨다. 빅브라더의 감시로부터 벗어나는 일은 우리 삶 속의 빅브라더를 정확히 인식하고 기억하는 것으로부터 출발한다.

[**] '캘리반Caliban'은 셰익스피어의 희곡 『폭풍우』에 등장하는 괴물로, 자신의 섬에 온 밀라노의 공작 프로스페로와의 싸움에서 패배함으로써 프로스페로에게 복종한다. 프로이드는 반인반수인 캘리반이 인간의 이드id를 설명하기에 가장 적합하다고 했다. 그리스신화의 나르시스는 목이 말라 샘에 갔다가 물에 비친 자신의 아름다운 모습을 사랑하게 되어 샘만 들여다보다가 탈진해(또는 샘물에 빠져) 죽었다고 한다. 정신분석학에서 '자아도취', '자기애' 콤플렉스를 의미하는 '나르시시즘'은 바로 나르시스에서 비롯된 것이다. 따라서 '반은 캘리반이고 반은 나르시스인 나'는 반인반수적인 이드에 자아도취 콤플렉스를 가진 인간이라는 의미로 해석할 수 있을 것이다.

무섭다. '너와 같은 1950년대 소년 하나가 올해처럼 평범한 해에는 무엇을 하지?' 'All the rest is silence(이제 남은 것은 오로지 침묵뿐이다).'***"

　　　　　14) 내가 알론소 키하노와 네모 선장의 '불가능한 도서관'****을 가질 수만 있다면 뭐든지 다 내놓겠다. 이 두 도서관에 있던 모든 책은, 율리우스 카이사르가 질러버린 불 때문에 소실된 알렉산드리아문고의 두루마리 책 사만 권과 더불어 현재 세계문학에 부유浮遊하고 있다. 알렉산드리아에서 현자 프톨레마이오스가 '지상의 모든 군주와 통치자들'에게 모든 장르의 작가들, 즉 '시인이나 산문가, 수사학자나 소피스트, 의사와 예언가, 역사가, 그 밖의 모든 사람'이 쓴 작품을 '아무런 의심도 하지 말고 자기에게 보내달라'고 요청하는 편지 한 통을 썼다는 설이 있다. 그리고 결국, 프톨레마이오스가 알렉산드리아에 정

***　행복한 남자는 햄릿이 죽으면서 마지막으로 남긴 말 'The rest is silence'에 'All'을 덧붙여 그 의미를 강조할 뿐만 아니라, 이를 통해 바틀비들이 선택한 '침묵'의 의미를 비유적으로 설명한다.

****　'알론소 키하노Alonso Quijano'는 '돈키호테Don Quijote'의 원래 이름으로, 그는 수많은 기사騎士소설을 구해 읽는다. 쥘 베른의 『해저 이만 리』의 주인공인 '네모Nemo 선장'은 잠수함 노틸러스호에 장서 천이백 권을 갖춘 도서관을 마련한다.

박하는 배에 실린 책을 모두 필사한 뒤 원본을 압수하고, 원본 소유자들에게는 필사본을 넘겨주라고 명령했다는 것이다. 프톨레마이오스는 나중에 이 장서藏書들을 '배의 장서'라고 불렀다.

그 모든 것은 사라져버렸다. 아마도 불이 도서관의 마지막 운명이었던 것 같다. 하지만, 비록 수많은 책이 사라져버렸다고 할지라도, 이 책들이 순전히 아무것도 아닌 것은 아니다. 오히려 그 반대로, 알론소 키하노의 모든 기사 소설이나 네모 선장의 해저 도서관에 있는 신비한 철학 논저들(돈키호테와 네모의 책들은 우리의 가장 내밀한 상상 속에 있는 '배의 장서'다)과 마찬가지로, 블레즈 상드라르가 오랜 기간 기획하고, 또 막 쓰려고 한 한 권의 책『쓰이지도, 출간되지도 않은 도서 목록』에 수록하고자 했던 모든 책과 마찬가지로, 모두 세계문학에 부유하고 있다.

실제로 존재하고, 언제라도 방문할 수 있다는 특징을 가진 또 하나의 유령 같은 도서관은 바로 미국 벌링턴에 있는 브라우티건도서관이다. 이 도서관의 이름은 미국 언더그라운드 작가이자『임신중절: 역사적 로맨스』,『윌라드와 그의 볼링 트로피』,『미국의 송어 낚시』같은 책을 쓴 리처드 브라우티건을 기리기 위한 것이다.

브라우티건도서관은 원고를 건네받은 출판사들이 출판을 거부하는 바람에 결코 출간되지 못한 원고만을 소장하고 있다. 낙태된 책만을 소장하고 있는 것이다. 이런 원고를 소지한 사람 중에 자기 원고를 '아니오'의 도서관 또는 브라우티건도서관에 기증하려면 미국 버몬트 주의 벌링턴 시에 보내기만 하면 된다. 믿을 만한 소식통에 따르면(비록 그 도서관 사람들이 그다지 믿을 만하지 않은 것을 보관하는 데만 관심이 있다 할지라도) 그 어떤 원고도 거부되지 않는다고 한다. 오히려 정반대다. 그곳에서는 모든 원고가 기꺼이 소중하게 보살펴지고 전시된다.

15) 나는 1970년대 중반경에 파리에서 일했다. 그 당시 며칠 동안 내가 만난 마리아 리마 멘데스와, 그녀를 짓누르며 꼼짝 못하게 만들고 공포에 사로잡히게 만들던 그 특이한 바틀비증후군에 관한 기억이 지금 고스란히 떠오른다.

그 누구도 사랑해본 적이 없던 나는 마리아 리마 멘데스를 사랑하게 되었으나 정작 그녀는 내 사랑에 관심이 없었고 나를 단순히 직장 동료로만 대했다. 쿠바 출신 아버지와 포르투갈 출신 어머니 사이에서 태어난 마리아는 자신이 혼혈이라는 사실에 특별한 자부심을 가지고 있었다.

"손과 파두* 사이에서 태어난 거죠." 그녀는 애조 띤 미소를 머금은 채 늘 이렇게 말했다.

내가 프랑스국제라디오방송국에 입사했을 때 알게 된 마리아 리마 멘데스는 파리에서 3년째 거주하고 있었는데, 그녀의 이전 삶은 아바나와 코임브라**에 나뉘어 있었다. 아주 쾌활하고, 대단한 혼혈 미인인 마리아는 작가가 되고 싶어 했다.

"문학가요." 그녀는 파두의 그림자가 드리운 쿠바의 매력을 물씬 풍기며 늘 이렇게 정확히 말했다.

내가 마리아를 사랑했기 때문에 이런 말을 하는 것은 아닌데, 사실 마리아는 내가 평생 만난 사람들 가운데 가장 영리한 부류에 속하는 여자였다. 마리아는 확실히 글쓰기에 특별한 소질을 가지고 있었다. 더 구체적으로 말하자면, 이야기를 꾸며내는 데 천재적인 상상력을 가지고 있었다. 마리아에게는 쿠바적인 매력과 포르투갈적인 애수가 순수한 상태로 유지되고 있었다. 그럴진대, 무슨 일이 있어도 마리아는 자신이 원하던 문학가가 되지 않았겠는가?

내가 프랑스국제라디오방송국 복도에서 그녀를 처음 본 그날

---

* '손Son'과 '파두Fado'는 각각 쿠바와 포르투갈을 대표하는 전통 대중음악이다.

** 주지하다시피, '아바나Habana'는 쿠바의 수도이고, '코임브라Coimbra'는 13세기까지 포르투갈의 수도였다.

오후, 그녀는 이미 바틀비증후군에 의해, 그녀가 글쓰기 앞에 마비되도록 그녀를 교묘하게 끌고 갔던 거부의 충동에 의해 심각하게 '공격당한touchée' 상태였다.

"이건 악이에요, 악이라고요." 그녀가 말했다.

마리아는 '쇼지즘'***이 개입함으로써 '악'이 발생했다고 했다. 당시 쇼지즘이라는 단어는 내게 생소한 것이었다.

"쇼지즘이라고 했나요, 마리아?"

"그래요Oui." 마리아는 이렇게 말하고 나서 고개를 끄덕이더니 70년대 초반에 파리에 도착해 카르티에라탱****이라는 동네가 자기를 금방 문학가로 만들어줄 것이라는 생각을 함으로써 그곳에 정착하게 된 과정에 관해 말했다. 당시 그녀는 라틴아메리카 작가들이 세대를 이어 그곳에 정착해, 작가가 되기에 이상적인 환경을 운 좋게 발견했다는 사실을 알고 있었다. 그리고 마리아는 세베로 사르두이를 언급하면서 이 작가들이 금세기 초반부터 망명을 했는데, 망명지는 프랑스도, 파리도 아니고, 바로 카르티에라탱과 그 동네에 있는 카페 두세 곳이라고 했다.

*** '쇼지즘chosisme'은 '사물주의'로 번역할 수 있다. 일반적으로 '관념적, 추상적, 무형적인 것을 사물처럼 구체화, 감각화, 유형화하려는 경향 혹은 현상'을 가리킨다.
**** '카르티에라탱Quartier Latin'은 파리 센 강변 왼쪽에 위치한다. '라틴어를 할 줄 아는 학생들이 모여 있는 지역'이라는 의미를 지닌 이곳에는 이름에 걸맞게 많은 교육기관이 집중되어 있고, 카페, 음식점 등이 많다.

마리아 리마 멘데스는 자주 카페 드 플로르나 카페 레 되 마고에서 몇 시간을 보냈다. 나는 자주 그곳에서 그녀와 함께 앉아 있을 수 있었고, 그녀는 나를 친구처럼 아주 다정하게 대해주었으나 나를 사랑하지는 않았으며, 나를 약간 좋아하긴 했다 해도, 내가 곱사등이라서 안쓰러운 마음에 나를 좋아하긴 했다 해도, 나를 사랑한 것은 절대 아니었다. 나는 그녀 옆에서 즐거운 시간을 보낼 수 있었다. 나는, 그녀가 파리에 도착했을 때 그 동네에 정착한다는 것이 처음에는 그녀에게 어느 씨족의 구성원이 되고 어느 가문의 일부가 되는 것을 의미했는데, 그것은 어느 비밀 명령을 받아들이는 것이고, 어느 연속성의 취지를 수용하는 것이고, 그 문학 동네와 카페 두세 곳의 최대 상징인 알코올, 부재不在와 침묵의 문장紋章이 그녀에게 새겨지는 것과 같았다는 말을 그녀로부터 몇 번 들을 수 있었다.

"부재와 침묵의 문장이라고 말한 이유는 뭔가요, 마리아?"

어느 날 그녀는, 자기에게 여러 번 쿠바에 대한 향수鄉愁, 카리브의 속삭임, 구아버*의 달콤한 냄새, 자카란다 나무의 보랏빛 꽃, 낮잠 시간에 그늘을 드리우는 봉황목의 불그스레한 반점 같은 꽃, 그리고 무엇보다도, 셀리아 크루스**의 목소리, 유년 시절

* '구아버Guayaba'는 석류와 비슷한 열대 과일이다.
** 셀리아 크루스Celia Cruz(1925~2003)는 쿠바 출신의 20세기 최고 살사 가수다. 골드 앨범 스

과 파티의 친근한 소리들이 다가왔기 때문이라며, 그에 관해 내게 설명했다.

부재와 침묵에도 불구하고, 처음에 파리는 마리아에게 하나의 거대한 파티였다. 어느 가문의 일원이 되고 그 비밀 명령을 받아들이는 행위는, 마리아가 문학가가 되는 것을 방해하게 될 그 악이 마리아의 삶에 나타났던 순간에, 극적인 것으로 변해버렸다.

악은 첫 번째 단계에서 구체적으로 쇼지즘이라 불렸다.

"쇼지즘이라고 했나요, 마리아?"

그렇다. 잘못은 보사노바에 있었던 것이 아니라 쇼지즘에 있었다. 70년대 초에 그녀가 그 동네에 도착했을 때는 소설에서 줄거리를 배제하는 것이 유행이었다. 당시 유행하던 것이 바로 쇼지즘, 다시 말해, 탁자, 의자, 연필깎이, 잉크병 등의 사물을 길고 장황하게 기술하는 것이었다.

그 모든 것이 장기적으로는 마리아에게 심각한 해를 끼치게 되었다. 하지만 그런 해를 당하리라고, 그녀가 처음 그 동네에 도착했을 때는 전혀 생각하지 않았었다. 그녀는 보나파르트 대로에 정착하자마자 작업에 손대기 시작했다. 다시 말해, 그 동

물세 장을 출시한 그녀는 '살사의 여왕'이라 불린다.

네의 카페 두세 군데를 들락거리기 시작했으며, 더 이상 지체하
지 않고 그곳 카페의 테이블에 앉아 야심차게 소설 한 권을 쓰
기 시작했다. 그녀가 처음으로 했던 것은 어느 연속성의 취지를
수용하는 것이었다. "너는 예전 것들을 무시할 수 없어." 마리
아는 멀리서 문학의 견고함과 짜임새를 부여해주던 라틴아메리
카 작가들을 생각하면서, 그곳 카페의 테라스에 앉아 있던 스스
로에게 말했다. "이제 내 차례야." 그녀는 신바람이 나서 그들
카페의 테라스에 갔던 자신에게 이렇게 말했고, 그곳에서 『우
울Le cafard』이라는 프랑스어 제목을 붙인 첫 번째 소설에 승선했
다. 물론 소설은 에스파냐어로 쓸 작정이었다.

마리아는 미리 설정한 계획표에 따라 소설을 쓰기 시작했다.
시작은 아주 좋았다. 눈에 띄게 우울한 표정을 한 여자 하나가
죽 늘어서 있는 접이식 의자에 앉아 있고, 그녀 옆에는 나이가
지긋한 사람들이 말없이, 무감각하게 바다를 응시하며 앉아 있
었다. 늘 그렇듯 하늘의 색과 달리 바다는 어두운 회색빛을 띠
고 있었다. 하지만 바다는 고요했고, 백사장에서 부드럽게 부서
지는 파도 소리는 잔잔하고 차분했다.

승객들이 육지에 가까워지고 있었다.

"제게 차가 있는데요." 그녀의 옆에 있는 의자에 앉아 있던
남자가 말했다.

"여기가 대서양 아닌가요?" 그녀가 물었다.

"물론이죠. 어떤 바다라고 생각하셨나요?"

"브리스틀 운하일 거라고 생각했어요."

"아니, 아니에요. 보세요." 남자가 지도 하나를 꺼냈다. "여기가 브리스틀 운하고요, 우리가 있는 곳은 여기예요. 바로 대서양이죠."

"정말 짙은 잿빛이군요." 그녀는 이렇게 말하고 나서 종업원에게 아주 차가운 청량음료 한 잔을 청했다.

이 부분까지는 소설을 아주 잘 써왔지만 청량음료가 나오는 부분부터는 몹시 꼬여버렸다. 갑자기 쇼지즘을 추구하고 싶은, 다시 말해, 당시의 유행을 따르고 싶은 생각이 든 것이다. 그리고 그녀는 청량음료 병에 붙은 상표를 상세히 기술하는 데 30쪽은 족히 되는 분량을 썼다.

마리아가 상표에 관한 기술을 마치느라 진을 빼고 난 뒤 백사장에서 부드럽게 부서지는 파도로 돌아왔을 때는 소설의 맥이 끊기고 꽉 막혀버렸기 때문에 더 이상 계속해서 쓸 수가 없었고, 이로 인해 풀이 죽어버린 그녀는 프랑스국제라디오방송국에서 막 얻은 일에 온전히 도피해버렸다. 단지 업무에만 도피해버렸더라면 좋았으련만……. 문제는 누보로망 계열의 소설에 대한 공부를 철저하게 해보겠다는 생각 또한 들었다는 것인데,

•

누보로망에서는 쇼지즘을 최고로 숭배하고 있었고, 특히 마리
아가 가장 많이 읽고 분석한 로브—그리예*의 경우는 숭배의 정
도가 더 심했다.

어느 날 마리아는 『우울』을 다시 시작하기로 작정했다. "배는
어느 방향으로도 나아가지 못하고 있는 것 같았다." 그녀는 이렇
게 다시 소설가가 되려는 시도를 했으나, 이번에는 그녀도 인식
하고 있던 그 자중自重, 즉, 평범하고 사소한 것에 필요 이상으로
오랫동안 지체하거나 시간을 폐기해버리는 로브—그리예풍 강
박관념의 자중을 유지한 채 소설을 시작하고 말았다.

비록 뭔가가 마리아에게, 소설의 줄거리에 비중을 두고 과거
의 기법에 따라 이야기를 전개해나가는 것이 더 나을 것이라고
말해주고 있었지만, 그와 동시에 그것이 그녀를 반동적이고 촌
스러운 소설가로 만들 수도 있을 것이라고 말함으로써, 마리아
를 강하게 제지하고 있었다. 그렇게 하면 사람들의 비난을 받게
될 수도 있다는 생각에 모골이 송연해진 마리아는 결국 『우울』
에 온전히 로브—그리예풍의 스타일을 적용해 계속 써나가기로
결정했다. "원근법의 효과에 의해 훨씬 더 멀게 느껴지는 부두
의 중심선 양옆으로 평행선들이 뻗어 있었는데, 훨씬 더 밝아진

* 알랭 로브—그리예Alain Robbe—Grillet(1922~2008)는 프랑스의 소설가로, 누보로망의 중심인물
이다.

아침 햇살에 드러난 평행선들은 수평면들과 수직면들이 교차하는 일련의 넓은 면들, 즉 부두의 튼튼한 난간을 더욱더 선명하게 구분해주고 있었다……."

이렇게 써나가다가 다시 완전히 멈춰버리는 데는 그리 오랜 시간이 걸리지 않았다. 마리아는 다시 방송국 업무로 도피했다. 그렇게 지내던 어느 날 그녀는 자신과는 다른 이유로 역시 글쓰기를 중단해버린 작가인 나를 만나게 된 것이다.

잡지 《텔 켈》**이 마리아 리마 멘데스에게 '온정溫情의 일격一擊'을 가했다.

마리아는 그 잡지에 실린 글에서 자신을 구제할 방책, 다시 글을 쓸 가능성, 더욱이, 가장 가능성 있는 방법, 가장 정확한 방법으로 다시 글을 쓸 수 있는 가능성을 보았다. "픽션을," 언젠가 그녀가 내게 말했다. "무자비하게 해체시키는 데 애를 쓰고 있어요."

하지만 마리아는 이내 그런 유형의 텍스트를 쓰는 데서 발생하는 심각한 문제에 부딪쳤다. 필립 솔레르스, 롤랑 바르트, 줄리아 크리스테바, 마르슬랭 플레네***와 그들의 동료들이 쓴 글의

** '텔 켈Tel Quel'은 '그대로', '현상대로'라는 의미다.
*** 소설가인 필립 솔레르스Philippe Sollers(1936~), 구조주의 철학자이자 비평가인 롤랑 바르트 Roland Barthes(1915~1980), 불가리아 출신의 기호학자이자 정신분석학자인 줄리아 크리스테바 Julia Kristeva(1941~), 시인이자 수필가인 마르슬랭 플레네Marcelin Pleynet(1933~)는 누보로망 이후 가장 전위적인 문학 운동을 주도한 《텔 켈》 그룹의 멤버로, 프랑스 후기구조주의를 대표한다.

구조를 분석하는 시간에 강한 인내심을 발휘했음에도 불구하고, 그 텍스트들이 제시하는 바를 모두 제대로 이해하지는 못했던 것이다. 그리고 다음과 같은 더 큰 문제가 있었다. 가끔 그들의 텍스트가 의미하는 바를 이해하고 나서 글쓰기를 시작하면, 마리아는 그 어느 때보다 더욱더 정신이 마비되어버렸던 것이다. 왜냐하면, 결국 그들의 텍스트가 말하고자 하는 바는, 결국 글을 쓰는 수밖에 없다는 것이었고, 그런 말, 즉 글쓰기가 불가능하다는 말을 어디서부터 시작해야 할지 알 수 없다는 것이었기 때문이다.

"어디서부터 시작하죠?" 카페 드 플로르의 문학 테라스에 앉아 있던 마리아가 내게 물었다.

나는 한편으로는 놀라고 다른 한편으로는 당황스러웠기 때문에 그녀에게 무슨 말로 어떻게 용기를 북돋워주면 좋을지 알 수 없었다.

"끝내는 수밖에 없어." 그녀가 큰 소리로 혼잣말을 했다. "텍스트의 창조성과 작가의 자질에 대한 생각을 영원히 없애버려야 해."

'어디서부터 시작할 것인가?' 하는 문제에 대해 롤랑 바르트의 어느 텍스트가 마리아를 강타했다.

그 텍스트가 마리아를 혼란에 빠뜨렸고, 도저히 복구할 수 없는, 결정적인 실패를 유발했다.

어느 날 마리아가 내게 건네준 그 텍스트를 나는 지금도 보관하고 있다.

"글쓰기에 대한 불안감, 한 가지 어려움이 존재하는데, 이런 것들은 '어디서부터 시작할 것인가?'라는 문제와 관련되어 있다." 바르트가 다른 농담을 하다가 이렇게 말했다. "이 말이 가진 표현상의 매력과 실용적인 면모를 통해 보자면, 그 어려움이라는 것은 바로 현대 언어학이 설정한 어려움과 동일한 것이라고 말할 수 있을 것이다. 인간이 사용하는 언어의 불규칙 변화 특성에 처음부터 질려버린 소쉬르는 한마디로 말해 '시작의 불가능'이 가하는 중압감을 없애버리기 위해 실 하나(어떤 타당성—의미의 타당성)를 뽑아내서 실패에 감아야겠다고 결정했고, 그렇게 함으로써 언어의 시스템 하나가 만들어졌다."

이 실을 선택하는 방법을 몰랐던 마리아 리마 멘데스는, 무엇보다도 '인간이 사용하는 언어의 불규칙 변화 특성에 처음부터 질려버린'이라는 말이 무슨 의미인지 이해하지 못했고, '어디서부터 시작할 것인가?' 하는 문제는 더더욱 알지 못했다. 결국 작가로서는 영원히 입을 닫아버렸고, 《텔 켈》을 제대로 이해하지 못하면서도 필사적으로 읽어댔다.

나는 1977년에 바르셀로나로 돌아오는 바람에 마리아 리마 멘데스를 더 이상 보지 못하다가, 불과 몇 년 전에 비로소 그녀에 대한 소식을 다시 들을 수 있었다. 그녀의 소식을 듣자 가슴이 두근거렸고, 그로 인해 내가 여전히 그녀를 많이 사랑하고 있다는 사실을 확인할 수 있었다. 파리에서 몇 년 동안 함께 근무했던 동료는 마리아가 몬테비데오의 프랑스프레스에서 근무하고 있다는 사실을 알고 있었다. 그가 내게 마리아의 전화번호를 알려주었다. 나는 마리아에게 전화를 했다. 인사를 하자마자 나는 마리아가 그 악을 물리쳤는지, 그리고 결국 글쓰기를 할 수 있었는지 물었다.

"못했어요, 친구." 마리아가 내게 말했다. "시작의 불가능에 대한 문제를 시급히 해결해야 하는데, 어떻게 해야 할지 참 난감하네요."

나는 그녀에게 누보로망의 시작이 사기였다고 주장하는 책 『히드라의 거울』이 1984년에 출간된 사실을 몰랐느냐고 물었다. 나는 비신화화非神話化에 관한 책은 바로 로브–그리예가 썼고, 롤랑 바르트가 지원했다고 마리아에게 설명해주었다. 그리고 누보로망에 충실한 사람들은 다른 쪽을 바라보기를 좋아했는데, 그 이유는 그렇게 '폭로exposé'한 사람이 바로 로브–그리예 자신이었기 때문이라고 말해주었다. 로브–그리예는 그 책에다 자신과 바르트는 작가의 생각, 이야기, 사실寫實 같은 것을 아주 쉽게 의심했다고 기술했고, 그 모든 조작 행위를 '그 당시 몇 년 동안 이루어진 폭력적 행위들'이라 실토했다고 설명해주었다.

"아뇨." 마리아가 예전처럼 낭랑한 목소리에 살짝 애수를 실어 말했다. "전혀 몰랐어요. 폭력에 희생된 사람들이 만든 협회에 지금 당장 가입해야 할 것 같군요. 하지만 어느 경우든, 바뀌는 건 전혀 없어요. 오히려 그 사람들이 사기꾼이라는 사실이 반갑고요. 더욱이, 내가 예술에서 이루어지는 사기를 아주 좋아하기 때문에, 그들이 사기꾼이라는 말은 그들을 높이 평가하는 것이라는 생각이 드네요. 사실 우리가 착각에 빠져야 할 이유는 없잖아요, 마르셀로.* 내가 글을 쓰고 싶어 한다 해도, 이제는 쓸 수 없을 것 같아요."

당시 내가 '아니오'의 작가들에 관한 이 주석 노트를 구상하고 있었기 때문이었는지, 약 1년 전 그날 마리아와 마지막으로 대화를 했을 때 나는, '객관주의**의 형식적이고 이데올로기적인 슬로건들, 그리고 겉만 번드레한 싸구려들은 이제 다 사라지고 없다'고, 약간 비꼬는 말투로 주장했다. 그리고 『우울』, 또는 줄거

---

* '마르셀로'는 행복한 남자의 이름이다.
** '객관주의Objectivism'는 어떤 관념의 객관적 타당성을 인정함으로써 진리에 도달할 수 있다고 보는 입장이다. 탐구 대상에 대한 인식주체의 가치판단이나 선입관은 객관적 사실을 왜곡한다고 본다.

리에 대한 열정을 회복시켜줄 다른 소설을 써보겠다는 생각을 결국 하지 않았는지 다시 물었다.

"아니요, 친구." 마리아가 말했다. "항상 같은 생각만 하고 있고요, 어디서부터 시작할 것인지 끊임없이 자문하고 있는데요, 계속해서 마비 상태예요."

"하지만, 마리아……."

"나는 더 이상 마리아가 아니에요. 이제 내 이름은 '비올렛 데 스바리에'라고요. 난 소설을 전혀 쓰지 않을 거지만, 적어도 소설가 같은 이름은 갖고 있어요."

16) '아니오'의 작가들이 마침내 모습을 드러 내고서 나를 직접 만나겠다고 작정한 것 같은 사건이 있었다. 오늘 밤 아주 차분하게 텔레비전을 보고 있는데, 마침 BTV에서 페레르 레린이라는 시인에 관한 르포 프로그램을 방영하고 있었다. 나이가 55세인 그 시인은 어렸을 때 바르셀로나에서 산적이 있었고, 그곳에서 신출내기 시인 페레 짐페레르, 펠릭스 데 아수아와 친구로 지냈다. 당시 페레르 레린은 아주 대담하고 반항적인 시를 썼으나, (그 르포 프로그램에서 아수아와 짐페레르

가 증언한 바에 따르면) 60년대 후반에 모든 것을 버리고 우에스카 주의 아주 촌스러운 도시, 군대 요새처럼 불편한 하카에 가서 살았다. 보아하니, 그가 바르셀로나를 그토록 빨리 떠나지 않았더라면, 카스텔레의 '신예 시인 아홉'*의 선집에 포함되었을 것이다. 하지만 그는 하카로 떠났고, 30년 전부터 독수리에 관해 깊이 연구하면서 살고 있다. 말하자면, 그는 독수리 연구가다. 그때 오스트리아 출신 작가 프란츠 블라이가 떠올랐는데, 그는 어느 동물우화집에 자신과 동시대를 풍미했던 문학가들을 분류해 싣는 작업을 했었다. 새 전문가로서 독수리를 연구하는 페레르 레린은 현대의 시인들에 관해서도 연구하고 있을 것이다. 그 시인들 대부분이 독수리이기 때문이다. 페레르 레린은 죽은 고기(시詩의 고기)를 먹고 사는 새들을 연구한다. 나는 그의 운명이 적어도 랭보의 운명만큼은 매력적이라고 생각한다.

   17) 오늘은 7월 17일이고, 지금은 오후 두 시다. 나는 내가 좋아하는 연주자 쳇 베이커의 음악을 듣고 있다.

---

* '신예 시인 아홉'은 카스텔레가 1970년대에 에스파냐에서 가장 뛰어난 신예 시인들의 작품을 모아 선집 형태로 출간했을 때, 그 선집에 포함된 시인들을 일컫는다.

방금 전에는 면도를 하다가 거울에 비친 나를 알아보지 못했다. 요 며칠 동안의 진한 고독이 나를 다른 사람으로 변모시킨 것이다. 어찌 되었든, 나는 외따로 떨어져 비정상적으로, 일탈적으로, 격에서 벗어나 내 마음대로 살고 있다. 나는 붙임성 없는 사람이 되고, 삶을 속이고, 문학에 등장하는 과격한 '비영웅非英雄'이 되어보는 놀이를 하고(다시 말해, 이 텍스트 없는 주석의 주인공이 되어보는 놀이를 하고), 삶을 관찰하고, 자기 고유의 삶이 결여되어 있는 불쌍한 삶을 살아보는 데에서 일종의 쾌감을 느낀다.

나는 거울에 비친 나를 알아보지 못했다. 그러고서는 진정한 영웅은 홀로 즐기는 자라고 말한 보들레르의 말을 생각해보았다. 다시 거울을 보았고, 사뮈엘 베케트의 고독한 주인공 와트와 유사한 것을 내 안에서 보았다. 와트처럼 나는 다음과 같은 방식으로 묘사될 수 있을 것이다. 공공장소의 벤치에 앉아 있는 혐오스러운 세 노인 앞에 버스 한 대가 도착하고, 노인들이 버스를 주시하고 있다. 버스가 떠난다. "이봐(노인들 가운데 하나가 말한다), 상당히 많은 넝마가 남겨졌군." "아냐(두 번째 노인이 말한다), 그건 버스에서 떨어진 쓰레기통이야." "천만에(세 번째 노인이 말한다), 버스에서 누군가 내던진 낡은 신문 더미라니까." 그 순간 쓰레기 한 무더기가 노인들에게 다가와 아주 험악

한 말로 벤치의 자리를 내달라고 요구한다. 그가 바로 와트다.

내가 한 무더기의 쓰레기로 변해 글을 쓰는 것이 과연 좋은 것인지는 모르겠다. 잘 모르겠다. 온통 의문투성이다. 아마도 이제 나의 과도한 격리 생활을 끝마쳐야 할 것 같다. 적어도 후안의 집에 전화를 해서 그와 대화를 하고, 그더러 무질 다음으로는 아무것도 없다는 그 말을 다시 내게 해달라고 부탁해야겠다. 온통 의문투성이다. 지금 당장 내가 확실히 말할 수 있는 단 한 가지 것에 관해 말해보자면, 내가 이름을 바꾸어서 나를 '거의 와트'라 부른다는 것이다. 아, 내가 이런저런 말을 하는 것이 중요한지는 잘 모르겠다. 말하는 것은 창작하는 것이다. 그것이 옳든 그르든. 우리는 아무것도 만들지 않고, 우리가 수업에 관해, 배웠다가 잊어버린 학교 과제들 가운데 몇 개에 관해, 우리가 애석해하는 그 울음 없는 삶에 관해 그저 더듬거리기만 할 때도 우리는 창작한다고 믿는다. 빌어먹을.

나는 단지 쓰인 목소리고, 내게는 개인적인 삶도 공적인 삶도 거의 없다. 나는 현대문학에 드리워진 바틀비의 그림자에 관한 긴 역사를 단편적으로 서술해가는 단어들을 쏟아내는 하나의 목소리다. 나는 '거의 와트'고, 단순한 말의 흐름이다. 나는 열정을 깨워본 적이 단 한 번도 없고, 이제는 내가 단 하나의 목소리이기 때문에 더더욱 열정을 깨우지 않을 것이다. 나는 '거의 와트'다. 나는 내 단어들이 말을 하도록 내버려둔다. 그 단어들은 내 것이 아니다. 그 단어인 나는 그 단어들이 말하는 나, 하지만 그 단어들이 쓸데없이 말하는 나다. 나는 '거의 와트'고, 내 삶에는 단 세 가지 것만 있다. 글쓰기의 불가능성, 글쓰기의 가능성, 그리고 고독. 물론 고독은 육체적인 것이고, 고독과 더불어 지금 나는 앞으로 나아가고 있다. 나는 지금 누군가 내게 하는 말을 듣고 있다.

"'거의 와트', 내 말이 들리나요?"

"거기 누구요?"

"왜 당신은 당신의 실패를 잊어버리지 않고, 또, 예를 들어, 왜 조셉 주베르의 경우에 대해 말하지 않는 거요?"

나는 상대를 찾아보지만 아무도 없고, 명령에 따르겠다고 유령에게 말하고, 그렇게 말하고 나서 웃고, 진정한 영웅들처럼 결국 혼자서 즐긴다.

18) 조셉 주베르는 1754년에 몽티냑에서 태어나 70년 후에 죽었다. 책은 단 한 권도 쓰지 않았다. 책을 쓸 수 있도록 해주는 합당한 조건을 결연한 마음으로 찾으면서 책 한

권을 쓸 준비만 했을 뿐이다. 그 후 그는 책을 쓰겠다는 계획 또한 잊어버렸다.

책 한 권을 쓸 수 있도록 해주는 합당한 조건을 찾아 헤매던 주베르는 책을 단 한 권도 쓰지 않고 살기에 아주 좋은 장소 하나를 발견해버렸다. 자신이 뿌리를 내릴 곳을 찾은 것이다. 모리스 블랑쇼가 말하듯이, 주베르가 모색하던 것은 바로 모든 글쓰기의 원천, 글을 쓸 수 있는 공간, 그리고 그 공간을 비춰줄 빛이었다. 주베르는 이런 모색을 통해 자신을 문학적인 작업을 하기에 부적합한 사람으로 만들었던 요인, 자신이 문학적인 작업을 하지 못하도록 가로막았던 요인들이 무엇인지 알아내고 인정하게 되었다.

사실 주베르는 초기 현대 작가들 가운데 하나였다. 이 작가들은 주변보다는 중심에 있기를 선호하고, 결과는 중요하게 여기지 않은 채 자신들에게 맞는 조건을 발견하기 위해 애를 쓰고, 다른 책들에 책 한 권을 첨가하기 위해 글을 쓰는 것이 아니라 모든 책의 원천이 되는 것처럼 보이는 하나의 관점을 소유하기 위해 글을 쓰고, 일단 그렇게 한 뒤에는 책을 쓰지 않았다.

그럼에도 불구하고, 주베르가 책을 단 한 권도 쓰지 않았다는 것은 매우 특이하다. 왜냐하면, 그는 이미 아주 어렸을 때부터 당시 쓰이고 있던 글에만 이끌리고 관심을 가졌던 사람이기 때문이다. 그는 어렸을 때부터 당시 쓰이고 있던 책들의 세계에 대단히 깊은 관심을 가졌다. 어렸을 때는 데니스 디드로에게, 조금 뒤에는 레스티프 드 라 브르통에게 아주 가까이 다가가 있었는데, 두 사람 모두 다작하는 문학가였다. 어른이 되어서는 그의 거의 모든 친구가 유명한 작가였기 때문에, 그들과 더불어 글의 세계에 빠져 지냈다. 친구들은 그가 대단한 문학적 재능을 가지고 있다는 사실을 알고서 그더러 문학적 침묵 밖으로 나오라고 부추겼다.

주베르에게 커다란 영향을 미친 샤토브리앙이 어느 날 주베르에게 다가와 셰익스피어의 말을 빗대 이렇게 말했다고 한다.

"선생님 몸속에 숨어 있는 다산의 작가에게 제발 그 많은 편견 좀 버리라고 청해보세요. 그렇게 하실 거죠?"

당시 주베르는 모든 책의 원천을 찾느라 길을 헤매고 있는 상태였고, 그 원천을 발견하게 되면 책을 한 권도 쓰지 않아도 될 것이라는 사실을 명확하게 인식하고 있었다.

"난 아직 그렇게 할 수 없소." 주베르가 샤토브리앙에게 대답했다. "내가 찾는 책의 원천을 아직 발견하지 못했소. 하지만 내가 그 원천을 발견하게 된다면, 내가 쓰면 좋겠다고 당신이 생각하는 그 책을 쓰지 않을 이유를 훨씬 더 많이 갖게 될 것이오."

그는 그 원천을 찾고 길을 잃고 헤매면서 즐기고 있는 동안,

완전히 내밀한 비밀 일기 한 권을 마무리해가고 있었다. 그는 그 책을 출간할 생각이 없었다. 그러나 친구들은 그를 박대했고, 그가 죽자 그 일기를 출간함으로써 자신들의 수상쩍은 취향의 자유를 향유했다.

주베르는 그 일기만으로도 충분하다고 생각했기 때문에 고대하던 책을 쓰지 않았다고 한다. 하지만 내게는 그런 그의 주장이 터무니없어 보인다. 나는 자신의 일기가 문학적으로 풍요롭다고 믿었기 때문에 주베르가 책을 쓰지 않았다고는 생각하지 않는다. 그 일기의 지면들은 단순히 그가 글의 원천을 찾기 위해 행한 영웅적인 탐색 작업에서 겪은 여러 가지 우여곡절을 기록하기 위한 것으로만 사용되었기 때문이다.

주베르의 일기에는 그가 나이 마흔다섯에 쓴, 돈으로는 살 수 없는 순간들이 들어 있다. "하지만, 실제적으로 내 예술은 무엇인가? 내 예술은 어떤 목적을 추구하는가? 나는 예술을 함으로써 무엇을 시도하고 무엇을 원하는가? 내가 글을 써내면 사람들이 내 글을 읽는지 확인하기 위한 것일까? 그건 수많은 사람들이 추구하는 유일한 야망이다! 그게 바로 내가 원하는 것인가? 이것이 바로 내가 알아내기 위해 은밀하게, 오랫동안 탐색해야 할 문제다."

주베르는 오랫동안의 은밀한 탐색에서 늘 감탄스러울 정도로 명민하게 행동했고, 여전히 출간한 책이 없는 저자이고 쓴 글이 없는 작가이면서, 자신이 예술 분야에서 활동하고 있다는 사실을 단 한 순간도 잊지 않았다. "나는 여기 문명사회의 사물들 밖에, 그리고 예술의 순수 영역 안에 머물고 있다."

주베르는 자신이 더 근본적인 과제에 몰두해 있고, 하나의 작품보다는 예술 자체에 더 본질적인 관심을 갖고 있다는 사실을 여러 번 확인했다. "누구든 구체적인 작품을 추구하기보다는, 예술 자체를 추구해야 한다."

그렇다면 본질적인 과제란 과연 무엇일까? 주베르는 누군가 본질적인 과제가 무엇인지 안다고 말하는 것을 좋아하지 않았을 것이다. 그러니까, 실제로, 주베르는 자신이 모르는 것을 찾고 있다는 사실을 잘 알고 있었고, 모르는 것을 찾기 때문에 자신의 탐색이 어려우며 길 잃은 사상가로서 자신의 발견이 행복한 것이라는 사실을 잘 알고 있었다. 주베르는 일기에 다음과 같이 썼다. "하지만, 자신이 찾는 것이 무엇인지조차 모를 때는, 찾아야 할 그곳을 어떻게 찾겠는가? 이것은 글이 구성되고 만들어질 때 늘 일어나는 현상이다. 그러나 다행스럽게도, 그렇게 길을 잃음으로써, 하나의 발견 이상의 것이 이루어지고, 더 나아가 행복한 만남이 이루어진다."

주베르는 '길 잃음의 예술'이 주는 행복이 무엇인지 아주 잘 알고 있었던 것 같고, 그렇기 때문에 아마도 그는 그 예술의 창시자였을 것이다.

주베르가 자신은 그 특이한 길 잃음의 과제의 본질이 어디에 있는지 잘 알지 못한다고 말할 때, 내 뇌리에는 어느 날 게오르크 루카치에게 일어난 일이 떠오른다. 당시, 헝가리 출신의 그 철학자는 제자들에게 둘러싸인 채 자기 작품에 쏟아지는 찬사를 듣고 있었다. 그러다가 주눅이 든 태도로 자신의 견해를 밝혔다. "그래, 그래. 하지만 내가 본질적인 것을 이해하지 못했다는 생각이 드는군." "본질적인 것은 무엇인데요?" 깜짝 놀란 제자들이 물었다. 그러자 루카치가 대답했다. "문제는 그것이 무엇인지 내가 모른다는 데 있다네."

찾는 것이 무엇인지조차 모를 때 찾아야 할 장소를 어떻게 찾는지 자문하고 있던 주베르는, 자신의 이상을 위해 적합한 주거 또는 공간 하나를 발견하는 과정에서 겪은 어려움을 일기에 반영한다. "내 생각! 내 생각이 살게 될 집을 짓는 것이 참으로 어렵도다."

아마도 주베르는 그 적합한 공간을 천계 전체가 들어갈 수 있는 어느 대성당으로 상상했던 것 같다. 불가능한 책 한 권. 주베르는 나중에 말라르메가 가졌던 관념을 미리 내비친다. "발레리가 '별이 총총한 하늘에 비견할 만한 힘을 지닌 시'라고 평가했던 말라르메의 『주사위 던지기』가 아직 쓰이기 전에 주베르가 그

런 책 한 권을 구상하는 것은," 블랑쇼는 이렇게 쓴다. "주베르에
게는 대단한 유혹이고 동시에 영광이었을 것이다."

주베르의 꿈과 그로부터 1세기 뒤에 완성된 『주사위 던지기』
사이에는 유사한 희망이 공존하고 있다. 주베르는 말라르메처
럼 평범한 독서를 대체할 새로운 독서, 즉 어느 '동시적同時的인
단어'가 표출해내는 광경을 통해 이쪽에서 저쪽으로 다양하게
읽을 필요가 있는 독서를 창출해내겠다는 욕망을 가지고 있었
다. 그 동시적인 단어에서는 모든 것이, (주베르의 말로 표현하
자면) '총체적이고, 평온하고, 친근하고, 결국은 균일한' 빛 안에
서 혼돈 없이, 동시에 말해질 것이다.

그래서 조셉 주베르는 자신이 결코 쓴 적이 없는 책 한 권을
구상하느라 평생을 보냈는데, 잘 살펴보면, 그는 그 책이 무엇인
지조차 모른 채 쓰려고 했던 것이다. 다시 말해, 주베르가 그 책
을 쓰겠다고 '생각한 것' 자체가 그 책을 쓴 것과 다름없다.

19) 나는 오늘따라 아주 일찍 잠에서 깨어났
고, 아침 식사를 준비하면서 글을 쓰지 않는 세상의 모든 사람들
을 생각했고, 실제로는 인류의 99% 이상이, 바틀비의 방식대로

말하자면, 글쓰기를 하지 않으려고 한다는 사실을 불현듯 깨달았다.

나를 불안하게 만든 것은 99%라는 압도적인 수치였음이 틀림없다. 나는 카프카가 가끔씩 하던 그런 몸짓을 하기 시작했다. 손뼉을 치고, 손바닥을 비벼대고, 양어깨를 들어 올려 자라목을 하고, 바닥에 벌러덩 드러눕고, 껑충 뛰어오르고, 뭔가를 던지거나 받을 준비를 하고⋯⋯.

카프카를 생각하는 순간 그가 쓴 어느 이야기에 등장하는 '배고픈 예술가'가 뇌리에 떠올랐다.* 그 예술가는 금식을 하는 것이 어쩔 수 없고 피할 수 없는 일이었기 때문에 음식 섭취를 거부했다. 그 순간 나는, 조사관이 그 '배고픈 예술가'에게 금식을 피할 수 없는 이유가 무엇인지 묻자, '배고픈 예술가'가 고개를 쳐들더니 자기 말이 다른 데로 새어 나가지 않도록 하기 위해 조사관의 귀에 대고, 자기는 좋아하는 음식을 단 하나도 발견하지 못했기 때문에 금식을 결코 피할 수 없노라고 말하는 장면을 떠올려보았다.

그리고 역시 카프카의 어느 이야기에 나오는 또 다른 '아니오'의 예술가가 생각났다. 내 기억에 떠오른 그 예술가는 바로 '공

---

* '배고픈 예술가'는 카프카의 단편소설 「배고픈 예술가」에 등장하는 인물이다.

중그네를 타는 예술가[*]였는데, 그는 발로 땅을 딛고 서 있는 것을 피하기 위해 그네에서 내리지 않은 채 밤낮을 보냈다. 바틀비가 일요일에조차도 사무실에서 나가지 않았듯이, 스물네 시간을 공중에서 산 것이다.

이처럼 확실한 '아니오'의 작가들을 생각해본 뒤에 나는 내 자신이 약간 불안하고, 초조한 상태가 되어 있다는 사실을 감지했다. 나는 바람을 조금 쐬는 것이 좋을 것 같다고, 또 단순히 여자 수위에게 인사를 하는 것에서 좀 더 나아가, 가판대 남자 주인과 날씨에 관해 말하거나, 슈퍼마켓의 고객 카드를 소지하고 있는지 내게 묻는 여자 계산원에게 '아니오'라고 짧게 대답하는 것이 좋을 것 같다고 나 자신에게 말했다.

가능하면 최선을 다해 소심증을 극복하면서 일반 사람들에게 짧은 설문을 함으로써, 그들이 무슨 이유로 글을 쓰지 않는지 조사해보고, 그들 각자의 셀레리노 삼촌은 누구인지 알아내야겠다는 생각이 들었다.

나는 새벽 두 시경에 길 어귀에 있는 가판 상점 겸 서점에 서 있었다. 아주머니 하나가 로사 몬테로의 책 뒤표지를 읽고 있었다. 나는 아주머니에게 다가가 그녀의 믿음을 살 방법을 궁리하

* '공중그네를 타는 예술가'는 카프카의 소설 『어느 학술원에 제출된 보고서』에 등장하는 인물이다.

며 약간 뜸을 들인 뒤 느닷없이 물었다.

"그런데 아주머니는 왜 글을 쓰지 않으시나요?"

여자들은 가끔 사람을 당황스럽게 만드는 논리를 소유하고
있다. 아주머니는 내 질문이 특이하다는 표정을 지으며 나를 쳐
다보고 씩 웃더니 이렇게 말했다.

"웃기시네요. 내가 왜 글을 써야 하는 건지 어디 한번 말해보
세요."

서점 주인이 우리의 대화를 들었는지, 여자가 서점을 나가자
마자 내게 말했다.

"그렇게 잽싸게 작업을 거는 거요?"

의뭉스러운 수컷 같은 그의 눈빛이 불편했다. 나는 그를 내
설문의 고깃덩어리로 바꿔버리겠다고 작정하고서 그에게 왜 글
을 쓰지 않는지 물었다.

"책을 파는 게 더 좋으니까요." 그가 내게 대답했다.

"그게 힘이 덜 들겠네요, 그렇지 않아요?" 나는 살짝 부아가
치밀어 올라 그에게 말했다.

"진심을 말하자면, 중국어로 글을 쓰고 싶어요. 합산하고, 돈
을 버는 게 좋거든요."

나는 적이 당황스러웠다.

"그게 대체 무슨 말인가요?" 내가 그에게 물었다.

"아무것도 아니에요. 내가 중국에서 태어났더라면 글을 쓰는 것을 썩 심각하게 생각하지 않았을 거라고요. 중국인들은 아주 영리해서 써놓은 글을 나중에 합산하려는 것처럼 글을 위에서 아래로 써 내려가잖아요."

그가 나를 짜증나게 만들었다. 게다가 옆에 있던 그의 부인이 남편의 농담을 듣고 웃었다. 나는 평소보다 신문 한 부를 덜 사면서 그녀에게 왜 글을 쓰지 않는지 물었다.

그녀가 생각에 잠겼다. 순간 나는 그녀의 대답이 당시까지 내가 얻어낸 대답들보다 방향성이 더 확실할 것 같다는 희망을 가졌다. 마침내 그녀가 내게 대답했다.

"잘 모르기 때문이에요."

"무엇을 모른다는 거죠?"

"글 쓰는 법 말이에요."

나는 설문이 성공했다고 생각하고서 나머지 설문은 다음 날로 미루었다. 집에 돌아와 신문을 펼쳐보니 베르나르도 아차가의 놀랄 만한 선언이 실려 있었는데, 바스코 출신의 그 작가는 글을 쓰고 싶은 마음이 없다고 말한다. "글을 써온 지 25년이 지났는데, 가수들의 노랫말에도 나오듯, 글을 쓰고 싶은 마음이 갈수록 옅어지고 있다."

그러니까, 아차가가 바틀비증후군의 초기 증세를 갖고 있는

게 확실하다. "얼마 전에, 한 친구가," 그가 말한다. "요즘 작가가 되는 데는 상상력보다 힘이 더 많이 필요하다고 내게 말했다." 아차가가 말하는 그 힘이란 바로 인터뷰를 지나치게 많이 하고, 회의나 학회에 지나치게 자주 참석하고, 언론에 지나치게 많이 등장하는 것이다. 그는 작가가 사회와 매스컴에 어느 정도까지 등장하는 것이 좋을지 자문한다. "예전에는 그런 것이 그리 해롭지 않았다." 아차가가 말한다. "하지만 이제는 중요한 문제가 되어 있다. 나는 상황이 변화하는 것 같은 분위기를 감지하고 있다. 예전에는 일종의 '살롱데쟁데팡당*'에 전시될 수 있었던 레오폴도 마리아 파네로** 같은 작가들의 유형이 사라지고 있는 것 같다. 문학을 선전하는 형식 또한 바뀌었다. 그리고 문학상 또한 바뀌었는데, 문학상은 하나의 농담이고 속임수다."

이 모든 것을 보면, 아차가가 책 한 권을 더 쓰고 은퇴할 생각인 것 같다. 작가에게는 전혀 극적이지 않은 결말이다. "슬퍼할 이유가 없는데도 슬퍼하는 것은 변화 앞에서 드러내는 반응일 뿐이다." 그리고 아차가는 자기 이름을 다시 호세바 이라수로 부를

---

* '살롱데쟁데팡당Salon des Indépendants'은 1884년부터 파리에서 해마다 열리는 '독립미술가협회'의 미술 전람회다.

** 레오폴도 마리아 파네로Leopoldo María Panero Blanc(1948~)는 '노비스모(최신주의) 그룹grupo de los novísimos'에 속하는 에스파냐의 현대 시인이다. 노비스모 그룹은 자동기술법, 생략법, 콜라주, 이국적인 요소 및 인공적인 것의 도입, 매스컴과 영화의 영향 같은 형식에서 절대적인 자유를 추구한다.

것이라고 밝히면서 말을 끝냈는데, 이 이름은 그가 베르나르도 아차가라는 필명을 쓰기로 결정하기 전에 사용하던 본명이다.

그의 은퇴의 변辨이 지닌 반항적인 느낌이 너무 좋았다. 알베르 카뮈의 말이 생각났다. "반항적인 사람은 누구인가? '아니오'라고 말하는 사람이다."

그러고 나서 나는 이름을 바꾸는 문제로 되돌아와 카네띠를 떠올려보았다. 그에 따르면 사람들은 두려움을 잊기 위해 이름을 발명한다. 클라우디오 마그리스는 이 문장을 언급하면서 덧붙이기를, 이는 우리가 여행을 할 때 지나치게 되는 역의 이름을 읽고 적는 이유가, 단지, 아무것도 아닌 이런 것들의 질서와 리듬을 통해 만족감을 느끼면서 향후 조금 더 편안한 마음으로 여행을 하려는 의도 때문이라고 말한다.

앤터니 버지스*가 만든 인물 엔더비는 역 이름을 적으면서 여행해 결국 어느 정신병원에 도착한다. 의사들은 그의 이름을 바꾸어줌으로써 그를 치료한다. 정신과 의사의 말에 따르면, '엔더비는 어느 연장된 사춘기의 이름'이었기 때문이다.

나 역시 기분 전환을 하려고 이름을 발명한다. 내 이름을 '거

* 앤터니 버지스Anthony Burgess(1917~1993)는 영국의 작가로, 평생 서른두 권의 소설, 두 편의 희곡과 다수의 시편 및 열여섯 권에 달하는 문학 연구서와 수필을 남겼으며, 여러 작품을 번역했다. '엔더비Enderby'는 그의 소설 『엔더비의 외면』 및 그 속편인 『엔더비의 종말』에 등장하는 인물이다.

의 와트'라고 부른 뒤로 나는 좀 더 차분하게 살고 있다. 물론, 여전히 불안하긴 하지만.

20) 나는 드랭이 내게 편지를 썼다고 꾸몄다. 『문학적 도피』의 저자가 내 편지에 답장을 하지 않자, 내가 나 자신에게 보내는 편지를 써서 드랭의 서명을 하기로 작정한 것이다.

친애하는 친구.

글쓰기를 포기한 사람들에 관해 글을 쓰려는 내 아이디어를 당신이 탈취해버렸음에도 불구하고 나는 당신이 나의 축복을 받으려면 어떻게 해야 할지 모색하고 있는 것 같아요. 내가 정도에서 벗어나 있는 건가요? 좋아요, 걱정하지 마세요. 만약 당신이 내 아이디어를 명백하게 도용했음에도 불구하고 나더러 항의하지 말라고 한다면, 당신이 당신 책을 출간할 때 나는 당신이 나를 교묘하게 매수해서 내가 침묵하도록 해버렸다는 듯이 행동할 것이라는 사실을 알아두기 바랍니다. 그리고 당신이 내 마음에 들었기 때문에, 나는 당신이 필요로 하는 바틀비 한 명을 당신에게 선물할 예정입니다.

당신의 책에 마르셀 뒤샹을 포함시키세요.

뒤샹은 당신과 마찬가지로, 많은 아이디어를 갖고 있지 않았습니다. 어느 날, 파리에서 나움 가보가 뒤샹에게 그림 그리기를 그만둔 이유가 무엇인지 직접 묻자, 뒤샹이 팔을 벌리며 대답했지요. "뭘 원하는 거요Mais que voulez vous? 이제 난 별 아이디어가 없어요Je n'ai plus d'idées."

뒤샹은 시간이 흐름에 따라 더욱 궤변 같은 설명을 하려고 했으나 아마도 위의 대답이 진실에 가장 잘 부합했을 겁니다. 뒤샹은 〈큰 유리〉를 완성한 후 별 아이디어가 없었고, 그래서 되풀이를 포기하고 더 이상은 창작을 하지 않았습니다.

뒤샹의 삶은 그가 만든 가장 훌륭한 작품이었습니다. 그는 이내 그림 그리기를 그만두고 과감한 모험을 시작했습니다. 그가 예술을, 레오나르도 다 빈치의 정신에 따라, 무엇보다도 '정신적인 것cosa mentale'으로 수용해버린 것입니다.* 그는 항상 예술을 정신에 봉사하는 것으로 설정하고 싶어 했습니다. 사실 500년 서양 예술의 기저를 은밀하게 파서 완전히 변화시켜버린 것은 바로 그런 욕망이었습니다.

---

* 레오나르도 다 빈치는 '회화는 정신적인 것이다Peintura e cosa mentale'라고 말했다.

그 욕망은 그의 개성 있는 언어 사용, 모험, 시각, 영화, 그리고 그 무엇보다도, 뒤샹의 뛰어난 '레디메이드ready-made'와 더불어 역동적으로 표출되었습니다.

뒤샹은 체스를 하고 싶었기 때문에 50년이 넘는 세월 동안 그림을 그리지 않았습니다. 멋지지 않습니까?

당신은 뒤샹이 누구인지 완벽하게 이해하고 있으리라 생각합니다만, 지금 내가 문필가로서의 그의 활동을 당신에게 상기시켜주고, 뒤샹이 캐서린 드라이어가 개인소유 현대미술 박물관 '무명미술가협회Societe Anonyme'를 건립하는 데 도움을 주었으며 그녀가 수집해야 할 예술 작품에 관해 자문을 해주었다는 말을 당신에게 할 수 있도록 허락해주기 바랍니다. 40년대에 캐서린 드라이어가 소장품을 예일대학에 기증하려는 계획을 세웠을 때 뒤샹은 아르키펭코에서부터 자크 비용에 이르기까지 예술가들의 작품 비평과 생애에 관한 한 쪽짜리 소개서 서른세 개를 써주었습니다. 로저 샤툭은, 만약 마르셀 뒤샹이 자기 자신을 드라이어가 소장한 작가들 가운데 하나라고 소개하는 글을 그 소개서에 포함시키기로 결심했더라면(그는 완벽하게 그렇게 했을 것입니다), 그가 다른 비평 기사에 썼듯이 진실과 꾸민 이야기를 교묘하게 섞었을 것이 거의 확실하다고 쓴 바 있습니다. 로저 샤툭은 뒤샹이 아마도 다음과 같은 방식으로 썼을 것이라 추측합니다.

'체스 토너먼트의 선수이자 간헐적으로 작품 활동을 하는 예술가 마르셀 뒤샹은 1887년 프랑스에서 태어나 미국 시민으로 살다가 1968년에 사망했다. 그는 두 세계를 모두 내 집처럼 편안하게 생각했고, 자신의 시간을 그 두 세계에 분배했다. 1913년 뉴욕에서 개최된 아모리 쇼*에 〈계단을 내려오는 누드〉를 출품해 스물여섯 살의 그는 '부재중에in absentia' 유명해졌으며, 1915년에 그를 미국으로 데려오게 한 스캔들을 일으킴으로써 언론을 즐겁게 만들고, 또 화나게 만들었다. 그는 뉴욕에서 4년을 머무른 뒤에 그 도시를 버리고, 1954년까지 대부분의 시간을 체스에 몰두했다. 당시 일부 젊은 예술가와 여러 나라 박물관의 관리인들이 뒤샹과 그의 작품을 재발견했다. 1942년에 뉴욕으로 돌아온 그는 1958년부터 1968년까지 생애 마지막 10년 동안 영향력 있는 유명 인사로 살았다.'

바틀비의 그림자에 관해 기술하는 당신의 책에 마르셀 뒤

---

* '아모리 쇼The Armory Show'는 1913년 뉴욕에서 개최된 미국 최초의 국제 현대미술전으로, 뉴욕의 렉시턴 가街 26블록의 제69연대 병기고兵器庫를 전시장으로 이용했기 때문에 이런 이름이 붙었다.

샹을 포함시키세요. 뒤샹은 그 그림자에 대해 알고 있었으며, 결국 자신의 손으로 그 그림자를 만들기에 이르렀습니다. 인터뷰들을 모아놓은 어느 책에서 피에르 카반느는 언젠가 뒤샹에게 카다케스에서 스무 번의 여름을 보내는 동안 예술 활동에 종사했는지 물었습니다. 뒤샹은 그에게 그렇다고 대답했는데, 그 이유는 매년 자기 집 테라스에 그늘을 만들기 위해 천막을 설치했기 때문이었지요. 뒤샹은 항상 그늘 밑에 있는 깃을 좋아했거든요. 나는 뒤샹을 대단히 높이 평가하고, 또 그는 행운을 가져오는 사람이므로, 당신의 '아니오'에 관한 논저에 그를 포함시키기를 추천합니다. 뒤샹이 가진 면모 가운데 내가 가장 감탄하는 것은 그가 위대한 사기꾼이었다는 점이지요.

당신의 벗
드랭

21) 우리는 사기꾼을 존경하는 법을 배웠다.
보들레르는 『악의 꽃』에 첨가할 아직 쓰이지 않은 어느 서문에 넣을 주석에서 예술가더러 가장 내밀한 비밀은 밝히지 말라고 다음과 같이 충고함으로써 자기 자신의 내밀한 비밀을 밝혀버렸다. "가끔은 어벙하고 가끔은 무관심한 사람들에게, 우리는 우리의 수단이 어떻게 작용하는지 보여주나요? 우리의 가장 진솔한 충동이 각종 술수, 작품을 만들어내는 데 필수적인 허풍과 뒤섞이는데, 우리는 그 수단들의 즉흥적인 수정과 변화에 관해 설명해주나요?"

이 구절에서, 허풍은 '상상'과 거의 같은 의미를 가진 말로 변해버린다. 허풍을 주요 테마로 삼고 어느 사기꾼에 관해 묘사한 가장 뛰어난 소설은 허먼 멜빌의 『사기꾼』(1857)인데, 허먼 멜빌이 『필경사 바틀비』를 통해 바틀비를 만들어낸 이후로 이 소설은, '아니오'의 얽히고설킨 미로에 관해 다시 한번 '위대한 영감'을 주었다.

허먼 멜빌은 『사기꾼』에서 다양한 인물로 변신할 수 있는 그 인물을 분명하게 칭찬하고 있다. 멜빌의 강ㅍ에서 배에 탄 외국인이 자신에 대해 뒤샹적인 멋진 농담 하나(뒤샹은 농담과 순수한 언어적 판타지를 좋아하는 사람이었다. 그 이유는, 그가 특히, 단어들을 지나치게 믿지 않았고, '파타피지크'*의 창시자인

---

* '파타피지크Pataphysique'는 정상적인 것에서 엉뚱한 것으로 비약하는 사고방식으로, 프랑스의 작가 알프레드 자리Alfred Jarry(1873~1907)의 용어를 빌린 것이다.

알프레드 자리와 위대한 레이몽 루셀[**]을 그 누구보다도 존경했기 때문이다)를 구사한다. 그 농담은 함께 배에 탄 여행객들과, '동부에서 막 도착한 것으로 보이는 특이한 사기꾼, 그 기발함이 정확히 무엇인지는 확실하게 드러나 있지 않지만 자신의 직업에 관련해서는 정말로 기발한 사기를 치는 천재적인 사기꾼 한 명을 체포한 선장의 노고를 기리기 위해 선장실 옆에 붙인 벽보'를 읽는 독자를 웃긴다.

'단어는 어떤 것을 표현할 가능성을 전혀 갖지 못한다. 우리가 우리의 생각을 단어와 문장에 집어넣기 시작하자마자 모든 것은 표류해버린다'며 단어를 믿지 않았던 남자 뒤샹을 그 누구도 결코 붙잡지 못했듯이, 그 누구도 멜빌의 특이한 사기꾼을 붙잡지 못한다. 뒤샹의 뻔뻔스러운 위업은, 그가 창조해낸 예술 작품과 비예술 작품 외에도, 뒤샹이 자신의 날조된 신임장을 기반으로 예술계를 속여 예술계가 자기에게 경의를 표하도록 할 수 있는지 없는지에 건 내기에서 이겨버렸다는 데 있다. 그런 내기에서 이기는 것은 대단한 일이었고, 뒤샹은 자신이 속해 있던 예술적이고 지적인 문화에 관해 자기 자신과 내기를 걸기로 작정했다.

** 레이몽 루셀Raymond Roussel(1877~1933)은 프랑스의 시인, 소설가, 음악가, 체스 애호가다. 20세기 프랑스 문학, 울리포Oulipo, 누보로망 등의 영향을 받은 레이몽 루셀은 의미의 생산요소로 일종의 비대칭성asymétrie을 추구한 작가로, 마르셀 뒤샹에게 많은 영향을 미쳤다.

이 위대한 '아니오'의 작가는 손 하나 까딱하지 않은 채 가만히 앉아서 게임에서 승리할 수 있다고 장담했다. 그리고 그는 내기에서 이겼다. 그 누구도 뒤샹의 사기꾼을 붙잡지 못했고, 그는 우리가 결국은 익숙해질 사기꾼들, 즉 웃음에서, 그리고 '아니오'의 게임에서가 아니라 돈, 섹스, 권력 또는 전통적인 명성에서 보상을 찾는 그 모든 작은 사기꾼들보다 더 열등한 사기꾼들을 비웃었다.

뒤샹은 그렇게 비웃으면서, 예술계를 속이기 위해, 최소 노력의 법칙에 따라 행동한 자신의 위대한 능력에 감탄하는 어느 군중의 박수갈채를 받기 위해 생애 마지막 무대로 올라갔다. 무대로 올라간 〈계단을 내려오는 누드〉의 작가는 계단을 내려다볼 필요가 없었다. 그 위대한 사기꾼은 길고 신중한 계산을 통해 계단이 어디에 있는지 정확하게 알고 있었기 때문이다. 과거에 '아니오'의 위대한 천재였던 그는 모든 것을 완벽하게 계획해놓았던 것이다.

22) 같은 나라에 살면서도 서로 거의 모르고 지낸 두 작가를 생각해보자. 첫 번째 작가는 바틀비증후군을 앓

고 있으며, 절필하고 23년의 세월이 흐르는 동안 결코 글을 쓰지 않고 있다. 두 번째 작가는, 첫 번째 작가가 책을 출간하지 않는다는 사실을 계속되는 악몽처럼 기억하고 있지만, 왜 기억하는지에 대해 타당성 있는 설명을 하지는 못한다.

이 두 가지는 미겔 토르가의 경우에 관한 것과 미겔 토르가가 시인 에드문두 데 베텐쿠르의 바틀비증후군과 맺은 특이한 관계에 관한 것이다. 에드문두 데 베텐쿠르는 1899년 마데이라 섬의 푼찰에서 태어났다. 돌아오는 8월 7일은 그가 태어난 지 100년이 되는 날이다. 그는 코임브라대학에서 법학을 전공했다. 코임브라는 그가 파두 가수로서 명성을 얻은 도시다. 파두 가수로서의 명성은 그가 나태와 보헤미안 단계를 중단한 뒤 독특한 시집들을 출간하기 시작하면서 쌓은 명성을 흐려놓았음이 틀림없다. 한동안 그는 혁신적이고 비극적인 시들을 지칠 줄 모르고 써댔고, 1940년에는 그의 최고 시집 『좌파 시들』이 세상에 나왔다. 그 시집에는 수준 높은 시 「밤의 별장」, 「비어 있는 밤」, 「공중의 묘소」 같은 것이 포함되어 있다. 그러나 이 책이 독자들에게 별 호응을 얻지 못하자 베텐쿠르는 23년 동안 지속된 긴 침묵에 빠져버렸다.

1960년에 리스본에서 발간된 잡지 《피라미드》는 시인 베텐쿠르를 침묵으로부터 꺼내려는 시도를 하면서 그가 전년도에 발표한 시들에 관한 논평에 거의 전 지면을 할애하는 자유를 누렸다. 하지만 베텐쿠르는 침묵을 지켰다. 이 최고의 바틀비 주의자는 자신에게 헌정된 잡지의 해당 호를 위해 단 몇 줄도 쓰려하지 않았다. 《피라미드》는 계속해서 침묵을 유지하겠다는 시인의 결심을 다음과 같이 설명했다. "베텐쿠르의 침묵은 그가 현재 포르투갈의 시와 화해하는 것도 불화하는 것도 아니고, 그저 부드럽게 방어하는, 독특한 형태의 반란이라는 사실이 밝혀져야 한다."

1960년은 포르투갈의 시가 불행한 시기였다. 사회주의적 사실주의의 색채를 띤 시미학詩美學 하나가 아무런 거리낌 없이 시단時壇에 자리 잡고 있었던 것이다(에스파냐에서도 독재 때문에 이런 현상이 일어나고 있었다). 1963년에도 그런 경향이 바뀌지 않고 있었으나, 베텐쿠르는 30년대에 쓴 시들, 예년에 쓴 시들, 학대를 받았던 시들을 책 한 권에 실어 다시 출간하는 데 동의했다. 에르베르투 엘데르라는 젊은이가 쓴 전투적인 서문에도 불구하고, 혹은 그 서문 때문에, 그 시들은 다시 학대를 받았다. 이 모든 것과는 관계가 없었지만, 긴 터널에서 빠져나오고 있던 미겔 토르가가 오포르토에서 다음과 같은 사실을 밝히는 특이한 편지 한 장을 써서 베텐쿠르에게 보냈다. "새로운 시는 없고, 옛 시들만 있다는 사실 자체가 이미 저를 기쁨으로 가득 채웁니다. 베텐쿠르 선생께서 책을 출간하지 않으신다는 사실이 제게는 하나의 악몽이 되어버렸습니다."

이런 편지를 받았음에도 불구하고, 베텐쿠르는 단 한 권의 책도 출간하지 않았고 10년이 지난 뒤 죽었다. "베텐쿠르는 어제 조용히 사망했다." 누군가가 《레푸블리카》 신문에 썼다. "이 시인은 33년 전부터 자기 삶에 제음기制音機를 설치했다는 듯이, 노래를 전혀 쓰지 않고 사는 것을 선택했다."

그의 죽음과 더불어, 마데이라 출신 시인의 영원한 침묵과 더불어 미겔 토르가의 악몽이 끝났을까?

23) 내가 하품을 하면서 멍하게 카탈루냐어 신문의 문학 섹션을 보고 있는데, 갑자기 이 노트에 포함시키려는 의도를 가지고 쓴 것처럼 보이는 조르디 료벳의 기사 한 편이 눈에 띄었다.

문예비평인 그 기사에서 조르디 료벳은 자신의 상상력이 절대적으로 부족하기 때문에 얼마 전에 문학 창작가가 되기를 포기했다고 말한다. 그 비평가가 어느 문예비평을 통해 자신이 바틀비증후군을 앓고 있다고 우리에게 고백한 것은 정상적인 행위가 아니다. 그렇다. 내게는 전혀 정상으로 보이지 않는다. 그러나 이것은 부족하다는 듯이, 그 기사에는 영국 출신 수필가 윌리엄 해즐릿(1778~1830)의 어느 책에 관해 언급되어 있다. 조르디 료벳이 쓴 어느 텍스트의 제목(『수필 쓰기여 안녕』)으로 판단해보건대, 윌리엄 해즐릿 역시 조르디 료벳처럼 '아니오'의 광신도임이 틀림없었다.

"윌리엄 해즐릿은," 료벳이 말한다. "문학적으로 내 목숨을 건져주었다. 몇 년 전에 나는 잘 알려져 있고, 또 매우 효율적인 서비스로 유명한 암트랙의 기차를 타고 뉴욕에서 워싱턴으로 갔다. 대합실에서 기차가 도착하기를 기다리면서 이 착한 남자의 수필집을 읽고 있었다. (……)『수필 쓰기여 안녕』에 푹 빠지는 바람에 그만 기차를 놓치고 말았다. 그런데 그 기차가 볼티모어 부근에서 탈선하는 사고가 일어났고, 그로 인해 수많은 사상자가 발생했다. 결국, 내가 그 책을 읽는 데 그토록 몰두한 이유는 과연 무엇이었을까? 그 이유는 아마도 당시 내가 문예비평은 더이상 결코 쓰지 않겠다는 모호한 의지, 또는 문학을 쓰겠다거나(나처럼 상상력이 아주 많이 부족한 사람에게는 이상적인 야망이다), 혹은 더 멀리 갈 것도 없이 교수나 강사가 되겠다거나, 그런 것도 아니면 애서가가 되겠다는 모호한 의지를 가진 내 스스로를 더욱더 강하게 만들겠다는 비밀스러운 의도를 가지고 있었기 때문일 테다. 그런 일들은, 내가 지속시키고 있는 전혀 중요하지 않고 아주 단순하기 이를 데 없는 내 삶에서, 내가 막 시작했던 일들이다."

당시 나는 그 카탈루냐어 신문의 문학 섹션에 이런 진주들이 들어 있는지 모르고 있었다. 어느 문예비평가가 어느 책에 관해 쓴 비평에서 자기 자신에 관해 우리에게 말하고, 자신의 부족한 상상력 때문에 문학 창작을 포기했다는 사실을 느닷없이 우리에게 알리고(물론 이런 말을 하는 데 상상력이 필요하다는 것은 확실하다), 게다가, 자신이 중요하지도 않고 아주 단순하기 이를 데 없는 삶을 살고 있다고 우리에게 이야기함으로써 우리를 감동시킨다는 것은 지극히 비정상적이다.

그렇다. 상상력(조르디 료벳의 셀레리노 삼촌)이 없다고 이야기할 줄 아는 상상력은 글을 쓰지 않기 위한 사려 깊은 변명이고, 아주 잘 짜인 알리바이고, 흠잡을 데 없는 발견이라는 사실을 인정해야 한다. 그의 행위는 '아니오'의 작가들로 이루어진 어느 허약한 부대에서 자신들의 호전성을 과시하기 위해 색다른 셀레리노 삼촌을 찾는 수많은 괴짜들이 하는 짓과는 다르다.

24) 7월의 마지막 일요일, 비가 내리고 있다. 카프카가 자신의 『일기』에 써놓은 어느 비 내리는 일요일이 생각난다. 카프카가 괴테의 잘못 때문에 글쓰기를 전혀 할 수 없는 마비 상태가 되어버렸다고 느끼고, 바틀비증후군의 포로가 되어 자기 손가락을 뚫어지게 응시하면서 보낸 어느 일요일.

"평온한 일요일이 그렇게 지나가고 있다." 카프카가 쓴다. "비 내리는 일요일이 그렇게 지나가고 있다. 나는 침실에 앉아 침묵에 빠져 있지만, 글쓰기, 예를 들어, 내가 그저께 내 모든 것을 바쳐서 하고 싶어 했던 그 행위를 하는 대신, 지금 내 손가락을 오랫동안 뚫어지게 응시하고 있다. 생각해보니 이번 주는 완전히 괴테의 영향을 받은 상태로 지냈고, 그 영향의 에너지를 막 소진시켜버렸고, 그렇기 때문에 나는 무용한 사람이 되어버렸다."

이것은 1912년 1월의 어느 비 내리는 일요일에 카프카가 쓴 글이다. 두 쪽을 더 넘기면, 즉 2월 4일에 쓴 부분에서 우리는 괴테가 악에, 바틀비증후군에 휩싸여 있다는 사실을 발견하게 된다. 카프카의 셀레리노 삼촌이 적어도 여러 날 동안은 괴테였음이 충분히 확인된다. "나는 끊임없이 솟구치는 열정을 가지고 괴테에 관한 것(괴테와 나눈 대화들, 괴테의 학창 시절, 괴테와 함께한 몇 시간, 프랑크푸르트에 있는 괴테의 집 방문)을 읽고 있는데, 그 열정 때문에 글쓰기를 전혀 못하고 있다."

카프카가 바틀비증후군을 가지고 있었다는 사실을 혹 누군가는 의심할 수도 있겠지만 우리는 그에 관한 증거를 갖고 있다.

  카프카와 바틀비는 상당히 비사교적인 사람들이다. 나는 두 사람을 합쳐볼까 하는 생각을 얼마 전부터 하고 있다. 물론 나만이 그런 일을 시도해보고 싶은 유혹을 느낀 것은 아니다. 더 멀리 갈 것도 없이, 질 들뢰즈는 『바틀비, 창조의 공식』에서 멜빌의 필경사와 카프카의 『일기』에 등장하는 바로 그 '총각'이 똑같은 이미지를 갖고 있다고 말했다. 그 '총각'은 '행복은 자신이 서 있는 땅이 자기 발이 덮고 있는 땅보다 더 클 수 없다는 사실을 이해하는 것이다'라고 생각하는 사람이고, 그 '총각'은 갈수록 줄어드는 자신의 공간에 만족할 줄 아는 사람이고, 그 '총각'은 자신이 죽었을 때 들어갈 관의 크기가 정확히 자기 몸의 크기인 사람이라고 말했다.

  같은 맥락에서, 그 총각에 관한 카프카의 다른 기술들 또한 뇌리에 떠오르는데, 그 기술들 역시 그 총각을 바틀비와 똑같은 모습으로 그리고 있다는 인상을 준다. "그는 재킷 단추를 단단히 채우고, 보통보다 위에 달린 호주머니에 손을 집어넣어 팔꿈치가 높이 올라가 있고, 모자가 눈에 닿도록 깊숙이 눌러쓰고, 선천적인 듯한 위선적인 미소를 머금고 있는데, 그 미소는, 안경테 속에 든 렌즈가 그의 눈을 보호하듯이, 그의 입을 보호하고 있

다. 그는 빼빼 마른 다리에 미학적으로 전혀 어울리지 않을 정도
로 꽉 끼는 바지를 입고 있다. 하지만 모든 사람이 그에게 무슨
일이 일어나고 있는지, 그가 겪고 있는 고통들이 무엇인지 죄다
알고 있다."

카프카의 그 총각과 멜빌의 필경사가 교배를 함으로써, 지금
내가 상상하고 있고, 내가 '스카폴로(이탈리아어로 '총각')'라고
부를 예정이며, 카프카가 유산으로 받게 될 그 독특한 동물('반
은 새끼 고양이고, 반은 양인')과 친족 관계를 유지하고 있는 그
잡종 인물이 출현한다.

스카폴로에게 무슨 일이 일어나는지도 알려져 있는가? 스카폴
로의 내부로부터 냉기가 발산되고, 그 냉기와 더불어 그의 이중
적인 얼굴의 가장 서글픈 반쪽이 드러난다고 말할 수 있을 것이
다. 그 냉기는 선천적이고 치유할 수 없는 영혼의 무질서에서 비
롯된다. 일요일의 비 내리는 오후면 고요한 공중에 '아니오NO'
라는 말을 대문자로 그리기라도 하듯이 낭랑한 목소리로 '아니
요'라는 말을 하도록 늘 스카폴로를 이끄는, 극도의 부정적인 충
동을 유발하는 냉기다. 그 냉기는, 스카폴로가 살아 있는 사람들
(스카폴로는 이 사람들을 위해 가끔은 노예처럼 일하고, 가끔은
사무원처럼 일한다)로부터 멀리 떨어질수록, 다른 사람들로 하
여금 그 정도면 그에게는 충분하다고 생각하는 공간이, 그만큼

줄어들게 만든다.

스카폴로는 스위스 사람처럼 호인으로 보이기도 하고(늘쩍지근한 발저처럼), 또한 아무런 특징 없는 옛사람처럼(무질의 범주에 속하는) 보이기도 한다. 하지만 우리는 발저가 외견상으로만 호인으로 보인다는 사실을 이미 알고 있으며, 개성 없는 사람의 외관은 신뢰할 수 없다는 사실 또한 이미 알고 있다. 실제로 스카폴로는 자신이 무시무시한 지대, 즉 부정否定들 중 가장 과격한 부정이 머물고 냉기가 결국은 파괴의 기운이 되는 그늘 지대를 가로지른다는 사실에 놀란다.

반은 카프카고 반은 바틀비인 스카폴로는 우리에게 특이한 존재다. 그는 아주 멀리 떨어져 있는 어느 세계의 지평선 위에 살고 있다. 그는 가끔 그곳에서 살고 싶지 않았다고 말한다. 또 가끔은 자기 애인의 무덤 앞에서 떨리는 목소리로 말하는 하인리히 폰 클라이스트처럼, 아주 무시무시하기도 하고 단순하기도 한 말을 한다.

"나는 이제 여기 사람이 아니오."

이것이 바로 스카폴로의 방식이고, 바틀비가 선택하는 방식이다. 나는 오늘, 일요일에 비가 유리창을 때리는 소리를 들으며 내게 이렇게 말한다.

"나는 이제 여기 사람이 아니오." 스카폴로가 내게 속삭인다.

나는 스카폴로에게 아주 부드럽게 미소를 짓고, 랭보의 '나는 진짜 저승에서 온 사람이오'라는 말을 떠올려본다. 나는 스카폴로를 쳐다보고 나 자신의 방식을 만들어 역시 그에게 속삭인다. '나는 혼자 있소, 총각이오.' 그러고 보니 내 자신이 익살꾼 같다는 생각이 든다. 왜냐하면, 혼자 있는 것을 방해하는 바로 그 수단들을 통해 누군가에게 말을 걸면서 자신이 고독하다고 생각하는 것은 희극적이기 때문이다.

25) 비 내리는 어느 일요일에서 다른 일요일로. 나는 당시 열아홉 살이었던 토머스 드퀸시가 처음으로 아편을 피운 날인 1804년 어느 일요일로 옮겨간다. 많은 세월이 흐른 뒤 그는 그날을 다음과 같이 기억할 것이다. "비 내리는 어느 울적한 일요일 오후였다. 우리가 살고 있는 이 지구에서 런던의 비 내리는 일요일 오후보다 더 음산한 광경은 없다."

드퀸시에게 바틀비증후군은 아편 형태로 드러났다. 드퀸시는 열아홉 살에서 서른여섯 살까지 마약 때문에 글을 쓸 수가 없었고, 환각에 빠진 상태로 드러누워 시간을 보냈다. 드퀸시는 바틀비의 악에서 비롯된 몽환 상태에 빠진 채 작가가 되고자 하는 욕망을 드러냈다. 하지만 그가 언젠가는 작가가 될 것이라고 믿는 사람은 하나도 없었다. 아편이 흡입자의 기분에 갑작스러운 즐거움을 유발하긴 하지만, 그리고 비록 매혹적인 아이디어와 쾌락을 동반하긴 하지만, 늘 흡입자의 정신을 어지럽게 만들어 버리기 때문에, 드퀸시를 성공할 수 없는 사람으로 치부해버린 것이다. 정신이 어지러운 상태, 환각에 빠진 상태에서 글을 쓸 수 없다는 것은 명백하다.

하지만 가끔은 문학이 마약으로부터 도피하는 일이 발생한다. 어느 날 드퀸시에게 이런 일이 일어났다. 그가 갑자기 바틀비증후군으로부터 자유로워진 것이다. 그 순간 그가 바틀비증후군을 극복한 방법은 아주 독창적이었다. 바틀비증후군에 관해 직접 써야겠다고 작정한 것이다. 그리하여 과거에는 아편 연기만 자욱했던 곳으로부터, 마약 문학 역사의 초석이 되는 멋진 텍스트인 수필 『어느 영국인 아편쟁이의 고백』이 나왔다.

나는 담배 한 개비에 불을 붙이고, 아편의 연기에 잠시 경의를 표한다. 바틀비증후군에 관해 씀으로써 그 증후군을 극복했지만 결국에는 그 증후군에게 배반당하고 살해당하는 것을 피할 수 없었던 그 남자의 생애를 요약할 때 시릴 콘널리가 사용한 유머가 내 뇌리에 떠오른다. "토머스 드퀸시. 영국 출신의 퇴폐적인 수필가는 자신이 소재로 삼아 썼던 바로 그것 때문에, 젊은 시절 아편을 흡입했기 때문에, 75세에 죽었다."

담배 연기가 내 눈을 가린다. 나는 이 주석의 결말 부분에 도
달해 있고, 작업을 끝내야 한다는 것을 안다. 하지만 나는 거의
아무것도 보지 못하고, 계속해서 쓸 수도 없고, 담배 연기가 위
험하게도 나의 바틀비증후군으로 변해버렸다.

이제 됐다. 담배를 껐다. 이제 끝마칠 수 있게 되었고, 후안 베
넷의 말을 인용함으로써 글을 끝마치겠다. "글을 쓰기 위해 담
배를 피울 필요가 있는 사람은 험프리 보가트처럼 연기가 눈을
휘감도록(그것이 거친 스타일 하나를 결정한다) 하거나, 재떨이에
올려놓은 담배가 거의 다 탈 때까지 참아야 한다."

　　　　26) "예술은 어리석은 짓이다." 자크 바세*는 이
렇게 말했고, 자기 자신을 죽였다. 침묵의 예술가가 되기 위해
아주 빠른 길을 선택한 것이다. 이 책은 자살한 바틀비들을 위
해서는 많은 지면을 할애하지 않을 것이다. 나는 그들에게 별
관심이 없다. 왜냐하면 자기 자신의 손에 의한 죽음에는 문학적

---

* 　자크 바세Jacques Vaché(1895~1919)는 프랑스의 초현실주의 시인 앙드레 브레통의 친구로, 초
현실주의 운동에 영향을 미친 사람이다. 아편에 중독되어 요절했다.

인 멋이 부족하고, 자신의 침묵을 정당화시켜야 할 시간이 도래했을 때 흔히 다른 작가들이 만들어내는 그런 교묘한 허구虛構가(어찌 되었든, 이것은 자기의 관자놀이에 총을 쏘는 것보다는 훨씬 더 상상력이 뛰어난 유희다) 부족하기 때문이다.

나는 자크 바세를 이 주석 노트에 포함시키겠다. 특별히, 그에 관해 다루어보겠다. 예술은 어리석은 짓이라고 말한 자크 바세의 문장이 아주 매력적이기 때문이다. 그리고 일부 작가가 침묵을 위해 취한 선택이 자신들의 작품을 폐기하지 않고 오히려역으로, 자신들이 거부했던 어떤 것에 부가적인 힘과 정통성을부여한다는 사실, 즉 작품에 대한 혐오감이 하나의 새로운 가치의 원천으로, 명백한 진지함의 증명서로 변한다는 사실을 내게알려준 사람이 바로 자크 바세였기 때문이다. 자크 바세가 내게보여준 그 진지함은, 예술을, 자체의 진지함을 영속시키는 것이라고 해석하지도 않고, 어떤 '목적'이라고 해석하지도 않으며,야망을 실현하도록 하는 영속적인 수단이라고 해석하지도 않는것이다. 이에 관해 수전 손택은 다음과 같이 말한다. "진실로 진지한 태도는, 아마도 예술을, 예술 자체를 포기할 때만 도달하게될 어떤 것을 얻기 위한 '수단'이라고 해석하는 것이다."

나는 자살한 바세의 경우를 특별하게 다루고 있다. 그가 작품을 남기지 않은 채 자살한 예술가의 본보기이기 때문이다. 그는 고작 앙드레 브레통에게 쓴 편지 몇 통 말고는 아무것도 쓰지 않았지만, 모든 백과사전에 수록되어 있다.

그리고 멕시코 문학계의 천재로, 스스로 목숨을 끊은 카를로스 디아스 두포오(아들)의 경우 또한 특별하게 다룰 것이다. 이 특이한 작가에게도 예술은 허위적인 길이며 바보짓이다. 그는 특이하기 이를 데 없는 『경구들』(1927년에 파리에서 출간되었는데, 그가 멕시코시티를 결코 떠나본 적이 없다고는 하지만, 나중에 이루어진 연구에 따르면, 파리에서 쓰였을 가능성이 있다)의 비명碑銘에다가 자신의 행위는 음울하고 자신의 말은 무의미하다고 쓰면서, 자신을 모방하라고 부탁했다. 이 철저한 바틀비는 내가 가진 최대의 문학적 약점들 가운데 하나를 대변하기 때문에, 그가 비록 자살했다고 할지라도 이 노트에 등장해야 했다. 멕시코의 비평가 크리스토퍼 도밍게스 미첼은 카를로스 디아스 두포오(아들)에 관해 '그는 우리 중에서 진정으로 특이한 사람이었다'고 말했다. 아주 특이한 사람들인 멕시코 사람들(적어도 내가 보기에는 그렇다)에게 특이하게 보이기 위해서는 그보다 훨씬 더 특이한 사람이 될 필요가 있다.

그의 날카로운 경구들 가운데 하나, 즉 내가 좋아하는 카를로스 디아스 두포오(아들)의 경구 하나를 언급하며 나는 이제 그만 이 글을 끝맺으려고 한다. "그는 비통한 절망에 빠져 자기 가

발의 털을 난폭하게 뽑고 있었다."

　　　　27) 내가 세 번째 예외적인 경우로 다루게 될
작가는 바로 니콜라스 드 샹포르다. 어느 문학잡지에 실린 하비
에르 세르카스의 기사 하나가 '아니오'의 열혈 동조자 한 사람
의 족적을 찾도록 해주었다. 그 동조자가 바로 샹포르다. 거의
모든 인간은 '아니오'라는 단어를 감히 말하지 못하기 때문에
노예라고 말한 바로 그 사람이다.

　샹포르는 문필가로서 첫 순간부터 운이 좋았고, 아무런 노력
도 기울이지 않은 채 성공이 무엇인지 알게 되었다. 삶에서도
성공을 거두었다. 여자들은 그를 사랑했고, 그가 초기에 쓴 작
품들이 아무리 평범했다 할지라도, 그로 인해 그에게 살롱의 문
이 열렸고, 그는 왕의 애정까지 얻었으며(그의 작품들이 연극으
로 상연되었을 때, 루이 6세와 마리 앙투아네트가 연극을 보고
눈물을 흘렸다), 젊은 나이에 아카데미프랑세즈에 참여했고, 처
음부터 특별한 사회적 특권을 향유할 수 있었다. 그럼에도 불구
하고 샹포르는 자신을 둘러싸고 있던 세상을 끝없이 경멸했으
며, 그렇기 때문에 당연히, 자신이 향유하던 개인적인 편의를 재

빨리 거부했다. 그는 도덕주의자였으나 오늘날 흔히 우리가 참고 견딜 수밖에 없는 그런 부류의 도덕주의자는 아니었다. 샹포르는 위선자가 아니었고, 자기 한 몸 아끼기 위해 온 세상이 추악하다고 말하는 사람이 아니었고, 거울에 자기 모습을 비추어 보면서 스스로를 경멸하기도 했다. "내가 판단하건대, 인간은 어리석은 동물이다."

그의 도덕주의는 사기가 아니었고, 그는 고귀한 사람이라는 명성을 얻겠다며 자신의 도덕주의를 이용하는 사람도 아니었다. "우리의 영웅은 훨씬 더 앞서나갔다." 카뮈가 샹포르에 관해 썼다. "왜냐하면 그는 자신의 편의를 포기하는 것에 전혀 개의치 않았고, 자기 몸의 파괴는 자기 정신의 해체와 비교해볼 때 사소한 것이라 생각했기 때문이다(그는 야만적인 방식으로 자살했다). 이것은 '결국', 샹포르의 위대성을 결정하고, 그가 실제로 쓰지는 않았지만 그 소설에 필요한 요소들을 우리에게 남김으로써, 우리가 상상할 수 있는 그 소설의 특이한 아름다움을 결정하는 것이었다."

샹포르는 결국 그 소설을 쓰지 않았고(『금언, 격언과 일화』를 남겼으나 결코 소설은 남기지 않았다), 그는 자신의 관념들을 통해 당대 사회에 대해 과격하게 '아니오'라고 말함으로써 일종의 절망한 성인의 반열에 올랐다. "그의 극단적이고 잔인한 태도는," 카뮈가 말한다. "그를 침묵이라고 하는 최종의 부정으로 이 끌었다."

샹포르는 『금언, 격언과 일화』에 다음과 같은 말을 남겼다. "금언. 각기 다른 공적 사안 또는 사적 사안에 관해 말하고 싶어 하는 사람에게 그는 차갑게 대답했다. '나는 내가 말하지 않은 사물들에 관한 목록을 매일매일 더 두껍게 만들고 있다. 최고의 철학자는 가장 긴 목록을 가지고 있는 사람일 것이다.'"

샹포르는 이렇게 말함으로써 예술 작품을 기부하고 예술 작 품이 가진 언어의 힘을 거부한 것이다. 사실 샹포르는 자신이 이들을 거부한다는 사실을 오래전부터 독특한 형식으로 알렸 다. 카뮈는 샹포르가 예술을 부정하기 시작해서 '최후의 부정' 까지 하게 되는 훨씬 더 극단적인 부정을 하게 되었다고 말하고, 더불어 그가 소설을 쓰지 않은 이유가 무엇인지, 더 나아가 기나 긴 침묵에 빠져버린 이유가 무엇인지에 대해 자신의 견해를 밝 힌다. "예술은 침묵의 반대다. 예술은 우리가 공동으로 투쟁할 때 우리를 함께 투쟁하는 사람들과 연계시켜주는 공모共謀의 신 호들 가운데 하나다. 그런 식의 공모 관계를 상실하고 '온몸으로 거절하는' 데 몰두했던 사람들에게는 언어도 예술도 고유의 표현 력을 보존하지 못한다. 이런 이유 때문에 그 부정否定의 소설은 결코 쓰이지 않았음에 틀림없다. 왜냐하면, 정확하게 말해서 그

것이 부정의 소설이기 때문이다. 그러니까, 예술에는 예술 자체를 부정하도록 유도해야 했던 바로 그 원칙들이 존재하는 것이다."

보다시피, '예'의 예술가들이 있다면 바로 그 '예'의 예술가였던 카뮈는, 예를 들어, 베케트의 작품과 새롭게 바틀비의 진정한 제자가 되겠다고 작정한 다른 작가들의 작품을 읽은 뒤 마비 상태에 빠져버렸을 것이다. 왜냐하면 카뮈는 예술이 침묵과 반대되는 것이라고 확신하는 사람이었기 때문이다.

샹포르는 '아니오'의 예술에 너무 깊이 심취한 나머지, 프랑스혁명이(처음에 샹포르는 프랑스혁명에 열광했다) 자신을 단죄했다고 생각하던 날, 자기 몸에 총 한 방을 발사함으로써 코가 깨져버리고 오른쪽 눈이 비어버렸다. 그럼에도 불구하고 여전히 목숨이 붙어 있던 그는 총알을 다시 장전하고, 칼로 목을 찌르고, 살을 베었다. 피로 목욕을 한 상태에서 가슴에 난도질을 하고, 결국 오금과 팔목을 자른 뒤 흥건하게 고인 피 웅덩이에 쓰러졌다.

하지만, 앞서 언급했다시피, 이것은 야만적으로 해체되어버린 그의 정신에 비교하면 아무것도 아니었다.

"그대는 왜 책을 출간하지 않는가?" 샹포르는 몇 개월 전에 출간한 『완성된 문명의 생산품들』이라는 짧은 텍스트에서 스스로에게 이렇게 물었다.

나는 그가 남긴 수많은 대답 가운데 몇 가지를 뽑아보았다.

왜냐하면 내가 보기에 사람들은 근본적으로 타인의 명예를 훼손하고 싶어 하는 악취미와 열망을 가지고 있기 때문이다.

왜냐하면 우리가 창문 밖을 보게 되었을 때 이왕이면 거리에 원숭이들과 곰 조련사들이 지나가는 것을 보고 싶어 하는 것과 동일한 엉터리 이유에 고무되어 작업하기 때문이다.

왜냐하면 나는 제대로 살아보지도 않은 채 죽기가 두렵기 때문이다.

왜냐하면 내 문학적 신분이 낮아질수록 내가 느끼는 행복은 커지기 때문이다.

왜냐하면 나는 비어 있는 구유를 차지하겠다고 서로 발길질을 하며 싸우는 당나귀를 닮아가는 글쟁이들처럼 행동하고 싶은 마음이 없기 때문이다.

왜냐하면 사람들이 스스로 인정하지 않은 성공에는 관심을 갖지 않기 때문이다.

28) 언젠가 나는 과거에 내가 말(馬)이었다는 생각을 하면서 온 여름을 보냈다. 밤이 되면 그런 생각은 강박

관념이 되어 내 집 지붕처럼 나를 억눌렀다. 무서웠다. 내가 인간의 몸인 내 몸을 눕히자마자 말이었던 나의 기억이 떠오르기 시작했다.

물론, 그 얘기는 아무에게도 하지 않았다. 마땅히 해줄 만한 사람이 없었기 때문이다. 사실 내게는 그런 사람이 있어본 적이 거의 없다. 그해 여름에 후안은 외국에 머물고 있었는데, 아마도 예전에 후안에게는 말했던 것 같다. 생각해보니 나는 세 여자의 뒤꽁무니를 따라다니면서 그 여름을 보냈다. 하지만 그 어떤 여자도 나를 거들떠보지 않았고, 내가 나의 과거사 같은, 아주 내밀하고 무시무시한 이야기를 자기들에게 해줄 수 있는 시간을 단 1분도 허용하지 않았고, 가끔은 내게 눈길조차도 주지 않았다. 내가 곱사등이기 때문에 그녀들은 내가 과거에 말이었다고 의심했으리라 믿는다.

오늘 후안이 내게 전화를 했고, 나는 과거 내가 말이었던 기억을 떠올린 그해 여름에 관한 이야기를 후안에게 해줄 수가 있었다.

"이제 자네 이야기가 전혀 특이하게 들리지 않는군." 후안이 내게 말했다.

후안의 비평이 듣기 싫었다. 후안이 내 전화기의 자동 응답기에 메시지를 남기기 시작하던 바로 그 순간 내가 수화기를 들고 전화를 받아버린 것이 후회스러웠다. 후안의 메시지를 받으면서 며칠을 보내고 있기 때문에(다른 사람들도 내게 메시지를 보내지만 나는 응답하지 않고 있다. 그저 수화기를 들 뿐 일절 대꾸하지 않고, 사무실 사람들이 내 정신 건강에 대해 관심을 표명할 때만 떨리고 풀 죽은 목소리로 응답한다), 수화기를 들어 후안에게 제발 나를 가만 내버려두라고, 후안이 여러 해 동안 나의 곱사등과 나의 고독에 대해 연민을 품는 것이 나를 피곤하게 한다고, 그 어느 때보다도 과격하게 격리되어 살고 있는 나의 일상을 존중해달라고, 내가 텍스트 없는 주석을 쓰기 위해서는 이런 날들이 필요하다고 말하는 편이 더 나았을 것이라고 생각했다. 하지만 그런 말을 하는 대신에 나는 내가 말이었던 기억을 떠올린 그 여름에 관해 그에게 말했다.

후안은 내가 하는 말이 이제 전혀 특이하지 않다고 말하고 나서, 그 특이한 여름에 관한 내 이야기는 펠리스베르토 에르난데스의 어느 단편소설의 첫 부분을 생각나게 한다고 밝혔다.

"어떤 단편소설인데?" 나는 그 독특한 작년 여름에 관한 이야기가 오로지 나만의 것이 될 수 없다는 생각에 약간 마음이 상해 물었다.

"「나를 닮은 여자」야." 후안이 내게 대답했다. "그리고 지금 생각난 건데, 펠리스베르토 에르난데스는 자네가 그토록 관심을 두는 어떤 것과 관계가 있다네. 그는 결코 글쓰기를 포기하

지 않았고, '아니오'의 작가는 아니지만, 그의 이야기들은 '아니
오'를 추구하지. 그는 쓰기 시작한 모든 단편소설을 온전히 끝
내지 않았어. 그건 그가 결말을 쓰는 걸 좋아하지 않았기 때문
이야. 그래서 그의 짧은 이야기들을 모아놓은 선집의 제목이
『미완성 이야기들』이지. 그는 자신의 이야기를 모두 보류시켜
놓았어. 그의 단편소설들 가운데 가장 멋진 것은 「아무도 등불
을 켜지 않았다」야."

"나는 자네가 무질 다음으로 관심을 가질 만한 작가는 아무도
없다고 했던 말을 생각하고 있었네."

"무질과 펠리스베르토지." 후안이 자신 있게 결론을 내리는
듯한 어조로 내게 말했다. "내 말 잘 들려? 무질과 펠리스베르토
라니까. 그 두 사람 뒤로는 그 누구도 등불을 켜지 않고 있어."

나는 후안을 떼어내버린 후(그가 나더러 조심하라고 당부하
고, 내가 우울증을 핑계로 사무실 사람들을 속이고 있다는 사실
을 그 사람들이 모르게 해 해고당하지 않도록 하라는 말을 내게
시작했던 바로 그 순간에 그를 떼어내버렸다) 펠리스베르토의
단편소설들을 다시 읽기 시작했다. 물론 펠리스베르토는 천재
적인 작가다. 그는 독자들이 소설에 거는 기대감을 무너뜨리기
위해 무진 애를 썼다. 베르그송은 유머를 무너진 기대감이라고
정의했다. 문학에 적용시킬 수 있는 이런 정의定義는 작가이면

서, 우아한 살롱과 허름한 카지노에서 피아노를 치는 피아니스트이고, 허구의 공간 하나를 만들어낸 사람이고(이 삶에는 뭔가 부족하다는 사실을 지적하기 위해서인 듯), 결말을 내지 않은 단편소설들의 작가이고, 질식당하는 목소리들을 만들어낸 사람이고, 부재不在를 발명해낸 사람이었던 펠리스베르토 에르난데스의 짧은 이야기에서, 특이하게도 아주 세세하게 들어맞는다.

펠리스베르토 에르난데스가 쓴 단편소설의 미완성 결말들 가운데는 잊을 수 없는 것들이 많다. 대표적인 것은「아무도 등불을 켜지 않았다」의 결말이다. 거기서 펠리스베르토는 자신이 '마지막 사람들 사이에서 가구에 몸을 부딪치면서' 가고 있었다고 우리에게 말한다. 잊을 수 없는 결말이다. 나는 가끔 내 집에서는 그 누구도 등불을 켤 수 없다는 생각을 해보는 놀이를 한다. 오늘부터 나는 펠리스베르토의 완성되지 않은 단편소설에 대한 기억을 복구한 뒤에, 나 또한 가구에 몸을 부딪치며 가는 마지막 사람이 되는 놀이를 할 것이다. 나는 나 혼자 하는 파티를 좋아한다. 이런 파티는 삶 자체와 같고, 펠리스베르토의 모든 단편소설과 같다. 완성되지 않은 파티지만 진짜 파티다.

29) 나는 뉴욕에서 제롬 데이비드 샐린저를 본 날에 관해 쓰려고 했다. 그런데 그때 내 관심은 내가 어제 꾸었던 악몽, 즉 아주 특이하게 익살스러운 방향으로 가버린 그 악몽을 향하고 있었다.

꿈속에서 사무실 사람들이 내 속임수를 알아차리고 나를 해고해버렸다. 그것은 대단한 드라마이고, 식은땀을 흘리게 하는 일이고, 견딜 수 없는 악몽이었다. 결국은 나의 해고라는 비극의 희극적인 면모가 드러나고 있었다. 나는 그 드라마에 관해서는 단 한 줄만 쓰려고 작정하고 있었다. 내 일기의 공간을 그 이상 차지할 만한 가치가 없었기 때문이다. 나는 웃음을 참으며 이렇게 쓰고 있었다. "나는 일자리를 잃어버린 그 바보 같은 사건에는 신경을 쓰지 않을 생각이고, 론칼리 추기경이 가톨릭교회의 수장으로 지명되어 자신의 일기에 아무런 꾸밈도 없이 짤막하게 '오늘 나는 교황으로 만들어졌다'*고 기록했던 그날 오후처럼 할 예정이다. 아니면 특별하게 명민하지는 않았지만, 바스티유

---

* 1954년에 밀라노 대교구장 알프레도 일데폰소 슈스테르 추기경이 선종하자 몬티니가 후임자로 지명되었다. 이탈리아에서 가장 큰 밀라노 대교구의 우두머리가 된 몬티니는 자연스럽게 이탈리아 주교회의 의장직을 겸하게 되었다. 교황 비오 12세는 새로운 대교구장에 몬티니 대주교를 임명한 것을 두고 '자신이 밀라노에 개인적으로 주는 선물'이라고 말했다. 1955년 1월 6일, 몬티니는 정식으로 밀라노 대성당의 소유권을 양도받았다. 일부 추기경이 비오 12세를 계승할 차기 교황 후보자로 몬티니를 예상했지만, 몬티니는 추기경단의 일원이 아니었기 때문에 비오 12세 사후에 열린 콘클라베에 참석하지 못했다. 그 대신 안젤로 론칼리Angelo Giuseppe Roncalli(1881~1963) 추기경이 교황 요한 23세로 선출되었다.

가 함락되던 날 자기 일기에 '반란인가Rien'라고 썼던 루이 16세처럼 할 것이다."

　　　　30) 이제는 마침내 샐린저에 관한 글을 쓸 수 있을 거라고 믿고 있을 때, 펼쳐져 있던 신문의 문화면을 무심코 쳐다보다가 페핀 베요의 고향 우에스카에서 최근에 열린 페핀 베요 추모 행사에 관한 소식을 보았다.

　페핀 베요가 나를 찾아온 것 같은 느낌이 들었다.

　그 소식과 더불어 이그나시오 비달 폴치의 글과 안톤 카스트로가 에스파냐의 전형적인 '아니오'의 작가와 행한 인터뷰 기사가 실려 있었다.

　비달 폴치는 다음과 같이 쓰고 있다. "누군가 예술적 심성을 갖고 있는데 그 심성에 자유로운 통로를 터주지 않으면 두 가지 길로 연계된다. 하나의 길은 실패했다는 느낌 자체이고 (……) 또 하나의 길은 첫 번째 길보다 훨씬 더 짧은, 동양의 몇몇 사상계 인물들에 의해 미리 예견된, 영혼의 정화를 어느 정도 요구하는 길로써, 페핀 베요가 걸어가게 되는 길이다. 즉, 자신이 지닌 재능의 발현을 포기하면서도 애석해하지 않는 것은 정신적으로 귀족적인 자질이 될 수 있고, 동료들을 모욕하거나 삶에 대해 혐오하거나 예술에 대해 무관심하지 않은 채 재능이 발현되도록 하는 것은 뭔가 신성한 것을 이미 소유하고 있는 것이다. (……) 나는 그토록 재주가 많은 페핀 베요가 창작을 하지 않는 것이 애석하다는 견해를 밝힌 로르카, 부뉴엘, 달리를 생각하고 있다. 하지만 페핀 베요는 그들의 견해에 신경을 쓰지 않았다. 페핀 베요가 그런 식으로 그들을 실망시키는 것은, 내가 생각하기에, 예를 들어, 달리의 재미있고 기발한 그림들, 즉 '부패한 것들'이라 간주되는 그림들보다 더 중요한 예술 작업 같다. 달리가 그 그림들을 창조하는 데는 페핀 베요가 도움을 주었다."

나는 내가 좋아하는 예술가들 가운데 하나인 토니 프러셀라의 음악을 틀기 위해 소파에서 일어났다. 그리고 나니 페핀 베요가 인터뷰에서 뭐라고 말했는지 알아보고 싶은 호기심이 일어 다시 소파로 돌아왔다.

며칠 전에 내가 소파에 앉아 있을 때, 독수리를 연구하는 페레르 레린이 나타났었다. 그런데 오늘은 페핀 베요가 나타났다. 극단적인 부정否定의 유령들에게 내 소파는 내 집에서 가장 이상적인 장소, 그러니까 유령들이 나와서 대화를 하기에 소파는 가장 이상적인 장소다.

"호세 페핀 베요 라시에라는," 안톤 카스트로가 말하기 시작한다. "실제로 존재하지 않을 것 같은 사람이다. 어느 우화 작가도 진주로 만든 '사갈레호'처럼 윤기가 자르르 흐르는 얼굴 피부에 눈처럼 하얗고 가느다란 콧수염이 가르고 있는 그 남자를 상상할 수 없었을 것이다."

나는 실제로 존재하지 않을 것 같은 사람들이 정작 아주 매력적이라는 생각을 잠시 해본 뒤 '사갈레호'가 도대체 무엇인지 자문해보았다. 사전이 수수께끼를 해결해주었다. '시골 여자들이 입는 속치마'.

그런데, 솔직히 말하자면, 수수께끼는 전혀 해소되지 않았고, 오히려 나를 훨씬 더 복잡하게 만들어버렸다. 결국 나는 시골 여자들이 입는 그 치마를 입고 아주 멀리 여행을 떠났고, 그럼으로써 나는 뭐든지 아주 잘 받아들이는 사람, 모든 것에 한없이 열려 있는 사람이 되었고, 마침내는 이성과 꿈 사이의 경계에서 실제로 존재하지 않을 것 같은 페핀 베요의 방문을 받아들이기에 이르렀다.

나를 찾아온 페핀 베요를 보았을 때, 소파에 앉은 채 그에게 질문 하나를, 아주 단순한 질문 하나를 해야겠다는 생각이 떠올랐다. 왜 단순한 질문이냐 하면, 그가 단순한, 간식처럼 아주 단순한 사람이라는 것을(나는 나 스스로에게 말했다) 알고 있었기 때문이다.

"나는 에바 가드너*만큼 아름다운 여자는 단 한 번도 본 적이 없소." 페핀 베요가 내게 말했다. "언젠가 나는 등불을 켜놓고 그녀와 함께 오랫동안 소파에 앉아 있었소. 내가 그녀를 뚫어지게 응시하니까, 그녀가 나더러 '뭘 그렇게 쳐다보세요?'라고 물었소. '내가 뭘 보겠소? 당신을, 귀여운 아가씨, 당신을 보고 있는 거요.' 도저히 믿을 수가 없었소. 그 순간 나는 그녀 눈의 흰자위를 보고 있었소. 각막이 파르스름한 하얀색이던 옛 자기磁器 인형의 흰자위 같다는 생각을 했던 기억이 나오. 그녀가 웃었소. 그래서 내가 그녀에게 말했소. '웃지 말아요, 웃지 말라고요. 당신은 괴물이란 말이오.'"

페핀 베요가 입을 다물자, 나는 그동안 생각해두었던 간단한 질문 하나를 하고 싶어졌다. 하지만 나는 그 단순한 질문을 완벽하게 잊어버렸다는 사실을 깨달았다. 그 누구도 등불을 켜지 않았다. 이내 페핀 베요가 떠나려는 듯 자리에서 일어나더니, 가구에 몸을 부딪치면서 길거리에서 신문을 파는 사람처럼 소리를 지르며 복도 끝으로 사라져버렸다.

"최신 뉴스! 최신 뉴스! 내가 바로 각종 편람과 사전에 등장하는 페핀 베요요!"

---

* 에바 가드너Ava Gadner(1922~1990)는 미국의 여배우로, 20세기 여배우 중 가장 완벽한 몸매를 가졌다는 평가를 받았다.

31) 나는 뉴욕 5번가의 어느 버스에서 샐린저를 보았다. 내가 샐린저를 본 것이다. 틀림없이 샐린저였다. 3년 전의 일이다. 당시에도 나는 지금처럼 우울증을 가장해 아주 오랫동안 휴가를 얻어낼 수 있었다. 나는 어느 주말을 뉴욕에서 보내는 자유를 누렸다. 혹여 사무실 사람들이 나를 찾을 수도 있었는데, 그때 내가 집에 없게 되는 위험한 상황이 벌어지는 게 썩 편치 않기 때문에 뉴욕에서 더 오래 머물지는 않았다. 뉴욕에는 이틀 반만 머물렀으나 시간을 제대로 활용하지 못했다고는 말할 수 없다. 왜냐하면 다른 것은 차치하고 최소한 샐린저는 보았기 때문이다. 나는 그가 샐린저임이 틀림없다고 확신하고 있다. 얼마 전에 쇼핑 카트를 끌고 뉴햄프셔의 하이퍼마켓을 나오다 사진에 찍힌 적이 있는 바로 그 노인과 똑같았다.

제롬 데이비드 샐린저. 그는 그곳에서 버스의 맨 뒷좌석에 앉아 있었다. 그는 가끔 눈을 깜박거렸다. 그가 눈을 깜박거리지만 않았더라도, 나는 그를 사람이 아니라 하나의 상像으로 생각했을 것이다. 그였다. '아니오'의 예술사를 어떤 식으로 기술하더라도 반드시 다루어야 할 이름인 제롬 데이비드 샐린저.

그는 아주 유명하고 눈부신 네 권의 책(『호밀밭의 파수꾼』,『아홉 가지 이야기』,『프래니와 주이』,『목수들아, 대들보를 높이 올려라』)을 쓴 사람으로, 그 후 오늘날까지 더 이상 책을 출간하지 않고 있다. 다시 말해, 그는 36년 동안 엄격한 침묵을 지키며 살고 있고, 게다가 자신의 개인적인 삶을 지키는 데 전설적인 강박관념을 유지하고 있다.*

나는 5번가의 버스에서 그를 보았다. 당시 그 옆에 앉아 있던 아가씨가 아주 특이하게 입을 벌리고 있었기 때문에 그녀를 관심 있게 쳐다보다가 우연히, 실제로, 그를 보았다. 아가씨는 버스 내벽의 광고판에 붙어 있는 화장품 광고를 읽고 있었다. 보아하니 아가씨가 광고를 읽고 있는 동안 아가씨의 턱이 살짝 풀린 것 같았다. 아가씨의 입이 벌어져 있고, 입술이 서로 떨어져 있던 그 짧은 순간에 그녀는, (샐린저의 표현법에 따라 말하자면) 내게 맨해튼 전체에서 가장 숙명적인 존재였다.

나는 그녀에게 마음을 빼앗기고 말았다. 에스파냐의 늙고 가난한 곱사등이 남자인 나는, 그녀에게 보낸 나의 관심에 그녀가 응답하리라는 희망은 갖지 않은 채, 사랑에 빠져버렸다. 나는 비록 늙은 곱사등이지만, 열등감을 갖지 않은 채 행동했고, 갑작스럽게 사랑에 빠진 보통 남자와 똑같이 행동했다. 다시 말해, 내가 맨 먼저 한 행위는 그녀가 어느 남자와 함께 있는지 살피는 것이었다. 그때 나는 샐린저를 보았고, 내 몸은 돌처럼 굳어

---

* 샐린저는 2010년 1월 27일 뉴햄프셔의 은신처에서 노환으로 사망했다. 참고로, 행복한 남자가 이 주석 노트를 쓴 것은 1999년 여름에서 가을이다.

버렸다. 5초도 안 되는 짧은 시간 안에 나는 두 가지 감정을 경험한 것이다.

나는 한편으로는 낯선 여자에게 갑작스러운 사랑의 감정을 느끼면서 다른 한편으로는 샐린저와 같은 버스를 타고 간다는 사실을(그것도 아주 가까운 거리에서) 생각했다. 나는 여자와 문학 사이에서, 즉 갑작스러운 사랑과 샐린저에게 말을 걸어서 그가 책을 출간하지 않는 이유를, 세상으로부터 숨어버린 이유를 세상에서 처음으로, 교묘한 방법으로 물어볼 가능성 사이에서 분리되어 있었다.

아가씨냐 샐린저냐, 선택해야 했다. 샐린저와 아가씨가 대화를 하고 있지 않았기 때문에, 그래서 두 사람이 서로 아는 사이로는 보이지 않았기 때문에 둘 가운데 하나를 선택하는 데 시간이 그리 넉넉하지 않다는 사실을 깨달았다. 재빨리 작업해야 했다. 나는 사랑은 항상 문학보다 앞서야 한다고 결정했고, 그래서 아가씨에게 다가가 고개를 숙여 인사한 뒤에 최대한 점잖게 말을 걸려고 했다.

"실례합니다만, 아가씨가 제 맘에 쏙 들어서요. 제 생각에 아가씨의 입은 제가 평생 본 것 중에서 가장 멋집니다. 그리고 또, 이렇게 아가씨께서 보시다시피 제가 곱사등이에 늙은 몸이지만, 이 모든 것에도 불구하고, 제가 아가씨를 아주 행복하게 해

줄 수 있다고 자신합니다. 아이쿠, 제가 아가씨를 너무 많이 사
랑해서요. 오늘 밤에 시간 있으신가요?"

갑자기 샐린저의 단편소설 「어느 단절된 이야기의 핵심」이
뇌리에 떠올랐다. 그 소설에서는 누군가가 버스 안에서 꿈에 그
리던 이상적인 아가씨를 보고서, 내가 비밀리에 구상했던 질문
을 모방한 것이나 다름없는 질문 하나를 짜내고 있었다. 그리고
나는 샐린저의 단편소설에 나오는 아가씨의 이름을 기억했다.
셜리 레스터였다. 나는 내 아가씨의 이름을 잠정적으로 '셜리'
라 부르기로 작정했다.

그러고는 내가 그 버스에서 샐린저를 보게 된 것이 틀림없이
내게 엄청난 영향을 미쳤기 때문에, 샐린저의 어느 단편소설에
서 어느 청년이 꿈에 그리던 아가씨에게 질문을 하려 했던 것과
마찬가지로, 나도 그 아가씨에게 질문을 해야겠다는 생각이 떠
올랐다고 혼잣말을 했다. 그리고 내가 셜리를 사랑하게 되었지
만, 하필이면 사람을 회피하는 경향이 있는 샐린저 옆에서 그녀
를 보게 되어서 이 모든 일이 아주 까다롭게 되어버렸다는 생각
이 들었다.

나는 셜리에게 다가가, 내가 그녀를 몹시 사랑하는데 그녀에
게 마음을 빼앗긴 것은 정말 바보짓이었다는 말을 하려 했다는
사실을 깨달았다. 그리고 그다음에 떠오른 생각은 더욱더 좋지

않았다. 샐린저에게 다가가 다음과 같은 질문을 해야겠다고 생각해버린 것이다.

"아이쿠, 제가 선생님을 너무 많이 사랑해서요. 샐린저 선생님, 왜 그토록 오랜 세월 동안 책을 출간하지 않으시는지 말씀해주실 수 있으세요? 혹시 절필을 하셔야만 했던 특별한 이유가 있으신지요?"

그러나 다행스럽게도, 나는 그 생각을 실행에 옮기지 않았다. 하지만 당시에 내게 더 좋지 않은 생각이 떠올랐다는 것만은 확실하다. 설리에게 다가가 다음과 같이 말할 생각을 해버린 것이다.

"아가씨, 제발 저를 나쁘게 생각하지 마세요. 여기 제 명함이 있습니다. 저는 바르셀로나에서 살고, 현재는 휴가 중이지만 좋은 직장도 있고, 그래서 지금 뉴욕으로 여행도 할 수 있는 것입니다. 아가씨께 오늘 오후나, 아주 가까운 시일 내로, 예를 들어, 오늘 밤에 전화를 해도 되겠습니까? 제 말이 지나치게 무모하게 들리지 않기를 바랍니다. 그런데 실제로는 무모하다는 생각이 드네요."

결국 나는 감히 설리에게 다가가 그런 식으로 말을 하지도 못했다. 그녀가 나를 쌀쌀맞게 외면할 수도 있었겠지만, 그렇게 하기는 어려웠을 것이다. 왜냐하면, 뉴욕의 5번가에서 어떻게 그녀가 나를 쌀쌀맞게 외면할 수 있겠는가?

그래서 옛 수단 하나를 사용해보기로 했다. 셜리에게 다가가 거의 완벽한 영어로 말을 붙이는 것이었다.

"실례합니다. 그런데 아가씨는 혹시 윌마 프리차드*가 아니신 가요?"

내 말에 셜리는 차갑게 대답했을 것이다.

"아닌데요."

"참 재치 있으시네요." 나는 계속해서 말할 수 있었을 것이 다. "나는 아가씨가 윌마 프리차드가 확실하다고 장담할 수 있 는데요. 아하, 그렇다면 혹시 시애틀 출신이 아니신가요?"**

"아닌데요."

다행스럽게도, 나는 내가 그렇게 행동했더라도 더 이상은 진 척시키지 못했을 것이라는 사실 또한 때맞춰 깨달았다. 여자는 남자가 접근해올 때 자기를 다른 여자와 혼동했다는 듯 행동한 다는 것을 머릿속에 넣어두고 있다. '아가씨, 혹시 우리가 예전 에 어디선가 만난 적이 없던가요?'와 같은 수법은 여자가 머릿 속에 넣어두고 있는 것으로, 여자는 남자가 마음에 들 때만 덫

---

* '윌마 프리차드Wilma Pritchard'는 「어느 단절된 이야기의 핵심」의 등장인물이고, 이 단편소설 에 이와 비슷한 대사가 있다.

** 「어느 단절된 이야기의 핵심」에는 이와 비슷한 대사 또한 있다.

에 걸려드는 척한다. 그날, 5번가의 그 버스 안에서 내가 셜리의
마음에 들 가능성은 낮았다. 내가 심한 곱사등이에 땀까지 줄줄
흘리고 있었던 데다가 머리카락은 다리미질을 한 듯이 내 두피
에 찰싹 달라붙어서 초기 대머리 증세를 더욱 두드러지게 만들
고 있었기 때문이다. 셔츠에는 커피 한 방울이 흘러 흉하게 얼
룩져 있었다. 내 자신에 대해 확신을 전혀 가질 수 없는 상황이
었다. 순간, 셜리보다는 샐린저의 마음에 드는 것이 더 쉽겠다
는 생각이 들었다. 나는 샐린저에게 다가가 말을 걸기로 했다.

  "샐린저 선생님, 저는 선생님을 좋아하는 사람입니다. 하지
만, 선생님께서 30년이 넘는 세월 동안 책을 출간하지 않고 계
시는 이유가 무엇인지 여쭙기 위해 선생님께 온 것이 아닙니다.
우리가 속해 있는 무한한 우주적 총체는 말로 표현될 수 없다는
사실을 찬도스 경이 인지한 그날에 관해 선생님의 고견을 듣고
싶습니다. 선생님께서도 그와 똑같은 생각을 하심으로써 절필
을 하셨는지 말씀해주시면 좋겠습니다."

  결국 나는 샐린저에게 다가가지도 않았고, 그런 질문을 하지
도 않았다. 샐린저는 5번가에서 쌀쌀맞게 나에게 퇴짜를 놓았
을 것이다. 또한 샐린저더러 사인을 해달라고 요구하는 것도 썩
뛰어난 아이디어는 아니었다.

  "샐린저 선생님, 이 종이쪽지에 선생님의 전설적인 사인 하나

만 해주실 수 있을까요? 제가 선생님을 정말 존경하거든요."

"나는 샐린저가 아니오." 그가 내게 대답했을 것이다. 그가 괜히 33년 동안 강철 같은 의지로 은둔 생활을 한 것이 아니었다. 샐린저가 부정을 하게 되면, 나는 몹시 낯 뜨거운 상황에 처하게 되었을 것이다. 물론, 나는 셜리에게 다가가서 무슨 수를 쓰든 사인을 해달라고 했을 수도 있었을 것이다. 그러면 셜리가 미소를 머금고 내가 말을 걸 수 있는 기회를 주었을 수도 있었을 것이다.

"아가씨, 제가 아가씨를 사랑하기 때문에 실제로 아가씨의 사인을 요청했던 겁니다. 저는 뉴욕에서 아주 외로운 처지이기 때문에 누구하고든 인연을 맺기 위해 이런 엉뚱한 짓을 생각했을 뿐입니다. 하지만 제가 아가씨를 사랑한다는 것은 정말 사실입니다. 첫눈에 반해버렸습니다. 아가씨는 지금 세상에서 가장 깊숙한 곳에 숨은 작가와 함께 차를 타고 계신다는 걸 아십니까? 제 명함입니다. 세상에서 가장 깊숙한 곳에 숨어버린 작가는 바로 접니다. 하지만 아가씨 옆에 앉아 계시는 분, 방금 전에 제게 서명해주기를 거부하셨던 분 역시 마찬가지입니다."

나는 5번가의 그 버스 안에서, 이제는 절망한 상태로 갈수록 땀에 젖어가는 와중에 샐린저와 셜리가 서로 아는 사이라는 사실을 불현듯 알아챘다. 샐린저가 셜리의 뺨에 가볍게 입을 맞추면서 자신들이 다음 정거장에서 내려야 한다고 셜리에게 가르쳐주고 있었다. 두 사람은 조용히 대화를 하면서 동시에 자리에서 일어났다. 셜리는 샐린저의 애인임이 틀림없었다. 나는 삶이란 것이 참 끔찍하다고 혼잣말을 했다. 하지만 나는 곧 그 누구도 그 끔찍한 삶을 바꾸지 않기 때문에, 삶을 형용하는 말을 찾으려고 시간을 허비하지 않는 편이 더 낫겠다는 생각을 해보았다. 두 사람이 버스 출입문 쪽으로 다가가는 모습을 보고는 나역시 그녀에게 다가갔다. 나는 골치 아픈 일에 빠져 놀아나는 것을 좋아하지 않고, 불의의 사고를 당해도 그 사고에서 뭔가 유익한 것을 뽑아내려고 애쓰는 사람이다. 샐린저의 새로운 소설또는 단편소설이 없기·때문에, 내가 버스 안에서 그 작가로부터 듣게 될 말이 바로 그의 새로운 연재소설의 1회분일 수도 있다고 혼잣말을 했다. 앞서 말했다시피 나는 불의의 사고에서도 유익한 것을 뽑아낼 줄 아는 사람이다. 그리고 장차 이 텍스트 없는 주석을 읽게 될 독자들이 내게 고마워할 것이라고 생각한다. 나는 독자들이 내 노트에는 오직 샐린저의 짧은 미발표 글 하나만이, 즉 내가 그날 샐린저로부터 들은 말만이 담겨 있다는 사실을 발견하고서 몹시 좋아하는 모습을 상상하고 싶다.

나는 남녀가 버스에서 내리고 난 조금 뒤에 버스 출입문에 도달했다. 버스에서 내린 나는 약간 흥분한 상태로 귀를 쫑긋 세

우고 있었다. 내가 어느 신화적인 작가의 미발표 글에 도달하게
되는 순간이었다.

"열쇠." 나는 샐린저가 하는 말을 들었다. "이제 열쇠는 내가
가져야 할 때야. 열쇠 이리 줘."

"뭐라고요?" 셜리가 말했다.

"열쇠 말이야." 샐린저가 되풀이했다. "이제 열쇠는 내가 가
져야 할 때라니까. 열쇠 이리 줘."

"이를 어쩌나," 셜리가 말했다. "미처 말하지 못했는데
요……. 열쇠를 잃어버렸어요."

샐린저와 셜리가 쓰레기통 옆에 멈춰 섰다. 나는 그들과 1미
터 반 정도의 거리를 유지하고 선 채 재킷 호주머니에서 담뱃갑
을 찾는 시늉을 했다.

갑자기 샐린저가 양팔을 쫙 벌렸다. 셜리가 훌쩍거리면서 샐
린저의 팔을 향해 다가갔다.

"걱정 마." 샐린저가 말했다. "제발 걱정하지 말라니까."

두 사람은 그 자리에서 꼼짝도 하지 않았다. 내가 두 사람을
염탐하고 있다는 사실이 발각될 것 같았기 때문에 나는 그들 옆
에 더 이상 가만히 서 있을 수가 없었고, 계속해서 앞으로 걸어
갔다. 몇 걸음을 걸으면서 내가 어느 경계선을 넘고 있다는 생
각을 해보았다. 그것은 미출간 단편소설들의 결말이 숨어들 수

있는 뭔가 모호하고 거의 눈에 띄지 않는 하나의 선과 같은 것이었다. 잠시 후 나는 그 모든 것이 어떻게 전개되고 있는지 살펴보기 위해 뒤를 돌아보았다. 두 사람은 쓰레기통에 몸을 기댄 상태 그대로 서 있었는데, 전보다 더 꼭 껴안은 채, 이번에는 둘 다 울고 있었다. 훌쩍훌쩍 우는 사이사이로 샐린저는 내가 이미 들은 바 있던 그 말만을 되풀이하고 있는 것 같았다.

"걱정 마. 제발 걱정하지 말라니까."

나는 계속해서 내 갈 길을 걸어감으로써 그들로부터 멀어졌다. 샐린저가 지닌 문제는 뭔가를 반복하려는 성향을 가지고 있다는 것이다.

32) 1936년 성탄절, 호르헤 루이스 보르헤스는 잡지 《엘 오가르》*에 '엔리케 반치스가 올해 조용히 은혼식을 치렀다'라는 제목의 글을 실었다.

보르헤스는 시의 작용("듣는 사람을 깜짝 놀라게 만들 정도의 단어들을 조합하는 열정적이고 고독한 연습")이 불가사의한

---

* '엘 오가르El hogar'는 '가정家庭'을 의미한다.

중단, 음울하고 임의적인 상실을 경험하게 하는 것이라는 말로
이 글을 시작한다.

 보르헤스는 그런 경우가 시인에게는 아주 흔한데, 시인은 가
끔은 솜씨가 뛰어나고, 또 가끔은 부끄러울 정도로 무능하다고
말한다. 하지만 더 특이한 경우가, 더 존경스러운 경우가 있다
고 보르헤스는 쓴다. 즉, 솜씨가 별로 없는 시인의 경우인데, 그
런 시인은 작업하기를 싫어하고, 게으름과 침묵을 더 좋아한다
는 것이다. 그리고 보르헤스는 랭보의 경우를 인용한다. 랭보는
열일곱 살에 「취한 배」를 쓰고, 열아홉 살에는 영화榮華에 무관
심해졌듯이 문학에도 무관심해졌기 때문에, 독일, 사이프러스,
자바, 수마트라, 아비시니아, 수단에서 위험천만한 모험을 전개
한다. 문장이 지닌 독특한 즐거움이 정치와 무역이 제공하는 즐
거움 때문에 사라져버렸기 때문이다.

 보르헤스는 자신이 관심을 두고 있던 아르헨티나 시인 엔리
케 반치스를 다루는 글에서 우리에게 랭보를 소개하며 엔리케
반치스에 관해 다음과 같이 말한다. "1911년 부에노스아이레스,
엔리케 반치스는 자신의 최고 시집이자 아르헨티나 문학사에서
최고 수준에 도달한 책들 가운데 한 권인 『납골함』을 출간한다.
그런데 그 후로는 불가사의하게도 침묵에 빠져버린다. 그가 침묵
한 지 25년이 되어가고 있다."

1936년도의 성탄절에 보르헤스가 몰랐던 사실은 반치스의 침묵이 57년 동안 지속되리라는 것, 즉 침묵이 금혼식을 훨씬 더 넘기리라는 것이었다.

"『납골함』은 현대적이고 새로운 책이다." 보르헤스가 우리에게 말한다. "우리가 무시무시한 단어, 또는 '속이 비어 있는' 단어인 '납골함'을 발음하는 용기를 낸다면, 그 책은 영원한 책이 될 것이다. 납골함이라는 단어가 지닌 두 가지 장점은 맑음과 떨림이지, 수치스러운 발명도 미래를 담보하는 실험도 아니다. (……) 『납골함』은 각종 논쟁의 대상이 되기에는 그다지 유명하지도 않다. 엔리케 반치스가 베르길리우스와 비교된 적이 있다. 그것은 한 시인에게는 전혀 달갑지 않은 일이고, 독자들에게는 전혀 고무적이지 않은 일이었다. 아마도 엔리케 반치스의 소네트 하나가 그의 사실 같지 않은 침묵에 대한 해답을 우리에게 제시해줄 수 있을 것이다. 그는 이 소네트에서 자신의 영혼에 관해 다음과 같이 언급한다. '세속의 여제자여, 내 영혼은 현재 초라한 승리보다 영웅적인 패배를 선호하노라.' (……) 조르주 모리스 드 게랭*의 경우와 마찬가지로, 엔리케 반치스에게 문학의 길은 '본질적인 면

---

* 조르주 모리스 드 게랭Georges Maurice de Guérin du Cayla(1810~1839)은 프랑스의 시인이다. 그는 자연에 대한 느낌, 자연에 대한 범신론적 사랑, 즉 사물의 본질과 삶의 최고 원칙에 대한 느낌을 프랑스에서 가장 잘 표현한 시인으로 평가된다. 그에게는 '자연스러운 것이 지고 지선'이다.

에서 온갖 찬사를 필요로 하기 때문에', 진실하지 않은 것으로 보일 수도 있을 것이다. 아마도 엔리케 반치스는 자신의 이름, 명성 때문에 시간을 낭비하면서 피곤하게 사는 것을 원치 않을 것이다……."

마지막으로 보르헤스는 엔리케 반치스의 침묵에 관한 수수께끼를 풀고 싶어 하는 독자에게 해법 하나를 제시한다. "어쩌면 그는 재주가 뛰어나기 때문에, 문학을 너무 쉬운 놀이라고 무시하는 것일지도 모른다."

33) 마법의 실행을 포기한 또 하나의 행복한 마법사는 페르난도 페소아의 잘 알려지지 않은 분신, 자살 충동에 사로잡힌 분신인 테이베 남작이다. 아니, 테이베 남작은 페르난도 페소아의 반+분신이다. 왜냐하면 테이베 남작에게는, 베르나르두 소아레스와 마찬가지로, '그의 개성은 내 것이 아니지만, 내 것을 잘라낸 것이므로 내 것과 다르지 않다'라는 이론을 적용할 수 있기 때문이다.

나는 오늘 아침 테이베 남작에 관해 생각했다. 힘겹게 잠에서 깬 뒤에도 계속해서 그를 생각했다. 소름 끼치고 지독한 고통에 휩싸인 아침이었다. 고통이 내 뼈를 벌리고 들어와 핏줄을 타고 돌아 마침내 내 살갗을 열고 있다는 느낌을 받으면서 잠에서 깨어난 것이다. 그런 식으로 잠에서 깨어나는 것은 끔찍하다. 나는 그런 고통을 한시바삐 떨쳐버리기 위해 페르난도 페소아의 『불안의 책』을 찾으러 갔다. 내가 페소아의 고뇌에 찬 그 일기를 되는대로 펼쳐서 보게 된 단락이 아무리 강렬하다 할지라도, 강도 면에서는 나를 잠에서 깨운 그 고통보다 훨씬 덜하다고 확신한다. 내 고통의 강도를 약화시키기 위해 다른 사람의 고통을 탐색해보는 이런 방식은 늘 내게 제대로 작동해왔다.

나는 페소아가 자신의 꿈에 관해 말하는 단락 하나를 발견했다. 이 단락은 그가 쓴 수많은 글처럼 소주燒酒에 취해 쓴 것으로 보인다. "나는 절대 잠을 자지 않는다. 나는 살고 꿈을 꾼다. 아니, 살면서 꿈을 꾸고 자면서 꿈을 꾸는데, 그 꿈 역시 삶이다……."

나는 페소아를 생각하다가 테이베 남작을 생각해보았다. 자살한 바틀비들에 관해서는 다루지 않는 이 노트에서 테이베 남작은 마지막 예외가 될 것이라는 생각을 해본다. 나는 페소아의 이 반분신이 남긴 유일한 원고『스토아철학자의 교육』을 찾으러 갔다. 그 책은 자신의 귀족 작가가 가진 '아니오' 작가의 조건을 명확하게 드러내주는 부제가 붙어 있다. '어느 상위 예술의 불가능성에 관해'.

테이베 남작은 단 한 권밖에 없는 자신의 짧은 책 서문에 다음과 같이 쓴다. "나는 내 삶의 마지막이 가까워졌다고 느낀다. 왜냐하면 나 자신이 내 삶의 마지막에 가까이 있기를 바라기 때문이다. (……) 자살, 나는 자살할 것이다. 하지만 내 삶에 관한 지적인 회고록 하나 정도는 남기고 싶다. (……) 이것이 나의 유일한 원고가 될 것이다. (……) 나는 내가 결코 끝낼 수 없는 작품을 쓰기 위한 것이 아니라, 적어도 내가 무슨 이유로 그 작품을 쓰지 않았는지 단순하게 말하기 위한 힘을, 내 영혼의 명철함이 내게 주고 있다고 느낀다."

『스토아철학자의 교육』은 특이한 책이고, 어떤 면에서는 감동적인 책이다. 여자들과 관계하는 데 아주 소심하고 불우한(더 멀리 갈 것도 없이 바로 나처럼) 테이베 남작은, 불과 몇 쪽이 되지 않는 이 책에서 자신의 세계관이 무엇이며 자신이 '쓰지 않으려고 하'지 않았더라면 썼을 책들이 어떤 것이었는지 우리에게 설명한다.

테이베 남작이 책 쓰는 문제를 성가셔하지 않았던 이유는 책의 부제에 들어 있고, 또 다음과 같은 문장(확신컨대, 그는 주베르의 바틀비증후군을 기억하고 있다)에 들어 있다. "지성의 품위는 지성 자체가 제한되어 있다는 사실을, 우주가 지성 밖에 있다는 사실을 인정하는 데 있다."

이렇듯 상위 예술이 불가능하다는 사실을 깨달은 남작은, 멋진 한두 권의 책에 절묘한 단어들을 선택해 짧게 표현할 수는 있지만 본질적으로는 우주 전체와 조화를 이룰 수 있는 뛰어난 예술을 만들어낼 수 없기 때문에, 글쓰기라는 기만적인 마술을 포기해버린 불행한 마법사들의 나라로 세상에서 가장 품위 있게 건너가는 방식을 선택한다.

도저히 달성할 수 없는 이런 보편적인 열망에다가, 사람들은 알아야 할 가치가 있는 것을 빼고 모든 것을 알고자 하는 끝없는 호기심을 가지고 있다고 한 오스카 와일드의 말을 첨가하게 되면, 우리는 남작이 명석한 사람답게 아주 능숙하게 행동했고, 상위 예술을 하지 못하는 것에 관해 글을 쓰는 데 아주 능숙했고, 결국은 아마도(그를 둘러싼 상황이 그러했기 때문에) 자살을 하는 데 아주 능숙했다는 결론에 도달하게 될 것이다. 사실, 예를 들어, 누군가가 남작처럼, 그리스의 현자들은 '아주 단순하기 이를 데 없는 사람들'이라는 케케묵은 느낌을 늘 갖게 됨으로써 그리스의 현자들조차도 칭찬을 받을 만한 가치가 없다고 생각했을 때, 다른 무엇을 할 수 있었겠는가?

지독하게 명민했던 테이베 남작이 더 이상 무엇을 할 수 있었겠는가? 남작은 자기 삶을 떠나보내는 데 아주 능숙했고, 상위 예술에 도달할 수 없었기 때문에 상위 예술을 떠나보내는 데도 아주 능숙했다. 즉, 남작은 알바루 데 캄푸스*와 유사한 방식으로 자신의 삶과 상위 예술을 모두 떠나보낸 것이다. 기발하기 이를 데 없는 알바루 데 캄푸스는 세상에 초콜릿보다 더 형이상학적인 것은 없다고 말했다. 그리고 초콜릿을 포장하는 은종이를 집어 들었다가, 예전에 자신의 삶을 땅바닥에 내팽개쳐버렸듯이(그가 그렇게 말했다), 땅바닥에 내던져버렸다.

그렇게, 테이베 남작은 자살했다. 남작은 레오파르디**(남작이 읽은 작가들 가운데 가장 덜 나쁘게 생각되었던)까지도 상위 예술을 하는 데 부적합했다는 사실을 발견함으로써 자살을 더욱 확고하게 결행했다. 실제로 레오파르디는 이런 문장을 쓸 수 있었다. "나는 여자들에게 소심하다. 그래서 신은 존재하지 않는다." 역시 여자들에게 소심했던 남작에게 그 문장은 재미있어 보였다. 하지만 이류二流 형이상학처럼 들렸다. 남작은 레오파르디

---

* '알바루 데 캄푸스Álvaro de Campos'는 페르난도 페소아의 별명으로, 다른 별명인 알베르투 카에이루의 제자이자 시인, 산문가다. 페소아의 실체와 가장 유사하다고 평가받는 알바루 데 캄푸스의 모토는 '모든 것을 모든 방식으로 느끼는 것'이었다. 그의 시는 두 가지 근본적인 충동으로 이루어져 있는데, 하나는 존재하면서 모든 것을, 모든 인간을 느끼고자 하는 뜨거운 욕망이고, 다른 하나는 고립 상태와 무無에 대한 추구다. 그에게 삶은 근본적으로 '공空'이다.

** 레오파르디Giacomo Leopardi(1798~1837)는 이탈리아의 시인이다. 공부에 과도하게 몰두함으로써 39세로 죽을 때까지 병마에 시달렸다. 처녀작은 18세 때 쓴 「죽음에 다가서는 찬가」이며, 죽기 직전에는 「달은 기운다」 등을 썼다. 그는 인간의 고뇌를 절감한 시인이다. 그에 따르면 인간은 자연으로부터 가정이라는 희귀한 선물을 받았으나 인간이 가진 이성理性 때문에 행복이 파괴된다고 생각했다. 레오파르디에게는 자연과 인간 정신의 대립이 미해결 숙제로 남아 있다.

까지도 그런 식의 우둔한 말을 했다는 사실 때문에 상위 예술이 불가능하다는 사실을 확고하게 인정했다. 이런 사실은 자살을 하기 전의 남작에게 위로가 되었다. 왜냐하면, 만약 레오파르디가 그토록 어리석은 말을 했다면, 예술에서 영혼이 귀족화될 가능성이 있다는 사실을 인정하는 것 말고는 예술에 할 일이 전혀 없다는 사실이 아주 명백하다고 생각했기 때문이었다. 그리고 남작은 떠났다. 남작은 다음과 같이 생각했음이 틀림없다. 우리는 여자들에게 소심하고, 신은 존재하나, 그리스도는 서재를 갖고 있지 않았고, 우리는 그 어떤 것에도 결코 도달하지 못하나, 적어도 누군가는 품위를 만들어냈다.

34) 호프만스탈은 미학적인 힘이 정의正義에 기반한다고 생각했다. 클라우디오 마그리스가 우리에게 말한 바에 따르면, 호프만스탈은 이런 미학적 요구에 따라 형식과 규범의 의미를 말로 표현할 수 없는 것과 모호한 것의 유혹에 대항하는 보루처럼 고양시킴으로써, 경계와 윤곽, 선과 선명도의 명확성을 추구했다. 그럼에도 불구하고, 유별나게 어린 나이에 시작한 문필가 생활 초기에는 그 유혹에 빠졌었다.

호프만스탈은, 문학에 있어 천재적인 어린이로 평가받으며 눈부시게 높이 올라갔지만, 나중에 그를 덮친 글쓰기의 위기 때문에(부정의 예술을 상징하는 작품인 그의 「찬도스 경의 편지」가 이를 반영하고 있다), 그의 지속적이고 신중한 진로 수정 때문에, 부정의 예술에서 가장 독특하고 쟁점이 되는 경우로 평가되는 작가이다.

호프만스탈에게는 두드러지게 차이가 나는 세 단계가 있었다. 첫 번째 단계에서는 사춘기 소년의 절대적인 천재성이 빛을 발휘했으나, 그의 글은 평이하고 공허한 단어들로 물들어 있었다. 두 번째 단계에서는, 완전한 위기가 그를 지배했다. 그 이유는 「찬도스 경의 편지」가 글쓰기라는 측면에서가 아니라 호프만스탈 자신의 시학에서 0등급에 해당하기 때문이었다. 「찬도스 경의 편지」는 단어의 죽음을 선포하는 것이고, 이제 더 이상 언어에 의해 지칭될 수도 없고 통제당할 수도 없는 사물들이 발작적이고 불분명하게 흐름으로써 '나'의 존재가 조난당했음을 선포한 것이다. 「찬도스 경의 편지」에는 '간단하게 말하자면, 내 경우는 이렇다. 나는 어떤 사물에 관해서든 일관성 있게 생각하고 말하는 능력을 모두 상실해버렸다'고 쓰여 있다. 이는 그 어떤 단어도 객관적 현실을 제대로 표현하지 못하는 것 같기 때문에 편지 발신인이 자신의 소명 의식과 직업의식을 포기한다는 것을 의미한다. 세 번째 단계는 호프만스탈이, 위기를 극복하고 단어의 파산을 확인한 뒤에 글쓰기로 되돌아간 랭보처럼, 우아하게 문학으로 복귀한 시기다. 그로 인해 그는 자신이 가지고 있는 공적인 이미지를 관리해야 하고, 자기를 찾아오는 문필가들을 접대해야 하는 인기 작가의 소용돌이 한가운데에 위치함으로써, 출판사 편집자들과 대화를 하고, 각종 문학 모임에 참석해 강연을 하고, 작품을 쓰기 위해 여행을 하고, 각종 잡지를 이끌었다. 동시에 그의 작품들은 독일 극장들의 공연 포스터를 대신하고, 그의 산문은 차분한 분위기 속에서 명성을 얻었다. 물론 슈니츨러가 관찰했다시피, 이 세 번째 단계에서 보이는 것은, 호프만스탈이 「찬도스 경의 편지」가 유발한 위기를 맞았을 때 놀랄 만한 조숙성을 드러냄으로써 그리고 자기를 절대적인 침묵의 언저리에 위치시켰던 그 심오한 잠재 능력을 폭발시킴으로써 그가 이루어낸 특이한 기적을, 결코 능가하지 못했다는 것이다.

"나는 천재성의 단계와 「찬도스 경의 편지」에 의해 구체화된 위기의 단계 뒤에 나온 호프만스탈의 작품들, 그의 멋진 글들, 「앙드레아스」의 단락, 그리고 그의 다른 수작들을 낮게 평가하지 않는다." 슈테판 츠바이크는 일부러 이렇게 썼다. "그는 왕립 극장 및 당대의 관심사와 더욱 밀접한 관계를 맺게 됨으로써, 그리고 더 원대한 야망을 품게 됨으로써 자신의 첫 번째 작품들이 지녔던 순수한 영감의 일부를 잃어버렸다."

찬도스 경이 글쓰기를 포기했다고(왜냐하면 '우리의 눈이 지극히 무심하게, 슬쩍 훑고 지나가는 들판의 살수기 하나, 방치된 갈퀴 하나, 햇볕을 쬐고 있는 개 한 마리, (……) 이들 사물의 각자, 그리고 이와 유사한 수많은 다른 사물이 갑자기, 어느 순간이든, 내가 보기에는 모든 어휘를 다 동원해도 제대로 표현할 수 없을 것 같은 숭고하고 감동적인 특성을 갖게 될 수 있기 때문에') 알리면서 프랜시스 베이컨 경에게 보냈으리라 추정되는 편지, 예를 들어 프란츠 카프카의 『주정꾼과의 대화』(이 책에서는 사물이 더 이상 제자리에 있지 않고, 말이 더 이상 사물을 제대로 지칭하지 않는다)와 유사한 찬도스 경의 편지는, 비엔나의 19세기 말에 영향을 미쳤던 문학적 표현의 위기의 본질을 요약하고, 문학적 표현과 인간 소통의 기본적인 본질에 대한 믿음이 위기에 처한 것에 관해 말하고, 각각의 언어를 특별하게 구별하지 않은 채 보편적이라 생각되는 언어에 관해 말하고 있다.

'아니오' 문학의 정상을 차지하고 있는 「찬도스 경의 편지」는 20세기에 이루어진 글쓰기 전체에 바틀비의 그림자를 드리우고, 무질이 만든 젊은 퇴를레스를 자신의 상속자들 가운데 가장 뛰어난 인물로 삼는다. 젊은 퇴를레스는 1906년에 출간된 같은 이름의 소설*에서 '사물의 두 번째 삶은 비밀스럽고, 도피적이다. (……) 그것은 단어로 표현되지 않은 삶이고, 그렇기 때문에 더욱 더 내 삶이다'라고 말한다. 브루노 슐츠 같은 상속자들은 『계피색 가게들』(1934)에서 성격이 각기 다르고 적대적인 '자아들'로 분열되어버린 누군가에 관해 말한다. 엘리아스 카네티의 『화형』에 등장하는 미치광이와 같은 상속자들은 어느 대상이 고정되고 변함없는 규정의 힘에 굴복당하지 않도록 하기 위해 동일한 대상을 매번 다른 용어로 지칭한다. 오스발트 비너 같은 상속자들은 『중부 유럽의 개혁』에서 문학적 거짓말을 파괴하려는 독특한 노력의 일환으로 문학적 거짓말에 대한 정면공격을 가하는데, 이는 기호 너머에 존재하는 삶의 즉시성을 재발견하기 위한 것이다. 가장 최근에 상속받은 작가들 가운데는 페드로 카사리에고 코르도바가 있다. 그는 『나는 전설을 위조하겠다』에서 감정들은 아마도 표현할 수 없는 어떤 것이고 예술은 증기 같은 것이기 때문에, 외부적인 것을 내부적인 것으로 바꾸는 과정에서 증발해버릴 것이라고 말한다. 클레망 로쎄 같은 상속자들은 『단어 선택』(1995)에서, 예술의 영역에서 창조적이지 않은 사람은 창조적인 사람들 덕분에 더 뛰어난 힘을 가질 수 있다고

* 이 소설의 제목은 『생도 퇴를레스의 혼란』이다.

말한다. 왜냐하면 창조적인 사람은 창조력을 가지고만 있을 뿐이지만, 창조적이지 않은 사람은 창조적인 사람의 창조력을 이용하고 동시에 창조를 포기하는 힘을 가지고 있기 때문이다.

.

35) 비록 바틀비증후군이 긴 역사를 가지고 있었다 해도, 문학은 「찬도스 경의 편지」와 더불어 이미 자신의 불충분성과 불가능성을 모두 드러냈고, 이렇게 공개를 함으로써(이 텍스트 없는 주석이 그러는 것처럼) 문학의 근본적인 문제, 필연적으로 비극적일 수밖에 없는 문제가 제기된다.

거부, 포기, 침묵은 극단적인 형식들에 내재된 틈새인데, 그 형식들로부터 문화의 불안감이 표출되었다.

하지만 더욱 극단적인 형식은 제이차세계대전과 더불어 나타났다. 그때 특히 언어가 제 기능을 잃어버렸고, 파울 첼란은 침묵과 파괴의 시간에 문맹의 상처를 후빌 수 있었을 뿐이었다.

만약 온다면
만약 한 남자가 온다면
만약 한 남자가 세상에 온다면, 오늘

족장들의 빛의 수염을 달고서 온다면,
단지 올 수 있을 것이다.
만약 그 남자가 이 시간에 관해 말하게 된다면
단지 말을 더듬을 수, 더듬을 수 있을 뿐이다
영원히 영원히
단지 단지.

36) 드랭이 내게 편지를 보냈다. 진짜로 보냈다. 이번에는 꾸며낸 이야기가 아니다. 그가 내게 편지를 보낼 것이라는 기대는 전혀 하지 않고 있었으나, 환영할 만한 일이다.

그는 내가 쓰고 있는 주석을 위해 내게 보내는 모든 문서 자료에 대한 대가로(그는 유머 감각이 있는 사람처럼 보인다) 돈을 요구한다.

친애하는 동지여(편지에서 드랭은 나를 이렇게 부른다), 귀하가 관심을 가질 수 있고, 부정의 예술에 관한 귀하의 주석 작업에 유용할 수 있는 일부 문학 자료의 복사본을 보내는 바입니다.

먼저 귀하는 폴 발레리의 『테스트 씨』의 일부 문장을 발견하게 될 것입니다. 나는 귀하가 폴 발레리의 관련 자료를 가지고 있다는 것을 알고 있습니다. 폴 발레리는 귀하가 다루는 테마에서 배제할 수 없을 것입니다. 하지만 내가 귀하에게 보내는 이 문장들은 귀하에게 없는 것일 수 있고, 우리가 '아니오'의 문제라고 부르는 것과 온전히 동일 선상에 있는 『테스트 씨』라는 책에 압축되어 있는 진주랍니다.

그다음은 존 키츠의 편지 한 통입니다. 그 편지에서 존 키츠는, 특히, 자신이 영원히 절필하겠다고 말하는 것이 무슨 놀랄 만한 일이냐고 자문합니다.

귀하가 랭보의 짧은 텍스트 「이별」을 혹시 잘못 갈무리하지 않았을까 해서 귀하에게 이 텍스트 또한 보내는데, 나를 포함한 많은 사람은 랭보가 문학과 분명하게 이별한 것을 보았다고 믿었습니다.

헤르만 브로흐의 『베르길리우스의 죽음』에 있는 중요한 단락 또한 보냅니다.

그다음으로는 조르주 페렉이 쓴 문장이 있습니다. 이는 거부 또는 부정의 테마와 전혀 관계가 없으며, 귀하가 관심을 가지고 있는 것과 귀하가 조사하고 있는 것과도 전혀 관계가 없습니다. 하지만 어렵고 딱딱한 브로흐를 다룬 뒤에 청량제 역할을 하는 휴식으로써 조르주 페렉에 관해 알아볼 수 있으리라 생각합니다.

마지막으로, 귀하가 부정의 예술에 관해 접근하는 데 어떤 식으로도 배제할 수 없는 것 하나를 귀하에게 보냅니다. 바로 말라르메가 1896년에 출간한 「시의 위기」입니다.

모두 1,000프랑입니다. 제 도움이 귀하에게 크게 유용하리라 믿습니다.

귀하의 친구
드랭

37) 드랭이 내게 선정해 보내준 발레리의 문장들이 『테스트 씨』에 압축되어 있는 진주라는 사실을 나는 인정한다. "테스트 씨는 철학자도 아니고 철학자 비슷한 사람도 아니었다. 문학가도 아니었다. 그리고 그 덕분에 그는 생각을 많이 했다. 많이 쓸수록 생각은 적게 한다."

38) 자신이 '시인이라는 사실을 인식하고 있는' 시인 존 키츠는 시 자체에 관해 확고한 생각을 가지고 있는 작가이나, 자신의 시집 서문이나 시 이론서에 결코 그런 생각을 밝힌 적이 없고, 다만 친구들에게 쓴 편지에만 밝혔다. 그 가운데 1818년에 리처드 우드하우스에게 보낸 편지가 특히 두드러진다. 이 편지에서 존 키츠는 좋은 시인의 '마음 비우기 능력'*에 관해 언급한다. 그런 능력을 가진 시인은, 셰익스피어의 등장인물들이 상황과 사물을 시로 변화시키기 위해 이들 대상과 직접적으로 친교를 맺는 것과 마찬가지로, 자신이 말하는 것과 일정 거리를 유지하고 중립적인 입장을 취할 줄 아는 사람이다.

그 편지에서 존 키츠는 시인이 자기 고유의 실체, 정체, 진실하게 말하는 하나의 '나'를 가지고 있을 거라고는 생각하지 않는다고 밝힌다. 키츠에게 좋은 시인이란 오히려 카멜레온 같은 사람으로, 그는 사악한 인물(『오셀로』의 야고 같은 사람)뿐만 아니라 천사 같은 인물(역시 셰익스피어의 이모젠 같은 사람)을 창조함으로써 쾌락을 느낀다.

---

* 존 키츠는 시인을 두 종류로 분류한다. 첫 번째는 워즈워스처럼 자신을 내세워 창작하는 부류이다. 이런 시인은 주관이 뚜렷하고 개성이 강하기 때문에 시에도 이런 개성과 주관이 분명히 드러난다. 키츠는 이를 '강한 개성이 드러난 숭고함egotistical sublime'이라 부른다. 다른 부류의 시인은 개성이 전혀 없다. 키츠는 이런 특질을 가진 시인의 대표적인 예로 셰익스피어를 꼽으며, 자신도 그와 같은 시인의 특질을 갖고자 한다. 키츠는 이런 시인의 능력을 '마음 비우기 능력Negative capability'이라고 부른다. '마음 비우기 능력'은 키츠 시론의 근본으로, 그의 시를 이해하는 데 가장 중요한 개념이다.

키츠에게 시인은 '모든 것이고 아무것도 아닌 것, 즉 개성이 없는 사람이며, 빛과 그림자를 즐기는 사람입니다. (……) 카멜레온과 같은 시인은 고결한 철학자들이 충돌하는 것을 보고 즐거워합니다.' 그래서 엄밀하게 말하자면, '시인은 가장 덜 시적입니다. 왜냐하면, 정체성을 갖고 있지 않아서 지속적으로 어느 몸을 대체하고 채우기 때문입니다.'

"태양, 달, 바다, 남자, 여자는 감정을 가진 피조물이고, 시적이고, 그 자체가 불변하는 속성을 가지고 있습니다." 키츠가 친구에게 계속해서 쓴다. "시인은 아무것도 갖고 있지 않으며, 스스로를 규정할 수도 없는 존재이고, 신이 창조한 만물 가운데서 가장 덜 시적인 존재임이 틀림없습니다."

키츠가 현재는 널리 알려져 있는 소위 '자아의 해체' 문제를, 여러 해를 앞서, 알려주고 있다는 느낌이 든다. 키츠는 천재적인 지성과 위대한 직감에 인도받아 많은 것을 예견했다. 이는, 더이상 멀리 갈 것도 없이, 키츠가 친구 우드하우스에게 보낸 편지에서 시인의 카멜레온 같은 면모에 관해 자신의 견해를 언급한 뒤, 당대로서는 놀랄 만한 다음 문장으로 편지를 끝냈을 때 엿볼 수 있다. "만약, 그렇기 때문에, 시인이 '자기 안의 존재'를 갖고 있지 않는 사람이고 또 내가 시인이라면, 내가 영원히 절필을 하겠다고 말하는 것이 무슨 놀랄 만한 일이나 되겠습니까?"

39) 「이별」은 『지옥에서 보낸 한 철』에 실려 있는 짧은 텍스트인데, 그 텍스트에서 시인 랭보는 실제로 문학과 결별한 것으로 보인다. "벌써 가을인가! 하지만, 우리가 각각의 계절에 죽는 사람들과 달리 성스러운 빛을 발견하기로 예정되어 있다면, 무엇 때문에 영원한 태양 하나를 그리워하는가."

성숙한 랭보("벌써 가을인가!"), 열아홉 살 때 이미 성숙해버린 랭보는 허위적으로 보이는 기독교의 환상과, 당시까지 자신의 시가 거쳐왔던 지속적인 단계들과, 자신의 계몽주의적인 원칙들과, 간단히 말해 자신의 원대한 야망과 결별한다. 그리고 그의 눈앞에는 새로운 길 하나가 어렴풋이 보인다. "나는 새로운 꽃을, 새로운 별을, 새로운 육체를, 새로운 말을 발견하려고 시도했다. 나는 초자연적인 능력을 몇 가지 획득했다고 믿었다. 보라! 나는 지금 나의 상상력과 나의 추억을 땅속에 묻어야 한다! 예술가와 이야기꾼의 아름다운 영광 하나가 사라졌다."

랭보는 그 유명한 문장 하나를 쓰면서 글을 끝맺는데, 이 글은 당연히 이별사임이 틀림없다. "진정으로 근대적이어야만 한다. '송가頌歌' 따위는 없다. 이미 접어든 길을 가면 된다.'"

어찌 되었든, 나는(비록 드랭이 내게 그걸 보내지 않았다고 해도) 랭보의 「이별」보다 훨씬 더 단순한 그 문학과 결별하고 싶다. 『지옥에서 보낸 한 철』의 초고에는 다음과 같은 문장이

들어 있다. "나는 지금 예술이 바보짓이라고 말할 수 있다."

　　　　40) 헤르만 브로흐의 독특한 소설에서 시인
베르길리우스가 마지막 위기 상황에 처했을 때 키츠와 랭보가
모습을 나타낸다(나는 드랭이 내게 이 사실을 은근히 알리고 싶
어 한다고 생각한다). 브로흐는 『베르길리우스의 죽음』의 중간
부분에서 우리에게 다음과 같이 말한다. 죽어가는 영웅 베르길
리우스는 무정형無定形을 탈피했다고 믿었으나, 다시 무정형이
되어버렸다. 서로 구분되지 않은 양羊들의 무리처럼 감지할 수
없게 무정형이 되어버린 것이 아니라, 개별화와 해체가 유발한
혼돈, 즉 교묘한 수를 쓰고 엄격하게 관리해도 하나의 단위로 결
합될 수 없는 혼돈처럼, 즉시, 거의 확실하게 무정형이 되어버렸
다는 것이다. 여기서 우리는 '자아의 해체(이것이 널리 알려지
기 전에)'를 상상했던 키츠와 거의 동일한 것을 상상할 수 있다.
"각각의 고립된 목소리가 유발하는 혼돈, 각 지식이 유발하는 혼
돈, 각 사물이 유발하는 혼돈, (⋯⋯) 이 혼돈이 이제 베르길리우
스를 공격하고 있었고, 그는 이 혼돈에 빠져 있었다. (⋯⋯) 오, 각
자는 불굴의 목소리들과 그 목소리들의 촉수에 의해, 그 목소리

들의 가지에 의해, 서로 뒤엉키면서 그를 휘감아버리고 억제할 수
없을 정도로 빠르게 사방으로 뻗어나가서 다시 서로 꼬이는 목
소리들의 가지에 의해, 자신들을 개별화하는 데서 악마적인 성질
을 갖게 되는 목소리들에 의해, 초秒들의 목소리들에 의해, 년年들
의 목소리들에 의해, 세상의 그물눈 속에서, 나이의 그물눈 속에
서 서로 꼬이고, 무언無言의 절규 속에서 이해할 수도 꿰뚫을 수
도 없는 목소리들에 의해 위협당하고 있다."

베르길리우스는 모든 지식을 능가하는 지식까지 통달하려면
우리가 갖지 못한 능력이 필요하고, 지상地上의 표현은 무엇이든
훨씬 더 능가할 수 있는 표현력, 목소리들의 덤불과 지상의 모
든 언어를 능가해야 하는 언어, 음악을 능가하는 언어, 눈이 인
식 단위를 받아들이도록 허용해주는 언어 또한 능가할 수 있는
표현력이 필요하다는 사실을, 자기 삶의 마지막 순간에 알아낸
다. 여기서 우리는 새로운 언어들을 상상하고 나서 자신의 상상
력을 땅속에 묻어버려야 했던 랭보와 거의 동일한 것을 느낄 수
있다.

베르길리우스는 '아직 발견되지 않은', 아마도 도저히 획득할
수 없는 어느 언어('글을 쓴다는 것은 우리가 글을 쓰게 된다면
무엇을 써야 할지 아는 것이다'라고 마그리트 뒤라스가 말했다)
에 관해 생각하고 있는 것 같다. 왜냐하면 단 1초 동안의 기억을

붙들기 위해 끝없는 삶 하나가, 언어의 심연을 단 1초 동안 바라보기 위해 희생할 끝없는 삶 하나가 필요할 것이기 때문이다.

       41) 난해하고 딱딱한 브로흐를 다룬 뒤 휴식을 주는 청량제로 삼으라고 드랭이 내게 보내준 조르주 페렉의 문장은 프루스트를 모방한 것으로, 나름의 매력을 가지고 있다. 그 문장을 그대로 옮겨보겠다. "나는 오랫동안 문서 상태로 누워 있었다."

       42) 말라르메는 아주 직접적으로 말하는 사람이다. 「시의 위기」에서 문학의 불가능성에 관해 말하는 때에도 거의 에둘러서 말하는 법이 없다. "이야기를 하고, 가르치고, 심지어는 글을 쓰는 것도 전혀 어렵지 않다. 서로 생각을 교환하는 것은 다른 사람의 손에서 말없이 동전 하나를 집어 가거나 그 손에 동전 하나를 쥐어주는 것처럼 쉽다. 담화는 문학을 제외한 현대의 모든 장르의 글쓰기가 관여하는 '보편적인 보고報告'에 기본

적으로 이용된다."

43) 문학의 수많은 '검은 태양들'에 의해 압도
당한 나는 방금 전에 '예'와 '아니오' 사이의 균형을 조금 회복하
고, 글을 쓰기 위한 동기 하나를 모색해보았다. 나는 뇌리에 맨
먼저 떠오른 것에 도피하고 말았다. 그것은 바로 아르헨티나 작
가 로돌포 엔리케 포그월이 쓴 문장 몇 개다. "나는 내가 글로
쓰이지 않으려고 글을 쓴다. 나는 여러 해 동안 글로 쓰였고, 짧
은 이야기 하나를 실연實演했다. 나는 다른 사람들에 관해 쓰기
위해, 다른 사람들의 상상력, 그들이 밝히는 것, 그들의 지식에 영
향을 미치기 위해 글을 쓴다. 아마도 다른 사람들의 문학적 태도
에 영향을 미치기 위해 글을 쓰는 것일 테다."
  나는 포그월의 말에 따르기로 작정한 뒤(어찌 되었든, 나 또
한 눈에 보이지 않는 어느 텍스트에 관한 이 주석에 다른 사람
들의 문학적 태도에 관한 내 견해를 밝히는 데 주력함으로써 내
가 글을 쓸 수 있고, 글로 쓰이지 않도록 해본다) 거실의 불을 끄
고, 가구에 몸을 부딪치면서 복도를 통과하고, 문서 상태로 누워
있으려면 시간이 얼마 남지 않았다고 혼잣말을 했다.

44) 내가 이 책을 접하는 독자들에게 길버트 체스터턴의 '괴짜 상인 클럽' 같은 어느 클럽의 회원이 되는 것과 같은 따스한 느낌을 준다면 좋겠다. 그 클럽이 제공하는 서비스 중에는 바틀비 연합체(이것은 그 클럽 또는 그 특이한 사업의 이름이 될 것이다)가 회원들에게 절필의 테마와 관련된 훌륭한 짧은 이야기 몇 개를 서비스하는 것이 포함될 것이다.

바틀비증후군에 관한 테마 속에는 반박의 여지가 없이 두드러지는 짧은 이야기 두 개가 있다. 그 이야기들은 바틀비증후군과 그 증후군이 만들어낼 수 있는 시학의 토대다. 하나는 나사니엘 호손의 「웨이크필드」이고 또 다른 하나는 허먼 멜빌의 「필경사 바틀비」다. 이 두 개의 단편소설에는 포기가(첫 번째 것에는 결혼 생활의 포기가, 두 번째 것에는 일반적인 삶의 포기가) 있고, 이 포기들이 문학과 연관되어 있지 않다 할지라도, 주인공들의 행태는 머지않아 문학의 장場에서 넘쳐나게 될 미래의 유령 책들을 예시하고, 글쓰기를 거부한 다른 예들을 예시한다.

그 짧은 이야기들의 선집에는 반박할 여지가 없이 「웨이크필드」, 「필경사 바틀비」가 포함되어야 한다(이 두 사람이 나의 가장 좋은 친구가 되게 하려면 내가 이들에게 뭘 해주어야 할까). 더불어 내가 아주 좋아하는 단편소설 세 개, 즉 주인공들 각자의 삶에서 드러나는 하나의 생각, 절필을 하겠다는 생각을 각자의 방식으로, 각자 아주 특이한 방식으로 이야기하는 단편소설 세 개도 포함되어야 한다. 이 이야기들은 바틀비 연합체의 모든 회원에게 제공되어야 한다.

이 세 가지 짧은 이야기는 리타 말루의 「여행은 하되 여행기는 쓰지 말라」*, 마르셀 슈보브의 「페트로니우스」, 안토니오 타부키의 「존재하지 않는 어느 이야기에 관한 이야기」이다.

45) 「여행은 하되 여행기는 쓰지 말라」(로베르 드랭은, 출처가 의심스러운 이 단편소설은 리타 말루가 쓴 것으로, 단편집 『슬픈 뱅갈의 밤들』에 수록되어 있다고 『문학적 도피』에 쓰고 있다)에서, 인도를 여행하던 외국 남자 하나가 어느 날 작은 마을을 찾아가서 어느 집 마당에 들어섰다. 마당에는 한 무리의 샤이비테**가 땅바닥에 앉아 작은 심벌즈를 엄청나게 빠른 리듬으로 쳐대면서 악마의 주문 같은 노래를 하고 있었는데, 그 외국인은 신비로운 주문에 꼼짝없이 걸려들어 혼이 쏙

---

* 엔리께 빌라—마따스Enrique Vila-Matas(1948~)의 『심연의 탐험가들Exploradores del abismo』에는 빌라—마따스가 프랑스의 작가이자 사진가, 설치미술가인 소피 칼Sophie Calle(1953~)을 위해 『리타 말루의 여행El viaje de Rita Malú』이라는 책을 쓴 것으로 설정되어 있다.

** '샤이비테Shaivites'는 시바Shiva를 신앙하는 힌두교도를 지칭한다.

빠져버렸다.

마당에는 몹시 늙은 남자도 있었다. 노인이 외국인에게 인사를 했는데, 외국인은 샤이비테들의 노래에 정신이 팔려 있었기 때문에 노인의 인사에 대한 응답을 너무 늦게 해버렸다. 음악은 갈수록 악마적으로 변했다. 외국인은 노인이 자기를 다시 봐주었으면 좋겠다고 혼잣말을 했다. 노인은 순례자였다. 갑자기 음악이 멎었고, 외국인은 자신이 무아지경에 빠져 있다고 느꼈다. 노인은 다시 외국인을 다시 쳐다보다가 잠시 후 천천히 마당을 빠져나갔다. 외국인은 노인의 시선에서 자신을 향한 특별한 메시지 하나를 간파했다고 믿었다. 노인이 자기에게 뭘 가르쳐주었는지 구체적으로 알지는 못했으나 뭔가 중요하고 본질적인 것이라고 확신했던 것이다.

여행 작가인 외국인은 노인이 그의 운명을 읽었고, 노인이 그에게 인사를 한 첫 순간에는 그의 미래를 보고 즐거워했다가, 잠시 후 그의 총체적인 운명을 읽고 난 뒤에는 그에게 깊은 연민을 느꼈다고 생각했다. 외국인은 그때 노인이, 두 번째로 그를 쳐다보고서 그가 심각한 위험에 처할 것이라고 그에게 경고했고, 그가 즉시 여행 작가 일을 그만둠으로써(왜냐하면 여행 작가 일에 미래의 불행이 숨어 있었기 때문에) 자신의 무시무시한 운명을 농락해버리라고 그에게 권유하고 싶어 했다고 생각했다.

"이것은 현대 인도에서 회자되는 전설인데," 리타 말루의 단편 소설은 이렇게 끝난다. "그 외국인은 노인의 시선을 통해 경고를 받은 순간부터 문학에 완전히 냉담해져버렸고, 이제 여행기건 다른 장르건 다시는 책을 쓰지 않았음은 물론이고, 글이란 글은 더 이상 쓰지 않았다고 한다. 만일에 대비해서."

46) 마르셀 슈보브의 짧은 이야기 「페트로니우스」는 『상상적 생활』에 수록되어 있다. 보르헤스는 이 책에 관해(보르헤스는 이 책을 모방했으나 이 책을 능가했다) 언급하면서 슈보브가 자신의 글을 위해 주인공들을 실재 인물로 설정하고, 사건을 황당무계하고 환상적인 것으로 만드는 기묘한 방법을 발명했다고 말했다. 보르헤스에게 『상상적 생활』의 특이한 맛은 「페트로니우스」에 들어 있는 대비, 아주 강하게 들어 있는 대비에서 비롯되는데, 「페트로니우스」의 주인공인 페트로니우스는 우리가 역사책을 통해 알고 있는 인물과 동일한 인물이지만, 슈보브는 그 인물이 바로 네로 황제의 궁전의 우아함을 관리하는 심판관이라는 사실을 부인하거나, 황제의 시를 더 이상 들어줄 수 없었기 때문에 대리석 욕조에서 음란한 시를 암송

하면서 자살한 그 남자라는 사실을 부인하고 있다.

아니, 슈보브의 페트로니우스는 수많은 특권에 둘러싸여 태어났다. 그는 자기가 들이마시는 공기에는 자기만을 위한 향기가 뿌려져 있다고 믿으며 유년 시절을 보냈을 정도이다. 마치 구름 위에서 사는 것 같았던 어린 페트로니우스는 시루스라 불리는 노예를 만나면서 급작스럽게 나이가 바뀌어버렸다. 어느 원형 경기장에서 일한 적이 있는 시루스는 페트로니우스에게 낯선 사물들을 가르쳐주기 시작했고, 페트로니우스를 야만적인 검투사들의 세계, 시장 떠버리들의 세계, 의뭉스런 눈초리로 채소밭을 흘끔거리고 있다가 소들을 채소밭에 풀어놓는 남자들, 원로원 의원들과 함께 다니는 곱슬머리 아이들, 도시의 잡다한 사안을 놓고 길모퉁이에서 논쟁하는 늙은 수다쟁이들, 음란한 하인들과 뜨내기 창녀들, 채과상菜果商들과 객줏집 주인들, 가난한 시인들과 뻔뻔스러운 하녀들, 수상한 무녀巫女들, 방랑하는 군인들과 만나도록 해주었다.

페트로니우스의 시선은(슈보브는 그가 사팔뜨기였다고 우리에게 말한다) 그 모든 잡다한 인간들의 행동거지와 음모를 정확

* 가이우스 페트로니우스 아르비테르Gaius Petronius Arbiter(20~66)는 로마의 정치가, 소설가다. 네로 황제의 측근 그룹에 끼어 '멋진 판관判官'으로 활동하다 데게리누스의 참소로 자결했다. 그는 세련된 취미의 소유자이면서 유능한 관리이기도 했다. 그의 장편소설 『사티리콘』은 16세기 이후 유행한 풍자적 악한惡漢소설의 선구로 평가된다.

하게 포착하기 시작했다. 시루스는 자신의 업무를 완수하기 위해 돌아다니며 도시의 문 앞에서, 무덤들 사이에서 페트로니우스에게 여러 가지 이야기를 들려주었다. 뱀이었다가 피부를 바꾼 남자들에 관한 이야기, 그리고 자신이 시리아 출신 흑인으로, 술집 주인으로 살면서 보고 들은 이야기를 죄다 들려준 것이다.

어느 날, 이제 서른 살이 된 페트로니우스는 자신이 사는 도시의 밑바닥 세계에 들어가서 겪은 바를 바탕으로 이야기를 써야겠다고 작정했다. 그는 총 열여섯 권의 책을 창작했고, 탈고를 한 뒤에 시루스더러 읽어보라고 했는데, 시루스는 미친 사람처럼 웃어대며 박수를 멈추지 않았다. 그 후, 페트로니우스와 시루스는 페트로니우스가 책에 구상해낸 모험을 실행하고, 그 모험을 양피지에서 현실로 옮기려는 계획을 세웠다. 페트로니우스와 시루스는 변장을 한 채 도시를 빠져나와 여기저기 돌아다니면서 페트로니우스가 글로 써놓았던 모험을 실행하기 시작했는데, 페트로니우스는 자신이 상상했던 삶을 살기 시작한 바로 그 순간부터 글쓰기를 영원히 포기해버렸다. 다시 말해, 『돈키호테』가 자신의 꿈을 과감하게 실행하는 몽상가를 다룬 것이라면, 페트로니우스의 이야기는 자신이 써놓은 것을 과감하게 실행함으로써 글쓰기를 그만둔 사람을 다룬 것이다.

47)「존재하지 않은 어느 이야기에 관한 이야기」는(이 작품은 안토니오 타부키의『안젤리코 수사의 날아다니는 것들』에 수록되어 있다) 바틀비들, '아니오'의 작가들로부터 높은 가치를 인정받은 어느 유령 책에 관한 이야기를 우리에게 들려준다.

'나는, 내가 들려주고 싶은 이야기 하나가 실려 있는 존재하지 않는 소설 한 권을 가지고 있다'고 화자는 말한다. 이 소설은 제목이『네모 선장에게 보내는 편지들』이었다가 나중에『문 뒤에는 아무도 없다』로 바뀐 것으로, 시에나 근처 작은 마을에서 보름 동안 이루어진 전원풍의 행복한 준비 과정을 통해 1977년 봄에 태어났다.

화자의 말에 따르면, 소설을 탈고해 어느 출판업자에게 보냈는데, 출판업자는 소설을 이해하기에는 약간 어렵고, 판독하기에는 아주 어렵다는 이유로 출판할 수 없다고 했다. 그러자 화자는 소설이 잠시 쉴 수 있도록 서랍 속에 넣어두기로 작정했다("왜냐하면, 나는 이 이야기들이 어둠과 망각에 잘 어울린다고 믿기 때문이다"). 몇 년 뒤, 우연히 소설이 화자의 손에 들어오게 되는데, 실제로 화자가 소설의 존재를 이미 까마득히 잊고 있던 터라, 소설을 다시 발견했을 때의 느낌은 참으로 특이했다. "소설이 어느 서류 탁자 밑에 있던 장롱의 어둠 속에서, 깊은 어둠 속에서 나오는 잠수함처럼 갑자기 솟아올랐다."

화자는 이 말에서 어떤 계시 같은 것을 읽어내고는(소설 역시 어느 잠수함에 관해 얘기한다), 자신의 옛 텍스트에 결론적인 주석 하나를 첨가할 필요성을 느끼고, 몇 문장을 손질하고, 몇 년 전에 그 텍스트를 판독하기가 어렵다고 여겼던 출판업자가 아닌 다른 출판업자에게 보낸다. 새로운 출판업자는 소설을 출간하기로 하고, 화자는 포르투갈 여행에서 돌아오는 대로 최종본을 넘기겠다고 약속한다. 화자는 원고를 대서양 해변의 어느 옛집(정확히 말하면 '〈사웅 주제 다 기아〉라 불리는 집'이라고 화자가 우리에게 말한다)으로 가져가는데, 그곳에서 그는 홀로 원고와 더불어 살아가면서 밤에는 유령들, 즉 자신의 유령들이 아니라 진짜 유령들의 방문을 받는다.

맹렬한 파도와 함께 9월이 도래하고, 화자는 그 옛집에서, 혼자, 자신의 원고와 더불어 살아간다(집 앞에는 벼랑이 있다). 하지만 밤에는 그와의 접촉을 바라던 유령들의 방문을 받고, 가끔 유령들과 불가능한 대화를 나눈다. "유령들은 말을 하고 싶어 했다. 나는 그들의 이야기를 들으며 가끔씩 내용이 뒤바뀌어버리고, 모호하고, 앞뒤가 맞지 않는 대화를 해독하려고 애썼다. 대부분은 불행한 이야기였는데, 나는 그 이야기들이 불행하게 들린다는 사실을 명확하게 인지했다."

이렇게, 그가 귀신들과 말없는 대화를 나누며 살아가는 사이에 추분이 된다. 바다 위로 폭풍이 불던 그날, 그는 새벽부터 포효하는 바다를 느낀다. 오후에 엄청난 힘 하나가 그의 속을 뒤흔든다. 밤에 수평선 위로 두꺼운 구름이 내리깔리고, 유령들과의 대화는 중단되는데, 이는 아마도 유령 원고, 유령 책이 자신의 잠수함을 타고 나타났기 때문일 것이다. 대양은, 온갖 목소리와 울음소리로 가득 차 있다는 듯, 귀청이 떨어질 정도로 포효한다. 절벽 위에 선 화자는 그 소설 잠수함을 들고서 한 장 한 장 바람에 날려 보낸다고 우리에게 말한다(유령 책들에 관한 바틀비적 예술관을 드러내는 한 줄의 명문장名文章으로[*]).

48) 웨이크필드와 바틀비는 밀접하게 연관되어 있는 고독한 두 인물임과 동시에 웨이크필드는 발저와, 바틀비는 카프카와 밀접하게 연관되어 있다.

웨이크필드는(호손이 만들어낸 그 남자, 갑자기 아무런 이유도 없이 집과 아내를 떠난 그 남편은 20년 동안—자기 집 바로

---

[*] 아마도 화자는 다음과 같이 말했을 것이다. "소설이여, 내 너를 날려 보내니 잘 가거라."

옆길에서, 사람들이 그가 죽었다고 믿었기 때문에 아무도 알아 차리지 못하는 가운데—고독한 존재로, 아무 의미도 갖지 않은 존재로 살아간다) 발저가 만들어낸 수많은 인물, 즉 사라지고 싶어 할 뿐이고, 익명의 비현실에 숨고 싶어 할 뿐인, 살아 있는 모든 무존재無存在, 멋진 무존재들의 확실한 선조이다.

바틀비는 카프카가 만들어낸 인물들의 선조임이 명백하고 ("바틀비는," 보르헤스가 썼다. "카프카가 1919년경에 재창조하고 심화시키게 될 어느 장르의 특성을 나타내는데, 그 장르는 행위와 감정의 판타지를 다룬 것이다") 심지어는 카프카 자신의 선조이기도 하다. 바틀비는 자신이 작업하는 사무실이 삶, 다시 말해, 자신의 죽음을 의미한다고 생각한 고독한 작가이고, 외투를 입고 검은 모자를 쓴 채 박쥐처럼 온 프라하를 돌아다니던 남자다.

말을 하는 것은(이는 웨이크필드와 바틀비가 우리에게 암시하는 것처럼 보인다) 존재의 무의미와 협정을 맺는 것이다. 이 두 사람에게는 세상에 대한 깊은 부정이 도사리고 있다. 두 사람은 정해진 집도 없이 어느 가정집 계단이든 어느 구멍 속이든 상관없이 아무 데서나 사는, 카프카의 오드라덱* 같은 인물이다.

* '오드라덱Odradek'은 카프카의 『오드라덱이 들려주는 이야기』에 등장하는 납작한 별 모양의 실패처럼 생긴 것으로, 어쩌나 민첩한지 도저히 붙잡을 수가 없다. 그는 일정한 거처가 없이

모든 사람이 다 알고 있지 않거나 수용하고 싶어 하지 않는 사실은 바틀비를 만든 허먼 멜빌이 생각보다 훨씬 더 불운했다는 것이다. 웨이크필드를 만든 사람의 아들인 줄리안 호손이 바틀비에 관해 하는 말을 들어보자. "멜빌은 아주 명쾌하기 이를 데 없는 기질을 소유한 사람이었고, 우리 패에 들어온 사람들 중에서 가장 특이했다. 그가 겪은 아주 야만적이고 무시무시한 모든 모험 가운데 가장 사소한 부분 하나만이 그의 매력적인 책들에 반영되어 있는데, 그는 그 모든 모험을 했음에도 불구하고 청교도적인 의식에서 자유로울 수 없었다. (……) 그는 늘 불안정했고, 특이했고, 아주 특이했고, '어둠의 시간'을 보내는 성향이 있었고, 광기가 있다고 생각할 만한 이유가 있었다."

호손과 멜빌은 '아니오'의 예술이 지닌 '어둠의 시간'을 자신들도 모르는 사이에 만들어버린 사람들로, 만나서 친구가 되었고, 서로를 존경했다. 호손 역시 청교도였으나, 청교도주의의 어떤 면모에 대해서는 공격적인 반응을 보이기도 했다. 그리고 호손 또한 불안정하고 아주 특이한 사람이었다. 예를 들어 그는 교회라고는 평생 단 한 번도 가지 않았으나, 고독하게 보내던 몇

다락방, 층계, 복도, 현관 등에 번갈아가며 머물고, 가끔은 몇 달이 지나도록 눈에 띄지 않는다. 몸집이 작기 때문에 어린아이처럼 다루며 이름을 물으면 '오드라덱'이라고 대답한다. 종종 그는 나무처럼 오랫동안 말이 없다.

년 동안에는 방 유리창에 가까이 다가가 교회에 가는 사람들을
관찰했다고 알려져 있다. 그의 시선에는 '아니오'의 예술에 드
리워진 '그늘'에 관한 짧은 역사가 요약되어 있었다. 그의 시각
에는 무시무시한 칼뱅주의적 예정설의 그림자가 드리워져 있었
다. 이것이 바로 멜빌을 몹시 매료시켰던 호손의 면모인데, 멜
빌은 호손을 칭송하기 위해 멜빌 자신에게도 존재하는 밤의 면
모인 '어둠의 위대한 힘'에 관해 말했다.

멜빌은 호손의 삶에 결코 밝혀지지 않은 비밀, 호손의 작품들
에 들어 있는 '어두운' 구절들의 원인이 되는 비밀이 있다고 알
고 있었는데, 설사 그런 상상력이 멜빌 특유의 성향에서 비롯된
것이라는 사실을 우리가 인정한다고 해도, 멜빌이 그런 식으로
생각했다는 것은 매우 특이하다. 사실, 멜빌은 첫 작품을 출간
해 뛰어난 문학적 성과를 거두고 난 뒤(당시 사람들은 그를 기
자 또는 해양 리포터로 착각했다), 작가로서 지속적인 실패를
기다리는 수밖에 없다는 사실을 이해한 순간부터는 특히 더 '어
두운' 행동을 했던 것이다.

내가 바틀비증후군에 관해 그토록 많이 언급했음에도 불구하
고, 멜빌이 바틀비가 존재하기도 전에 이미 바틀비증후군을 가
졌다는 내용을 이 주석에 아직 쓰지 않았다는 것은 아주 특이한
일이다. 여기서 우리는 멜빌이 자신의 증후군을 묘사하기 위해

바틀비를 만들어냈을 것이라는 생각을 하게 된다.

그리고 내가 이 일기의 수많은 쪽을 채웠음에도 불구하고(나는 이 일기를 씀으로써, 갈수록 확실히 외부 세계로부터 격리되어가고, 유령으로 바뀌어가고 있다. 나는 동네를 짧게 몇 바퀴 도는 며칠 동안 나도 모르는 사이에, 마치 부인이 있다는 듯이, 그녀가 나를 죽은 것으로 믿는다는 듯이, 그녀의 집 옆에서 이 주석 노트를 쓰면서, 가끔 그녀를 염탐하면서, 예를 들어 그녀가 쇼핑을 할 때 그녀를 염탐하면서 계속해서 살고 있다는 듯이, 웨이크필드를 모방하고 있었다는 사실을 깨달았다) '악', 질병, 바틀비중후군, 글쓰기를 포기하는 현상이 계속 나타나는 것의 직접적인 원인이 되는 문학적 패배에 관해 거의 언급하지 않은 이유가 무엇인지 알아보는 것은 흥미롭다. 하지만 실패한 사람들의 경우는 아무리 생각해보아도 썩 흥미롭지 않으며 실패의 원인이 너무나 명백한데, 실패했기 때문에 '아니오'의 작가가 되는 것은 가치가 전혀 없다. 아주 통속적인 이유로 글쓰기를 그만둔 사람들의 경우, 그들의 실패는 과도하게 드러나는 데 반해 그들이 가진 신비로움의 그림자는 너무 적게 드러난다.

만약 자살이 지나치게 과격하고 복잡한 일 때문에 이루어진 어느 결정, 즉 길게 보면 지극히 단순하게 바뀌어버리는 어느 결정에서 비롯된 것이라면, 실패를 했기 때문에 절필을 한다는 것은 자살을 하는 것보다 훨씬 더 단순한 결정에서 비롯된 것으로 보인다. 내 일기에 예외적인 경우로 다룰 준비를 하고 있는 그 실패자들 가운데는 당연히 멜빌이 포함된다. 멜빌은 자신이 원하는 것에 대한 권리를 갖고 있기 때문에(왜냐하면 멜빌이 바틀비를 단순하지만 복잡하기 이를 데 없는 교묘한 방식으로 굴복하도록 설정했기 때문인데, 사실 바틀비는 자신을 죽음으로 이끄는 투박한 직선을 자기 손으로는 결코 선택하지 않았고, 실패 앞에서 울며 도망치는 방법은 더더욱 선택하지 않았다. 아니, 바틀비는 당면한 실패를 아주 멋진 방식으로 인정했으며, 자살을 시도하지도 않았고 끊임없이 고통을 받지도 않은 채 비스킷을 먹기만 했다. 이는 그가 계속해서 '하지 않으려고 하는 것'을 가능하게 해주는 유일한 것이었다) 나는 모든 면에서 멜빌을 용서한다.

멜빌이 문학가로 살아가면서 겪은 상대적인(멜빌은 다른 실패, 즉 바틀비의 실패를 발명함으로써 마음이 차분해졌기 때문에 '상대적'이다) 재난에 관한 이야기는 다음과 같은 방식으로 요약할 수 있다. 그는 처음에 단편소설들을 출간함으로써 해양의 삶에 관해 기술하는 단순한 연대기 작가로 혼동되었기 때문에 대단한 성공을 거두었는데, 그 뒤 『마디』의 출현은 독자들을 완전히 당황스럽게 만들어버렸다. 왜냐하면 『마디』는 읽기가 아주 어려운 소설(오늘날에도 여전히)이었으나, 어느 망망대해에서 이루어진 끝없는 추격을 다루는 줄거리는 카프카의 작품들이 가진 줄거리를 예시하는 것이었기 때문이다. 1851년에 『모비 딕』을 읽는 번거로움을 선택한 거의 모든 독자는 깜짝 놀라고 말았다. 『피에르 또는 애매모호함』은 비평가들을 몹시 불쾌하게 만들었고, 『피아차 이야기』(이 소설의 마지막 부분에 「바틀비」의 짧은 이야기가 포함되어 있는데, 「바틀비」는 3년 전에 어느 잡지에 무명씨의 작품으로 실렸다)는 알려지지 않았다.

멜빌이 스스로 실패했다는 결론에 도달한 때는 갓 서른네 살에 이른 1853년이었다. 그가 해양의 삶을 다루는 연대기 작가로 알려져 있는 동안에는 모든 것이 잘 진행되었다. 하지만 그가 정작 걸작들을 생산해내자 독자들과 비평가들은, 시기적으로 부적절하게도, 만장일치로 그가 실패했다고 규정해버렸다.

1853년에 멜빌은 자신의 실패를 인지하고 「필경사 바틀비」를 썼다. 이 단편소설은 멜빌이 자신의 우울증을 해소하는 데 사용할 해독제와 미래에 취하게 될 행동의 씨앗이 되는 것들을 포함하고 있었다. 그 행동들은 3년 뒤에 아주 특이한 사기꾼(조만간에 뒤샹과 교류하게 될)의 이야기를 다룬 『사기꾼』과 함께 거칠고 음울한 이미지들을 담고 있는 어느 멋진 목록의 바탕이 된다. 1857년에 출간된 이 목록은 언론에 소개된 그의 마지막 산문이다.

멜빌은 1891년에 죽었다. 생애 마지막 34년 동안, 여행의 추억을 회고하는 장시 하나를 쓰고, 죽기 얼마 전에 또 하나의 걸작인 『빌리 버드』를 썼다. 카프카에게 영향을 미친 어느 재판 이야기, 즉, 젊고, 뛰어나고, 순수한 것이 죄라는 듯이, 그 죄를 속죄하듯이 부당하게 사형선고를 받은 어느 선원의 이야기다. 이소설은 멜빌이 죽은 지 33년이 지날 때까지 출간되지 못했다.

멜빌이 죽기 전 34년 동안 쓴 모든 것은, 마치 그가 글쓰기를 싫어했다는 듯이, 그리고 자신을 거부했던 세상을 거부하려는 듯한 명백한 태도를 드러내며, 바틀비적인 방식으로, 천천히 쓰였다. 세상을 거부하는 멜빌의 태도를 생각할 때면, 거의 항상 별 의미가 없는데도 오늘날의 문학가들이 즐겨 한다고 말할 수 있는 소통, 즉 겉으로는 호감을 주지만 실속이 없는 소통을 아주 적절한 시점에서 거부할 줄 알았던 모든 사람에 관해 모리스 블랑쇼가 한 말이 기억난다. "거부한다는 것은, 거부를 하는 순간부터 우리 모두에게서 동일한 양상으로 드러난다 해도 어려운 일이고, 또 자주 일어나지도 않는다. 거부하는 일이 어려운 이유는 무엇인가? 나쁜 것뿐만 아니라 사리에 맞는 현상, 행복한 해결책 또한 거부해야 하기 때문이다."

멜빌은 그 적절한 해결책의 모색을 포기함으로써 책을 출간해야겠다는 생각을 접었고, '하지 않으려고 하는' 사람들처럼 행동하기로 작정한 뒤, (가족을 부양하기 위해) 일거리 하나를, 아니 아무 일이나, 찾으면서 몇 년을 보냈다. 마침내 멜빌이 일거리를 찾았을 때(1866년에야 비로소) 그의 운명은 자신이 만들어낸 자식인, 바틀비의 운명과 정확히 일치하게 되었다.

늘 똑같은 삶들. 멜빌은 생애 마지막 몇 년 동안, '폐허가 된 어느 사원에 마지막으로 남아 있는 기둥'인 바틀비와 마찬가지로, 뉴욕에 있는 너저분한 사무실에서 직원으로 일했다.

바틀비를 만들어낸 사람의 사무실을 카프카의 사무실과 연관시키지 않는다는 것은 불가능하고, 카프카가 펠리체 바우어에게 편지를 보내 문학이 자기를 삶으로부터, 즉 사무실로부터 배제하고 있다고 한 말을 연관시키지 않는다는 것 또한 불가능하다. 만약 이 인상적인 말이 항상 나를 웃겨왔다면(그리고 내가 기분이 좋은 상태인 오늘, 우리의 기묘한 상황은 바로 우리가 남들을 보고 웃는 것만큼 남들이 우리를 보고 웃도록 만들어져 있는 것이라고 말한 몽테뉴를 기억하는 오늘은 그 인상적인 말이 더욱더 나를 웃긴다), 카프카가 펠리체 바우어에게 보낸 다른 말이, 그 전에 보낸 것에 비해 덜 뛰어나긴 하지만, 훨씬 더 웃긴다. 나는 사무실에 있을 때는 늘 그 나중 말을 기억해보았고, 그렇게 함으로써 고민거리가 생겼을 때 깊이 고민하지 않은 채 앞으로 나아갈 수 있었다. 그 말은 다음과 같다. "사랑하는 이여, 내가 어느 곳에 있든지 그대를 생각해야 하기 때문에, 지금 사무실의 사장 책상에서 당신에게 편지를 쓰고 있으며, 이 순간에는 내가 사장을 대신하고 있다오."

49) 리처드 엘만은 '아니오'의 연극에서 직접 따온 것으로 보이는 이 장면을 자신이 쓰고 있던 조이스의 전기에 기술한다.

"당시 조이스는 쉰 살이었고, 베케트는 스물여섯 살이었다. 베케트는 침묵에 빠져 있었고, 조이스 역시 그랬다. 그렇기 때문에 두 사람이 대화를 하는 경우에도, 대화는 자주, 두 사람 다 슬픔에 젖어 침묵만을 교환하는 것이 되고 말았다. 베케트는 대부분 세상 때문에 슬펐고, 조이스는 대부분 자신 때문에 슬펐다. 조이스는 늘 그렇듯 다리를 꼬아서 위에 포개놓은 다리의 발끝을 아래에 있는 다리의 발등에 닿게 하는 식으로 앉아 있었고, 조이스처럼 키가 크고 마른 베케트 역시 동일한 자세를 취하고 있었다. 조이스가 갑자기 다음과 같은 질문을 던졌다.

'관념론자였던 흄이 어떻게 역사 하나를 쓸 수 있었을까?'

베케트가 대꾸했다.

'개념의 작용에 관한 역사잖아요.'"

50) 나는 카탈루냐 출신 시인 J. V. 포이스를 염탐하고 있었다. 시인은 바르셀로나의 사리아 동네에 있는 자신의 케이크 가게에 있었다. 시인은 늘 카운터 옆 '돈궤' 뒤에 있었다. 그곳에서 케이크들로 이루어진 우주를 감독하고 있는 것처럼 보였다. 대학에서 포이스를 기리는 행사가 열렸을 때, 나는 수많은 청중 사이에 있었다. 그가 드디어 무슨 말을 꺼내는지 듣고 싶은 생각이 간절했으나 그는 그날 거의 말을 하지 않았고, 대신 자신의 작업이 끝났다는 사실만을 확인해주었다. 지금 생각해보니 당시 그 사실이 나를 몹시 짜증나게 했었다. 아마도 당시 이 주석들, 다시 말해 절필에 관한 이 노트가 내 머릿속에서 이미 윤곽을 잡아가고 있었기 때문이었을 것이다. 나는 포이스가 자신의 작업이 이미 끝났다는 사실을 어떻게 알 수 있었으며, 어느 사안이 그렇게 되었다는 것을 언제 알게 되었는지 자문해보았다. 늘 글을 써왔던 그가 이제 글을 쓰지 않으면 무엇을 할 것인지도 자문해보았다. 게다가 나는 그를 존경하고 있

었고, 평생 그의 시에 열광하고, 온고지신溫故知新을 함으로써(새로운 것이 나를 고양시키고, 옛것이 나를 매혹시킨다m'exalta el nou, m'enamora el vell) 카탈루냐어가 지닌 창조적 능력을 현재화시켜놓은 그의 서정적인 언어에 열광했다. 나는 시인 포이스를 존경하고 있던 터라 그가 계속해서 시를 쓸 필요가 있다고 여겼는데, 그의 작업이 끝난 상태였고, 아마도 시인이 죽음을 기다리기로 작정했을 것이라는 생각이 들자 마음이 슬퍼져버렸다. 잡지 《데스티노》*에 실린 페레 짐페레르의 텍스트 하나는, 나를 위안해주지 않았다 할지라도, 내가 상황을 이해하는 데 도움을 주었다. 짐페레르는 포이스의 작업이 영원히 끝난 상태라고 언급하면서 다음과 같이 말했다. "하지만 포이스의 눈에는 예전과 똑같은 불꽃이, 지금은 더 차분하게 튄다. 그 몽상적인 불꽃은 현재 숨겨진 용암 속에 은밀하게 들어 있다. (……) 바로 이곳을 지나 저 멀리 대양들과 심연들로부터 귀를 먹먹하게 만드는 소리 하나가 들려올 것 같다. 포이스는 이제 시를 쓰지 않는다 할지라도 밤이면 여전히 시를 꿈꾼다."

아직 쓰이지 않았지만 시인의 머릿속에 살아 있는 시. 이는 글쓰기를 그만둔 누군가에게는 아주 아름다운 결말이다.

---

* '데스티노Destino'는 '운명'이라는 뜻이다.

51) 오스카 와일드는 『예술가로서의 비평가』에 자신이 예전부터 품어온 열망을 표출했다. "아무것도 하지 않는다는 것은 세상에서 가장 어려운 것이고, 가장 어려우면서도 가장 지적인 것이다."

오스카 와일드는 생애 마지막 2년 동안 파리에서 자신이 실제적으로 폐기되어버렸다고 느낀 덕분에 아무 일도 하지 않고 살겠다는 오랜 열망을 실현할 수 있었다. 오스카 와일드는 생애 마지막 2년 동안 글을 쓰지 않았다. 왜냐하면 영원히 글을 쓰지 않고, 다른 쾌락들을 알고, 아무것도 하지 않는 것에서 오는 현명한 즐거움을 알고, 극도의 나태와 압생트**에 심취하기로 작정했기 때문이다. '일은 술 마시는 계층의 저주다'라고 말했던 그 남자는 페스트를 피하듯 문학으로부터 도망쳐서 이리저리 싸돌아다니고, 술 마시고, 많은 경우에는 깊고 순수한 관조에 몰입했다.

"플라톤과 아리스토텔레스에게," 오스카 와일드가 썼다. "완전한 무위無爲는 항상 에너지의 가장 고상한 형태였다. 가장 높은 문화를 향유하는 사람들은 관조를 인간에게 가장 적합한, 유일

** '압생트Absinthe'는 유럽에서 유행하던 술이다. 향 쑥이 원료로 추가되는 것이 특징이고, 알코올 도수는 40~70도 정도이다. 한때 압생트를 마시면 향 쑥 성분 때문에 중독 증세가 나타나 정신착란과 시각 장애를 유발한다고 알려지기도 했으나, 근거가 없는 것으로 밝혀졌다.

한 업무로 여겼다."

'선택받은 자는 아무것도 하지 않기 위해 산다'고도 말한 적이
있는 오스카 와일드 자신은 생애 마지막 2년을 그런 식으로 살
았다. 가끔 그는 절친한 친구 프랭크 해리스(미래에 그의 전기
를 쓸 작가)의 방문을 받았는데, 그는 오스카 와일드의 완전무
결한 나태를 보고는 깜짝 놀라며 늘 이렇게 말했다.

"보아하니 계속해서 아무 일도 하지 않고 지내시는 것 같군
요……."

어느 날 오후, 오스카 와일드가 그에게 대답했다.

"근면성은 모든 허위성의 씨앗이잖아요. 하지만 내가 아이디
어를 갖고 있지 않다는 건 아니에요. 당신이 원한다면 아이디어
하나를 당신에게 팔겠어요."

오스카 와일드는 그날 오후 해리스에게 어느 코미디의 개요
와 줄거리를 50파운드에 팔았다. 해리스는 재빨리, 아주 빠른
속도로 「미스터 앤 미세스 다벤트리」라는 이름의 코미디를 써
서, 오스카 와일드가 파리에 있는 달사스호텔의 누추한 방에서
죽기 한 달 전인 1900년 10월 25일에 런던의 로열티극장에서 초
연했다.

오스카 와일드는, 초연 날 이전에도 초연 날 이후에도, 로열티
극장에서 초연된 작품(런던에서 그 작품은 대단한 성공을 거두

었다)에 대한 로열티를 더 많이, 정기적으로 요구함으로써 생애의 마지막 달에 자신의 행복의 범위가 넓어진다고 생각했다. 그래서 해리스에게 온갖 메시지를 보내 해리스를 괴롭혔는데, 예를 들면 다음과 같다. "당신은 내 작품을 훔쳤을 뿐만 아니라, 그것을 망쳐버렸소. 그렇기 때문에 나는 50파운드를 더 원하오." 그러고는 마침내 누추한 호텔에서 죽었다.

오스카 와일드가 죽자 파리의 어느 신문은 그의 말 몇 마디를 아주 시의적절하게 기억해냈다. "나는 삶이 무엇인지 몰랐을 때 글을 썼다. 삶의 의미를 알고 있는 지금은 더 이상 쓸 게 없다."

그 문장은 오스카 와일드의 최후와 아주 잘 들어맞는다. 그는 글을 써야겠다는, 이미 써놓은 글에 뭔가를 첨가해야겠다는 최소한의 필요도 느끼지 못한 채 생애 마지막 2년을 아주 행복하게 보낸 후에 죽었다. 그가 죽을 때, 그동안 몰랐던 것을 충분히 알았을 가능성과, 아무것도 하지 않는다는 것이 정확히 무엇인지, 그리고 그것이 진정 세상에서 가장 어렵고 가장 지적인 것이라는 사실을 알았을 가능성이 아주 농후하다.

오스카 와일드가 죽은 지 50년이 지난 뒤, 그가 문학을 과격하게 포기한 상태에서 극도의 나태함을 드러내며 돌아다니던 그 카르티에라탱 거리의 달사스호텔에서 백 미터 정도 떨어진 곳에 있는 어느 담에 '상황주의 운동'이라 알려진 급진 운동의 첫

번째 표시, 즉 '표류하는' 삶 속에서 자신들 앞에 있는 모든 것을
향해 '아니오'라고 외치는 일부 사회주의 선동자들의 선언문이
나타났다. 이 선동자들은 마땅히 의지할 데도 없고 뿌리가 단절
되어 있지만 행복하다는 인식에 휩싸인 채 '아니오'라고 외침으
로써 오스카 와일드의 삶의 마지막 끈들을 움직인 적이 있었다.

　상황주의적 삶의 첫 번째 표시는 달사스호텔에서 백 미터 정
도 떨어진 곳에 쓰인 낙서였다. 사람들은 그것이 오스카 와일드
를 기리는 것일 수 있다고들 말했다. 그 낙서는 기 드보르의 추
종자들이 쓴 것이었다. 거대한 도시의 건물 옥상을 보행자 통
행로로 개방하라고 곧 제안하게 될 그들이 쓴 낙서는 다음과 같
다. "여러분 더 이상 일하지 마세요."

　　　52) 페루 출신 작가 훌리오 라몬 리베이로는
발저처럼 신중했다. 그는 자신의 수치심을 자극하지 않으려고,
혹은, 실제로 그런 일이 일어났는지는 전혀 알려지지 않았지만
바르가스 요사를 자극하지 않으려고, 늘 발뒤꿈치를 들고 걷듯
조심스럽게 글을 썼다. 그는 '아니오'의 역사를 형성하는 일련
의 책이, 비록 실제로는 없을지라도, 존재한다는 생각은 늘 하고

있었는데, 그 생각이 차츰차츰 확신으로 바뀌어갔다. 이런 유령 책들, 보이지 않는 책들은 언젠가 우리 집 문을 두드리고, 우리가 그들을 맞이하러 나가면 가끔 하찮은 이유로 사라져버린다. 우리가 문을 열면 그 책들은 이미 가버리고 없다. 아마도 거대한 책 한 권, 우리 마음속에 들어 있는 거대한 책, 우리가 실제로 써야 할 운명의 책, '우리의 책', 이미 우리가 절대 쓸 수도 읽을 수도 없게 된 책일 것이다. 하지만 그 책이 존재한다는 사실은 아무도 의심할 수 없을 것이고, 그 책은 '아니오'의 예술의 역사 속에 들어가 있다.

"얼마 전에 세르반테스를 읽다가," 리베이로는 『실패의 유혹』에 이렇게 쓴다. "순간적으로 어떤 느낌을 받았으나 불행하게도 그것이 무엇인지 정확하게 포착할 시간이 없었는데(왜? 누군가 나를 방해해서? 아니면 전화 벨소리가 울려서? 잘 모르겠다), 당시 나는 뭔가를 시작해야 한다는 자극을 받았⋯⋯. 그러고서 모든 것이 흐릿해져버렸다. 우리 모두는 책 한 권, 아마도 거대한 책 한 권, 하지만 우리 내부의 혼란스러운 삶에서는 거의 나타나지 않거나, 나타났다가도 너무 빠르게 사라져버리기 때문에 우리가 작살을 던져 잡을 시간이 없는 거대한 책 한 권을 가지고 있다."

53) 헨리 로스는 1906년에(당시 오스트리아·
헝가리제국에 속해 있던) 갈리치아의 어느 마을에서 태어나
1995년에 미국에서 사망했다. 이 유대인 어린이는 부모가 아메
리카로 이주했기 때문에 뉴욕에서 유년 시절을 보냈는데, 당시
의 경험을 스물여덟 살에 출간한 멋진 소설『선잠』에 썼다.

소설이 인기를 끌지 못하자, 로스는 다른 일에 종사하기로 작
정하고는 상수도 기술자 보조, 정신병원 간호사, 오리 사육사 등
여러 가지 일을 했다.

30년 후,『선잠』은 재출간된 지 채 몇 주가 되지 않아 미국 문
학의 고전이 되었다. 로스는 깜짝 놀랐고, 책의 성공에 대한 그
의 반응은 바로 자신이 80세가 훨씬 넘는다 해도 다른 뭔가를
출간하겠다고 결정하는 것이었다. 그가 약속한 나이를 훨씬 넘
긴 나이에, 그러니까『선잠』의 재출간이 성공을 거둔 지 30년이
지난 뒤『격류의 자비』가 인쇄되었는데, 엄청난 분량 때문에 편
집자들이 네 권으로 분책했다.

"나는," 헨리 로스는 죽기 얼마 전에 이렇게 말했다. "단지 내
기억 속에서 아련하게 반짝이고 있던 희미한 추억을 되살리기
위해 소설을 썼을 뿐이다."

그 소설은 '아주 쉽사리 소멸될 수 있도록' 쓰인 것으로, 소설
에서 그는 예술적 인식을 아주 기발한 방식으로 비웃는다. 그

소설에서 가장 훌륭한 부분은 아마도 헨리 로스가 문학 밖에서 겪은 경험을 우리에게 이야기하는 부분일 텐데(그렇기 때문에 이 부분은 실제적으로 소설 전체를 차지한다), 거의 80년에 달하는 세월 동안 그가 글을 썼는지는 알 수 없으나 어찌 되었건 책은 출간하지 않았고, 그 세월 동안 문학의 강이 지닌 여러 지류를 잊은 채 삶의 격류에 몸을 맡겨버렸다.

54) 사랑하는 사람의 죽음은 라일락을 길러낼 뿐만 아니라 '아니오'의 시인도 만들어낸다. 후안 라몬 히메네스 같은 시인 말이다. 1956년 봄, 푸에르토리코. 후안 라몬 히메네스는 자신이 금방 죽을 거라고 믿으며 살았다. 사람들이 그에게 '내일 봐요'라고 말하면 그는 늘 '내일이요? 내가 내일 어디에 있을까요?'라고 대답했다. 그럼에도 불구하고, 그는 이런 식으로 사람들과 헤어진 뒤 혼자 집으로 돌아가서는 조용히 각종 서류와 물건을 살펴보았다. 친구들의 말에 따르면, 후안 라몬은 자기가 아버지처럼 잠을 자면서 죽을 수도 있다는 생각(그의 아버지가 죽었을 때 사람들은 자고 있던 그를 흔들어 깨워 부음을 전했었다)과 자신은 육체적으로 전혀 문제가 없다는 생각 사이

에서 일희일비一喜一悲했다. 그는 자신의 성격이 지닌 이런 면모를 '역경에 처한 귀족' 같다고 기술했다.

그는 자신이 금방 죽을 것이라고 믿으며 살았으나, 정작 부인이자 정부이자 애인이자 비서이자 실생활의 모든 면에서 그의 손이고(그녀는 '그의 이발사'라고까지 불릴 정도였다), 기사이고, 영혼이었던 세노비아가 먼저 죽을 것이라는 생각은 단 한 번도 하지 않았다.

1956년 봄, 푸에르토리코. 세노비아는 후안 라몬 히메네스 곁에서 죽기 위해 보스턴에서 푸에르토리코로 돌아갔다. 세노비아는 2년 동안 암과 싸웠으나, 방사선치료를 과도하게 받음으로써 자궁이 바싹 말라버린 상태였다. 그녀가 산후안에 도착했을 때, 그녀는 잘 몰랐지만, 그 해의 노벨 문학상이 그 에스파냐 출신 시인에게 수여될 것이라는 사실을 알고 있었던 스웨덴 기자 몇도 도착했다. 스웨덴의 어느 신문사 뉴욕 지국은 세노비아가 죽기 전에 후안 라몬 히메네스의 노벨 문학상 수상 소식을 알 수 있도록 시상식을 앞당겨달라고 스톡홀름에 요청했다. 하지만 세노비아가 그 사실을 알았을 때는 이미 아무 말도 할 수 없는 상태였다. 그녀는 요람에서 듣던 자장가를 입속으로 희미하게 불렀다. 사람들의 말에 따르면, 그녀의 목소리는 종이가 희미하게 구기적거리는 소리 같았다고 한다. 그리고 그녀는 다음

날 죽는다.

노벨 문학상을 받은 후안 라몬 히메네스는 불구자 같은 상태가 되어버렸다. 세노비아가 죽기 전에 부른 자장가는 역경에 처한 후안 라몬 히메네스의 귀족적인 취향에 구멍을 뚫어버렸다. 하녀가 기억하는 바에 따르면(하녀는 아흔 살이 넘은 나이에도 여전히 살아 있으며, 모든 것을 완벽하게 기억하고서 오늘날 산 후안에서 후안 라몬 히메네스에 관해 묻는 사람에게 증언해준다), 부인의 장례식을 치른 뒤 사람들이 후안 라몬 히메네스를 자기 집으로 데려왔을 때, 그는 실성한 듯 행동했다. '아니오'의 예술로 전향하기 바로 전 상태에 있었던 것이다.

세노비아가 남편의 작업을 지혜롭게 정리하면서 행한 모든 업무, 수많은 세월 동안 행한 업무, 죽을 때까지 남편을 진정으로 사랑한 여자의 위대하고 인내심 깊은 그 모든 노력은 후안 라몬이 절망에 빠진 상태에서 모든 것을 흩트려버리고, 땅바닥에 내던져버리고, 분노를 표출하며 발로 밟아버림으로써 무산된다. 세노비아가 죽자, 후안 라몬은 이제 작업은 거들떠보지도 않는다. 그날부터 후안 라몬은 절대적인 문학적 침묵에 빠진 채 결코 더 이상 쓰지 않았다. 그는 부상당한 동물처럼 자기 작품을 모조리 짓밟아버리기 위해서만 살아갔을 것이다. 자신은 오직 세노비아가 살아 있었기 때문에 글을 쓰는 데 관심을 두었을 뿐이라고 세상 사람들에게 말하기 위해서만 살아갔을 것이다. 세노비아가 죽자 모든 것이 죽었다. 후안 라몬은 단 한 줄도 쓰지 않았고, 사람들의 눈에 띄지 않는 곳에서 동물처럼 깊은 침묵만을 지킬 뿐이었다. 이런 깊은 침묵 속에서 후안 라몬은 '아니오'의 역사에 기록될 만한 문장 하나를 남겼는데, 그가 언제 그런 말을 했는지는 잘 모르겠지만 그 말을 했다는 것은 확실하다. "내 작품 가운데 가장 훌륭한 것은 내가 내 작품에 대해 후회하는 것이다."

55) 독자 여러분은 카프카가 자기 작품에 설정한 대상 가운데 가장 객관적인 대상인 오드라덱의 웃음이 어떠했는지 기억하시는가? 오드라덱의 웃음은 '낙엽의 속삭임' 같았다. 카프카의 웃음은 어떠했는지 기억하시는가? 구스타프 야누흐는 프라하의 작가 카프카와 나눈 대화를 다룬 책에서 작가가 '자기만의 독특한 방식으로 낮게 웃었는데, 종이가 희미하게 구기적거리는 소리를 상기시키는' 웃음이었다고 우리에게 말한다.

뭔가가 급히 나의 관심을 끌었기 때문에 세노비아의 자장가와 카프카의 웃음소리, 또는 카프카가 만들어낸 오드라덱의 웃음소리를 비교하는 데 시간을 더 이상 지체할 수가 없다. 그 뭔가는 바로, 만약 카프카 자신이 펠리체 바우어와 결혼한다면, 그가 부정의 충동에 사로잡힌 예술가, 한 마리의 개, 더 정확히 말하자면, 영원한 침묵을 선고받은 어느 동물로 변해버릴 수 있을 것이라고 그녀에게 알리는 말이다. "나의 진정한 두려움은 결코 내가 그대를 소유할 수 없을 것이라는 데 있소. 그래서 내가 할 수 있는 최선의 것은 자신이 충직하다는 사실을 깨닫지 못하는 개처럼, 그대가 내게 내민 손에 정신없이, 충직하게 입을 맞추는 것일 뿐이라오. 그것은 내가 그대를 사랑한다는 표시가 아니라, 격리와 '영원한 침묵을 선고받은 어느 동물'이 드러내는 절망의 표시일 것이오."

카프카는 항상 나를 놀라게 한다. 오늘, 8월의 첫 번째 일요일, 습하고 조용한 일요일, 카프카가 다시 나를 불안하게 만들었다. 그리고 자신의 글에서 결혼을 한다는 것은 침묵을 선고받고, '아니오'의 대열을 길게 만들고, 또 그중에서 가장 매력적인 것, 즉 개가 되는 것이라고 내게 암시함으로써 곧바로 나의 관심을 끌었다.

나는 머리가 지끈거렸기 때문에, 즉 발레리의 표현을 빌리자면 '테스트 씨의 악' 때문에, 방금 전에 일기 쓰는 것을 멈추어야 했다. 머리가 아팠던 이유는 카프카가 '아니오'의 예술에 관한

자신의 갑작스러운 이론을 동원해 내게 그 '주의력 훈련'을 시
켰기 때문이었을 가능성이 농후하다.

발레리가 우리에게 '테스트 씨의 악'이 주의력의 지적인 기능
과 아주 복잡한 방식으로 연관되어 있다는 사실을 알려주었다
는 점을 여기서 기억할 필요가 있을 것이다. 발레리의 이런 영
감은 아주 뛰어난 것이다.

내가 개의 형상을 기억하도록 해준 그 '주의력 훈련'은 테스트
씨의 악과 동일한 나의 악과 관계가 있을 가능성이 있다. 나는
일단 악으로부터 벗어난 뒤 이미 지나간 두통에 관해 생각하는
데, 악이 사라질 때 아주 즐거운 느낌이 든다고 말할 수 있을 것
이다. 왜냐하면 그런 때는 누구든 우리가 살아 있다는 것을 처
음으로 느끼고, 우리가 죽기 위해 태어난 인간이지만 그 순간에
는 살아 있다는 것을 처음으로 인식한 그날을 다시 경험하기 때
문이다.

내가 두통에 시달린 시간이 모두 지난 뒤, 나는 오래전에 읽은
살바도르 엘리손도의 텍스트에 관해 생각하지 않을 수 없었다.
이 멕시코 작가는 그 텍스트에서 테스트 씨의 악에 관해, 그리고
테스트 씨가 큰 통증을 완화시키기 위해 가끔 무의식적으로 관
자놀이에 손을 갖다 대는 행위에 관해 말하고 있다.

두통이 사라지고 난 뒤 나는 내 자료집에서 엘리손도의 옛 텍

스트 하나를 찾아내 다시 읽었다. 그 텍스트를 완전히 새로운 시각으로 읽고 보니, 악의 난입에 관한 역사, 질병에 관한 역사, 현대문학이 지닌 매력적인 경향의 부정적인 충동에 관한 역사에 완벽하게 적용될 수 있는 테스트 씨의 악에 관한 해석 하나를 발견했다는 느낌이 들었다. 엘리손도는 우리의 머릿속에 뜨거운 강철 쐐기를 박은 것 같은 통증을 유발하는 편두통에 관해 언급하면서, 통증이 우리의 마음을 다양한 연극 무대로 바꾼다고 암시하고, 재난처럼 보이는 것은 춤이고, 감각을 섬세하게 구성하는 것이고, 음악 또는 수학의 특별한 형태이고, 의식儀式이고, 계몽 또는 치료이고, 무엇보다도 '감각 용어 사전'의 도움을 받음으로써만 풀어낼 수 있는 불가사의라고 말한다.

이 모든 것은 현대문학에 등장하는 악의 문제에 적용될 수 있다. 그 이유는 질병이 재난이 아니라 춤이기 때문이고, 감각이 새롭게 구성되는 현상은 그 춤으로부터 이미 나타나고 있을 수 있기 때문이다.

56) 오늘은 월요일이다. 아침 해가 뜰 무렵 나는 미켈란젤로 안토니오니를 생각해보았다. 어느 날 그는 '태양

의(그가 말했다) 해악과 위대한 풍자 능력'을 주시하면서 영화 한 편을 만들어야겠다는 생각을 품었다.

안토니오니가 태양을 쳐다보아야겠다고 결심하기 조금 전, 벨파스트 출신으로 오늘날 반쯤 잊힌 시인이 되어버린 루이스 맥니스의 시구('아니오'의 예술의 훌륭한 가지들이라면 어느 것에든 속할 수 있는 시구)가 머릿속을 뱅뱅 돌았다. "숫자 하나를 생각하라. / 그 숫자를 두 배로, 세 배로 늘려라, / 네 배까지 올려라. 그리고 그 숫자를 지워버려라."

안토니오니는 이 시구가 극적이지만 약간은 유머러스한 분위기를 가진 어느 영화의 핵심이 될 수 있을 것이라는 명확한 생각을 처음부터 갖고 있었다. 그러고서 그의 뇌리에는 다른 인용문이 떠올랐다. 버트란트 러셀이 인용한 것이었다. 그 인용문 역시 약간 익살스러운 느낌을 가지고 있었다. "숫자 2는 형이상학적인 실재인데, 그것의 존재에 관해 우리는 결코 확신하지 못할 것이고, 그 존재를 제대로 밝혀낸 적도 없다."

그 모든 것은 안토니오니로 하여금 미래의 영화〈태양은 외로워〉를 구상하도록 만들었다. 그 영화는 남녀 한 쌍의 감정이 메말라버리고, 빛을 잃어 사라져버리고(예를 들어, 작가들이 갑자기

---

* 〈태양은 외로워〉는 미켈란젤로 안토니오니가 달콤한 일상생활에 숨어 있는 지독한 허무를 상징적으로 그린 작품으로, 칸영화제에서 특별상을 수상했다. 원래 제목은〈일식L'Eclisse〉이다.

문학을 포기하고서 빛을 잃어 사라져버리듯) 과거 그들이 맺은 모든 관계가 소멸되어버리는 때에 관해 이야기하게 될 것이다.

　며칠 동안 개기일식이 예고되었기 때문에 안토니오니는 플로렌시아로 가서 일식 현상을 관찰하고 필름으로 찍고 일기에 기록했다. "해가 사라져버렸다. 갑자기, 모든 것이 얼어버렸다. 다른 침묵들과는 다른 하나의 침묵. 그리고 다른 모든 빛과는 다른 하나의 빛. 그 뒤, 어둠. 우리 문화의 검은 태양. 총체적인 부동不動. 내가 생각할 수 있는 모든 것은 일식이 일어나는 동안에 감정까지 메말라버릴 수 있다는 것뿐이다."

　〈태양은 외로워〉가 처음으로 상연되던 날 안토니오니는 자신의 영화를 딜런 토머스의 시구 두 개와 더불어 시작해야 할 필요가 없었다는 의구심을 영원히 가지게 되었다고 말했다. 그 시구는 다음과 같다. "어떤 확신은 있어야 한다. / 사랑한다는 확신이 있지 않다면, 적어도 사랑하지 않는다는 확신은 있어야 한다."

　'아니오'의 문학과 문학적 도피의 이유를 캐는 사람인 내게 딜런 토머스의 시구를 다음과 같이 바꾸는 것은 아주 쉽다. "어떤 확신은 있어야 한다. / 글을 쓴다는 확신이 있지 않다면, 적어도 글을 쓰지 않는다는 확신은 있어야 한다."

57) 나는 학교 동창인 루이스 펠리페 피네다를 잘 기억하고, 그의 '방치된 시들에 관한 문서' 또한 기억하고 있다.

나는 1963년 2월의 그 멋진 오후에 본 피네다를 항상 기억할 것이다. 그는 당시의 패션과 학칙을 선도하는 독재자가 될 방법을 모색한다는 듯이 도발적이고 멋지게 가운의 단추를 잠그지 않은 채 교실에 들어섰다.

우리는 교복을 입는 것을, 특히 목 부분까지 단추를 채우고 다니는 것을 말없이 증오했기 때문에 그 친구처럼 대담하게 행동하는 것은 우리 모두에게, 특히 내게는 아주 중요했는데, 나는 그것 말고도 내 삶에서 중요한 것이 될 수 있는 것을 발견했다. 그것은 바로 '비공식'이었다.

그렇다. 피네다의 그런 과감한 태도는 내 뇌리에 영원히 각인되어 있다. 게다가, 그 어떤 선생님도 피네다의 일에 함부로 간섭하지 않았고, 학기 중에 우리 학교에 전학 왔기 때문에 우리가 '신출내기'라고 부르던, 방금 도착한 그 피네다를 그 누구도 나무라지 않았다.

그 누구도 피네다를 벌하지 않았다. 그것은 이미 공공연한 비밀이 되어버린 어떤 것을 인정하는 꼴이었다. 즉, 명문가인 피네다 가족은 학교에 상당한 액수의 기부금을 냈기 때문에 학교

이사회에서 명성이 자자했다.

　그날 피네다는 가운을 입는 새로운 방식과 규율을 제시하면서 교실로 들어왔고(우리는 중등학교 6학년이었다), 우리 모두는 그의 모습에 감탄하고 있었다. 특히 피네다의 과감한 행동에 반쯤 반해버린 나는 피네다를 잘생기고, 뛰어나고, 현대적이고, 지적이고, 과감하고, 아마도 모든 것 가운데 가장 중요한 점인, 외국인 같은 태도를 가진 아이로 생각했다.

　다음 날 나는 피네다가 모든 면에서 다르다는 사실을 확인했다. 내가 그를 곁눈질로 살짝 쳐다보았을 때 그의 얼굴에서 뭔가 아주 특이한 것, 즉 특이하게도 지적이며 확신에 찬 표정을 보았다는 생각이 들었다. 관심 있게, 개성 있게 일에 집중하는 그의 태도는 숙제를 하는 학생이 아니라 자신에게 부여된 문제를 풀고 있는 연구원처럼 보였다. 다른 한편으로, 그의 얼굴에는 뭔가 여성적인 면모도 있는 것 같았다. 잠시 동안 그는 남자도, 아이도, 노인도, 청년도 아닌 것처럼 보였고, 시간 밖에 있는, 우리의 나이와는 다른 나이를 먹은 것 같은, 즉 천 살 정도 먹은 사람처럼 보였다.

　나는 피네다의 그림자가, 그의 친구가 되어야 하고, 그가 지닌 특성에 감염되어야 한다고 혼잣말을 했다. 어느 날 오후 수업을 마치고 교문을 나선 나는 모든 학생이 흩어지기를 기다렸다가,

나의 소심증과 열등감(이런 소심증과 열등감은 본질적으로 나의 곱사등에서 비롯되었는데, 그 때문에 모든 학우가 나를 '제페뤼geperut'라는 편한 별명, 즉 '꼽추'라고 불렀다)을 최대한 극복하고서 피네다에게 다가가 말했다.

"우리 잠시 함께 갈까?"

"안 될 것 없지." 피네다가 자연스럽고 침착하게 반응하면서 대답했는데, 내게는 정감 어린 태도처럼 보이기까지 했다.

피네다는 나를 결코 '제페뤼' 또는 그보다 훨씬 모욕적인 '제페뤼데geperudet'라 부르지 않은 유일한 급우로 남아 있었다. 나는 피네다가 왜 내게 그토록 예의 바르게 구는지 묻지 않았다. 하지만 그는 아주 확고하고 몹시 자신감 넘치는 어조로(나는 그말을 결코 잊을 수 없을 것이다) 내게 말했다.

"나는 신체적인 장애가 있는 사람을 그 누구보다 존경해."

피네다는 어른처럼, 아니, 어른보다 훨씬 더 말을 잘했다. 아주 점잖게, 솔직하게 말했던 것이다. 당시까지 그 누구도 내게 그런 식으로 말한 적이 없었다. 지금 생각해보니 나는 잠시 말없이 가만히 있었는데, 피네다 역시 말없이 가만히 있다가 이렇게 물었다.

"너 요즘 어떤 장르의 음악을 듣냐? 최신 유행곡 좋아하냐?"

피네다는 이렇게 말한 뒤 씩 웃었는데, 마치 어느 왕자가 시골 사람 하나와 대화하면서 그 시골 사람을 닮으려고 애쓰듯 뜻밖에도 상스럽게 말했다.

"너한테는 최신 유행이 뭔데?" 내가 피네다에게 물었다.

"케케묵은 것도 아니고, 그저 단순한 거야. 책은 어때, 너 책 읽냐?"

나도 어느 정도 인식하고 있었다시피, 내 독서는 누군가 내게 손을 써주어야 할 필요가 있을 정도로 아주 초라한 것이었기 때문에 피네다의 놀림을 받을 것 같아서 피네다에게 차마 진실을 말할 수 없었다. 내 독서에 관한 진실을 그에게 밝힐 수는 없었다. 그렇게 되면, 내가 당시 사랑을 찾고 있었고, 그래서 미셸 꽈스트의 『다니의 일기』를 읽고 있다는 사실을 피네다에게 설명해야만 했기 때문이었다. 그리고 음악에 관해서도 마찬가지였다. 나는 마리 트리니의 노래 가사가 좋아 마리 트리니의 다음과 같은 노래를 듣고 있다는 말을 피네다에게 차마 할 수 없었다. "나이 열여섯에 타인을 껴안고 싶은 마음 들지 않는 사람이 어디 있을까? 고독에서 벗어나면서 시 한 편 쓰지 않는 사람이 어디 있을까?"

"나 가끔 시를 쓰고 있어." 나는 마리 트리니의 노래에 영감을 받아 가끔 시를 쓴다는 사실은 밝히지 않은 채 이렇게 말했다.

"무슨 신데?"

"어제는 「야외의 고독」이라는 시 한 편을 썼어."

피네다는 시골 사람과 이야기하면서 살짝 그 시골 사람처럼 되고 싶어 애쓰는 왕자나 된다는 듯이 다시 씩 웃었다.

"나는 시를 쓰기는 하는데 결코 끝내지 못해." 그가 말했다. "첫 연聯을 결코 넘어가지 못한다니까. 현재 내가 갖고 있는 시가, 그래, 최소 50편은 될 거야. 중도에 포기한 시가 50편이라는 말이야. 원한다면 보여줄 테니 우리 집에 와. 시를 끝내지는 못하지만 설령 다 끝낸다고 할지라도 난 고독에 관해서는 다루지 않을 거야. 고독은 저속하고, 무시무시한 청소년들에게나 해당되는 건데, 네가 그걸 알고나 있었는지 잘 모르겠다. 고독이라는 테마는 진부하잖아. 우리 집에 오면 내가 쓰고 있는 것을 보여줄게."

"이제 말해봐. 시를 끝내지 않는 이유가 대체 뭔데?" 나는 한 시간 뒤, 이미 피네다의 집에 있게 되었을 때, 이렇게 물었다.

피네다의 넓은 방에는 우리 둘만 있었는데, 나는 조금 전에 세련되고 후덕한 피네다의 부모님이 그만큼 세련되고 후덕한 태도로 나를 맞이해준 것에 여전히 감동한 상태였다.

피네다는 그곳에 없는 사람처럼 입을 다물고 내 질문에 아무 대답도 하지 않더니 잠시 후 우리가 담배를 피우기 위해 열게 될 창문 쪽을 바라보고 있었다.

"왜 시를 끝내지 않는 거야?" 내가 다시 물었다.

"야," 마침내 피네다가 반응했다. "우리 뭐 하나 해보자. 담배나 피울까. 너 담배 피우냐?"

"응." 나는 담배를 1년에 한 개비 정도만 피우는데도 거짓말을 했다.

"우리 같이 피우자. 그리고 내가 시를 끝내지 않는 이유를 다시 묻지 않는다면 네게 시를 보여줄 테니, 어떤 건지 한번 봐."

피네다는 책상 서랍에서 담배 종이와 가루담배를 꺼내 한 개비를 만 뒤 또 한 개비를 말았다. 그러고서는 창문을 열었다. 우리 두 사람은 말없이 담배를 피우기 시작했다. 갑자기, 피네다가 음반이 있는 곳으로 가더니 밥 딜런의 음악을 틀었다. 음반은 런던에서 직수입한 것으로, 바르셀로나에 단 하나밖에 없는 외국 음반 전문 가게에서 산 것이라고 했다. 우리가 밥 딜런의 음악을 듣고 있는 사이에 내가 보았거나 본 것처럼 생각되는 것을 나는 지금 생생하게 기억하고 있다. 두 눈을 감은 채 음악에 깊이 빠져 있던 피네다가 몇 분 전보다 훨씬 더 몽롱한 상태에 있는 것을 본 나는 이제 피네다가 음악에 완전히 몰입해 있다고, 몸을 부르르 떨면서 생각했던 것이 기억난다. 나는 내 자신이 그토록 혼자였다는 느낌을 단 한 번도 가져본 적이 없었기 때문에, 그런 느낌은 내가 새로 쓰는 시의 테마가 될 수 있을 것이라는 생각까지 해보았다.

가장 특이한 것은, 피네다가 실제로는 두 눈을 뜨고 있었다는 사실을 잠시 후 내가 확인했을 때 찾아왔다. 한곳에 고정되어 있던 피네다의 두 눈은 실제로 허공을 향해 있었고, 아무것도 보지 않고 있었다. 그의 두 눈은 자신의 내부를, 아득히 먼 어느 곳을 향해 있었다. 맹세컨대 내가 본 그의 모습은 완전히 낯설었다. 그가 듣고 있던 음반들보다 더 낯설었고, 밥 딜런보다 더 독창적이었는데, (내가 피네다에게 밝혔다시피) 밥 딜런의 음악은 썩 마음에 들지 않았다.

"문제는 네가 가사를 이해하지 못한다는 거야." 피네다가 내게 말했다.

"그럼 넌 이해하니?"

"아니. 가사의 뜻을 정확하게 이해하지는 못해도, 아주 좋아. 가사의 뜻을 상상하고, 그렇게 하면 시상이 떠오르기까지 하니까. 내가 결코 끝내지 못하는 그 시들의 첫 연 말이야. 내 시 보고 싶냐?"

피네다가 담배를 꺼냈던 바로 그 서랍에서 파란색 폴더 하나를 꺼냈다. 표지에 '쓰다 만 시 모음집'이라 쓰인 커다란 라벨이 붙어 있었다.

나는 피네다가 빨간색 잉크로 시를 쓰다가 그만둔 사절지 50

장을, 실제로 첫 연 이상은 결코 쓰이지 않은 그 시들을 아주 잘 기억하고 있다. 나는 사절지에 한 연씩만 쓰여 있던 시들 가운데 일부를 아주 잘 기억하고 있다.

나의 근엄함을 비틀어버리고 싶어.
다른 것처럼 된다면 환상적이리라.
하지만 두꺼비가 되고 싶다는 말은 하지 않으리.

이 시가 아주 감동적이었다. 내가 보기에 피네다는 승리를 하도록 부모가 미리 준비해준 사람 같았다. 모든 것에서 아주 앞서나가고, 모든 것에서 독창적이었으며, 게다가 재능이 넘치는 것 같았다. 나는 깊이 감동했다(그리고 피네다처럼 되고 싶었다). 하지만 피네다가 내 생각을 눈치채지 않도록 조심했고, 애써 무관심한 표정을 지었다. 그리고 수고롭겠지만 그 시들을 마저 끝내는 것이 좋을 것 같다고 그에게 제의했다.

피네다가 거만하게 씩 웃으며 내게 말했다.

"너 감히 내게 충고하는 거냐? 내 시를 읽은 느낌이 무엇인지 알고 싶은데, 넌 아직 그걸 말하지 않았어. 보아하니 넌 『캡틴 선더』 같은 만화 나부랭이나 읽고 있는 것 같던데, 자, 진실을 말해봐."

"나 안토니오 마차도 읽었어." 나는 안토니오 마차도를 읽지 않았으면서도 이렇게 대답했다. 학교에서 이 시인의 시에 관해 공부할 예정이었기 때문에 이름만은 기억하고 있었다.

"아이 끔찍해!" 피네다가 소리쳤다. "'유리창에 떨어지는 단조로운 빗소리. 학교 친구들은 공부를……'이라는 그의 시구가 생각나는군."

피네다가 서가로 가더니 블라스 데 오테로의 책 『에스파냐에 관해』를 들고 돌아왔다.

"자, 받아" 피네다가 내게 말했다. "이거 시집이야."

그 책은 내 삶에서 아주 중요하기 때문에 피네다에게 되돌려주지 않고 여전히 보관하고 있다.

그러고서 피네다는 그동안 수집해놓은 아주 많은 재즈 음반을 내게 보여주었다. 거의 대부분은 수입품이었다.

"재즈도 네가 시를 쓰는 데 영감을 주는 거야?" 내가 피네다에게 물었다.

"그래. 내가 1분 이내로 네게 시 한 편을 써줄 수 있는지 없는지 내기할까?"

피네다는 쳇 베이커(그날부터 내가 좋아하는 연주자가 되었다)의 음악을 틀어놓고는 몇 초 동안 온전히 음악에 집중했다. 피네다의 눈이 다시 자신의 내부를, 아득히 먼 어느 곳을 향하고 있었다. 혼수상태 같은 몇 초가 지나자 피네다는 사절지 한 장을 집어 들어 빨간색 볼펜으로 다음과 같이 썼다.

땅에 묻힌 여호와 그리고 죽은 사탄

피네다가 나를 매혹시켜버렸다. 그리고 그 매혹은 갈수록 증대되어갔다. 나는 내가 원하던 바대로, 그의 그림자가, 그의 충실한 시종이 되었다. 나는 나 자신이 피네다의 친구로 보이는 것에 최대의 자부심을 느끼고 있었다. 친구 몇몇은 이제 나를 '제페뤼'라 부르지 않았다. 나의 중등학교 6학년 생활은 피네다가 내게 미친 엄청난 영향에 대한 기억과 연계되어 있다. 나는 피네다 곁에서 무수히 많은 것을 배웠다. 나의 문학적 취향과 음악적 취향이 바뀌었다. 나는 나의 논리적인 한계를 노정해가며 나 자신을 속이기까지 했다. 내 가족을 불행과 천박성의 총체로 보기 시작했는데, 그것이 내게 문제를 일으켰다. 예를 들어, 나는 어머니로부터 '어리석은 도련님'이라는 오명을 들어야 했던 것이다.

그다음 해에는 피네다를 만나지 않았다. 아버지의 직장 문제 때문에 우리 가족은 헤로나로 이사해 몇 년 동안 살고, 나는 대학 예비 학교에서 공부했다. 바르셀로나로 돌아온 나는 철·문학과에 진학하면 피네다를 다시 만날 수 있을까 싶어 철·문학과에 들어갔다. 하지만 피네다는 놀랍게도 법학과에 등록해버렸다. 나는 고독을 피해가면서 갈수록 더 많은 시를 쓰고 있었다. 학생회 총회장에서 피네다를 만났고, 우리는 우르키나오나 광장에 있는 어느 바에 가서 우리의 만남을 축하했다. 나는 우리의 재회 자체가 대단한 사건이라는 느낌을 받았다.

과거에 우리의 우정이 시작되었던 그 첫 며칠 동안 내가 경험한 것과 마찬가지로 내 가슴이 두근거렸고, 내가 대단한 특권, 즉 그 작은 천재와 함께 있다는 무한한 행운과 행복을 누리고 있다는 생각에 가슴이 벅차올랐다. 나는 위대한 미래가 피네다를 기다리고 있다는 사실을 의심하지 않고 있었다.

"지금도 한 연짜리 시를 계속 쓰고 있니?" 나는 피네다에게 뭔가를 묻기 위해 우선 이런 질문을 던졌다.

피네다는 한 해 전처럼, 어느 시골 사람과 만나서 그 시골 사람처럼 보이기 위해 신분을 낮추려고 애쓰던, 중세의 어느 동화에 나오는 왕자처럼 다시 씩 웃었다. 피네다가 호주머니에서 담배 종이를 꺼내, 일필휘지로 시 한 편을 다 쓰더니(특이하게도 나는 그 시의 첫 번째 구절을 기억하고 있는데, 아주 인상적이었음이 틀림없다. "어리석음은 나의 힘이 아니다"), 잠시 후 그 종이로 담배 한 개비를 말아서, 다시 말해 자신의 시를, 조용히 피왔다는 사실을 나는 아주 선명하게 기억하고 있다.

　피네다는 담배를 다 피우고 나서 나를 쳐다보더니 웃음을 머금은 채 말했다.

　"중요한 것은 시를 쓰는 거지."

　자신이 만들어낸 것을 담배로 피워버리는 그의 태도에서 나는 숭고한 우아미를 보았다고 믿었다.

　피네다는, 철학이 아가씨들과 수녀들만을 위한 과정이기 때문에 자신은 법을 공부하고 있다고 말했다. 그렇게 말하고 나서 그는 사라져버렸고, 나는 오랫동안, 아주 오랫동안 그를 보지 못했다. 다시 말하면, 가끔 그를 보았으나 항상 다른 새로운 친구들과 함께 있는 그를 보았고, 그렇기 때문에 우리는 예전에 우리가 가졌던 그런 관계, 그 멋진 친밀도를 유지하기가 어려웠다. 어느 날 나는 다른 사람들을 통해, 피네다가 공증인이 될 공부를 할 것이라는 소식을 들었다. 여러 해 동안 피네다를 만나지 못하다가 80년대 말경에 이제 거의 그를 기다리지 않고 있었을 때 나는 그를 다시 만나게 되었다. 이미 결혼을 해서 자식 둘을 두고 있던 피네다가 내게 부인을 소개했다. 그는 존경받는 공증인이 되어 있었는데, 여러 해 동안 에스파냐 전국의 마을과 도시를 돌아다닌 끝에 바르셀로나에 정착할 수 있었고, 그곳에 막 사무실을 열어놓은 상태였다. 피네다는 그 어느 때보다도 더 매력적으로

보였다. 이제는 눈썹이 은색으로 변해 있었고, 그가 세상 사람들
과는 상당히 다른 독특한 태도를 유지하고 있다는 생각이 들었
다. 그동안 많은 세월이 흘렀음에도 불구하고, 그 앞에 있게 되
자 내 가슴이 다시 두근거렸다. 피네다가 내게 부인을 소개했다.
끔찍할 정도로 뚱뚱한 그 여자는 트란실바니아에서 방금 온 여
자 농부처럼 보였다. 적이 놀란 내가 마음의 평정을 채 되찾기도
전에 공중인 피네다가 내게 담배 한 개비를 권했고, 나는 담배를
받았다.

"이거 네가 쓴 시 아니야?" 나는 공범을 확인하는 은밀한 시
선을 피네다에게 보내며 이렇게 말하면서 그 문제와는 전혀 상
관없는 뚱보 추녀를 쳐다보았다.

피네다가 예전처럼, 자신이 변장한 왕자나 된다는 듯이 씩 웃
었다.

"너는 학교 다닐 때처럼 여전히 기발해 보이는구나." 그가 내
게 말했다. "나는 항상 너를 대단한 놈이라 생각했는데, 너 그거
아니? 너는 내게 진짜 많은 것을 가르쳐주었어."

내 심장은 혼수상태와 추위가 갑작스럽게 뒤섞여 공격을 받
은 듯 오그라들었다.

"내 꼬맹이가 당신에 관해 내게 늘 좋게 말했어요." 뚱보 추
녀가 아주 황당할 정도로 천박하게 끼어들었다. "당신이 세상에

서 재즈에 관해 가장 많이 알고 있는 사람이었다고 하더군요."

나는 울고 싶은 심정마저 들었지만 자제했다. '내 꼬맹이'는 바로 피네다를 지칭하는 게 틀림없었다. 매일 아침 그녀를 뒤따라 화장실로 들어가서는 그녀가 체중계에 올라서기를 기다리는 피네다의 모습을 상상해보았다. 그리고 피네다가 체중계에 올라선 그녀 옆에서 연필과 종이를 든 채 무릎을 꿇고 있는 모습을 상상해보았다. 그 종이에는 날짜, 요일, 각종 수치가 가득 차 있었다. 피네다는 저울 지침이 가리키는 숫자를 읽어 종이에 적고, 고개를 끄덕이거나 입술을 일그러뜨렸다.

"자, 오늘이 며칠인가 봅시다……." 피네다가 진짜 촌사람 같은 말투로 말했다.

나는 놀란 상태에서 벗어나지 못하고 있었다. 나는 피네다에게 블라스 데 오테로의 책에 관해 말하면서 책을 되돌려주려 했는데, 세월이 30년이나 흘러가버려 미안하다고 말했다. 피네다는 내 말 뜻을 제대로 이해하지 못하는 것 같았다. 나는 그 순간 크누트 함순의 소설 『신비』의 등장인물 나겔을 떠올려보았다. 크누트 함순은 나겔이 학창 시절에 영혼의 버림을 받음으로써 죽는 그런 젊은이들 가운데 하나였다고 우리에게 설명한다.

"만약 거기서 네가 너의 시인들 가운데 누군가를 보게 된다면 내 안부는 그 누구에게도, 정말 그 누구에게도 전하지 말거라."

피네다는 아마도 자신이 기발한 사람이 되고 싶어 그렇게 말했
겠지만, 참을 수 없을 정도로 속된 어투였다.

그러고서 피네다는 눈살을 찌푸렸고, 자기 손톱을 내려다보
았고, 결국에는 애써 자신의 깊은 낙담을 감추기 위해 도취감에
젖어 있는 것 같은 분위기를 드러내더니 음탕하고 천박한 너털
웃음을 터뜨렸다. 피네다가 입을 너무 크게 벌리고 웃었기 때문
에 나는 그의 치아 네 개가 빠지고 없다는 사실을 알 수 있었다.

58) 『돈키호테』에서 글쓰기를 포기한 사람들
가운데에는 제1권 48장에 등장하는 교회법학자가 있다. 그는
기사 소설 하나를 '종이 100장 이상' 썼다가 중단했다. 다른 이유
도 있지만, 괜한 애를 쓸 필요가 없고, 또 '무지한 사람들의 혼란
스러운 판단'에 휩쓸릴 필요가 없다는 사실을 인식했기 때문에
더 이상 쓰고 싶지 않았다고 고백했다.

하지만, 문학 연습과의 기념비적인 결별들 중에서 세르반테
스 스스로 한 것만큼 아름답고 감동적인 것은 없다. "어제 나는
병자성사를 받았고, 오늘 이 글을 쓴다. 시간은 짧고 초조감은
점점 커지고, 희망은 점점 사그라진다. 이 모든 것에도 불구하고

나는 살아야겠다는 욕심으로 삶을 영위하고 있다." 세르반테스
는 1916년 4월 19일에 『페르실레스와 시히스문다의 모험』*의 헌
사에 그렇게 써놓았다. 이는 그가 생전에 쓴 마지막 쪽이다.

이제는 더 이상 글을 쓸 수 없다는 사실을 깨달은 세르반테스
가 쓴 이 글보다 더 멋지고 감동적인 문학과의 결별사는 존재하
지 않는다.

그 며칠 전, 세르반테스는 독자에게 바치는 서문에서 '안녕,
아름다움이여. 안녕, 재미있는 글들이여. 안녕, 기분 좋은 친구들
이여. 만족스러워하는 그대들을 다른 세상에서 곧 만나기를 바
라면서 나는 죽어가고 있다오!'라고 씀으로써, 냉소적이거나 회
의적이거나 실의에 빠진 사람은 결코 수용할 수 없는 담담한 문
체로 자신이 죽음을 받아들이고 있다는 사실을 드러냈다.

'안녕'이라는 이 말은 문학과 결별하면서 쓸 수 있는 그 어떤
글보다 더 감동적이고 잊을 수 없는 것이다.

---

* 『페르실레스와 시히스문다의 모험Los trabajos de Persiles y Sigismunda』는 한국에 『사랑의 모험』이
라는 제목으로 번역되어 있다.

59) 나는 삶 자체만큼 실제적인 호랑이 한 마리를 생각하고 있다. 이 호랑이는 '아니오'의 문학에 관해 연구하는 사람을 노려보는 어떤 위험의 상징이다. '아니오'의 작가들에 관해 연구하다 보면 가끔 단어들에 대한 불신이 생기기 때문에(이는 내가 1999년 8월 3일 현재에 하는 말이다), 찬도스 경이, 말 자체가 완전히 통제 불능 상태가 되고 또 말은 '삶에 관해 설명할 수 없었다'는 사실을 깨달았을 때 겪은 위기가 되살아날 위험이 있다. 실제로, 호프만스탈의 등장인물이 겪은 위기가 되살아날 수 있는 위험은 고통받는 찬도스 경에 관해 전혀 기억할 필요가 없는 사람에게 몰려올 수 있다.

나는 지금, 보르헤스가 호랑이에 관한 시 한 편을 쓸 준비를 해놓고 말 저 너머에서 다른 호랑이, 즉, 밀림(실제 삶)에 있는 호랑이, 시구에는 있지 않은 호랑이를 찾으려 했을 때 보르헤스에게 무슨 일이 일어났는지 생각하고 있다. 시구에 있는 호랑이는 다음과 같다. "······숙명적인 호랑이, 불행한 보석 / 태양 또는 다양한 달 아래서 / 수마트라 또는 벵갈에서 완성한다 / 자신의 사랑, 게으름, 죽음의 여정을"

보르헤스는 상징들로 이루어진 그 호랑이의 반대편에 진짜 호랑이, 뜨거운 피가 흐르는 호랑이를 놓는다.

버팔로 무리를 죽이는 호랑이

그리고 오늘, 59년 8월 3일,

초원 위로 길게 천천히 내리깔리는

그림자, 하지만 이제 호랑이의 이름을 부르는 행위

그리고 호랑이가 처한 상황을 유추해보는 행위는

호랑이를 대지에서 돌아다니는 살아 있는 피조물이 아니라

예술의 허구로 만든다.

오늘 99년 8월 3일, 보르헤스가 그 시를 쓴 지 정확히 40년이 지난 뒤, 나는 다른 호랑이, 내가 가끔 단어들 너머에서 찾으려 해보지만 결국 찾지 못하는 그 호랑이를 생각하고 있다. 그것은 위험을 방지하는 방법이기도 하지만, 동시에 그 위험이 없으면 이 주석 노트도 아무 의미가 없을 것이다.

(60) 파라노이코 페레스*는 평생 단 한 권의 책도 쓰지 못했다. 그가 책 한 권을 쓸 아이디어를 준비해놓고 막

---

* '파라노이코Paranoico'가 '편집증 환자'를 의미하기 때문에, '파라노이코 페레스Paranoico Pérez'는 '편집증 환자 페레스'가 된다.

상 쓰려 하면 항상 사라마구가 선수를 쳐버렸기 때문이다. 파라
노이코 페레스는 결국 정신이 돌아버렸다. 그의 경우는 바틀비
증후군의 흥미로운 변형체다.

"이봐요, 페레스. 당신이 준비하고 있는 책은 도대체 어찌 된
거요?"

"이제 그 책은 쓰지 않을 겁니다. 사라마구가 또 내 아이디어
를 가로채버렸다고요."

파라노이코 페레스는 안토니오 델 라 모타 루이스가 만들어
낸 아주 멋진 인물이다. 산탄데르 출신의 젊은 작가인 그는 자
신의 첫 번째 책, 즉 『간결한 어구들에 관한 안내서』라는 제목
의 단편집을 막 출간했다. 아주 다양한 짧은 이야기를 모아놓은
이 작품이 썩 주목을 끌지 못했음에도 불구하고, 나는 이 책을
사서 읽어본 것을 후회하지 않는다. 이 단편집의 맨 마지막에
실려 있는 것, 즉 파라노이코 페레스가 주인공으로 등장하는 단
편소설이 지닌 놀랄 만한 점들과 신선한 분위기가 내게 와 닿았
기 때문이다. 비록 아주 터무니없고 아주 불완전할지라도, 작가
가 만들어놓은 특이한 바틀비의 형상이 적어도 내게는 전혀 깔
볼 수 없는 것이었기 때문에 가장 훌륭한 작품이라고 평가할 수
있다. 이 단편소설에는 「그는 늘 앞서나갔고, 특이하고 정말 특
이했다」라는 제목이 붙어 있다.

이 단편소설은 카스카이스에 있는 '건강의 집', 즉 리스본에서 그리 멀지 않은 이 도시의 정신병원에서 일어난 일을 다룬다. 맨 첫 장면에서는 카탈루냐에서 태어나 리스본에서 성장한 젊은 화자 라몬 로스가 가마 박사와 조용히 산책하는 모습을 볼 수 있다. 라몬 로스는 '간헐성 정신신경증'에 관해 박사와 상담하러 그곳에 와 있었다. 그때 키가 아주 크고, 위압적이고, 눈빛이 이글거리고, 오만해 보이는 젊은이 하나가 정신병자들 사이에서 갑자기 나타나 라몬 로스의 관심을 끌었는데, 정신병원 측에서는 그 젊은이에게 로마 시대의 원로원 의원으로 변장하도록 허락해주고 있었다.

"저 친구는 건들지 말고 그냥 놔두는 게 좋아요. 불쌍한 친구! 자신이 미래에 쓰일 어느 소설의 등장인물처럼 입고 있다고 믿으니까요." 가마 박사가 아리송하게 말한다.

라몬 로스는 그 정신병자를 소개해달라고 가마 박사에게 요청한다.

"뭐라고요? 저 파라노이코 페레스를 만나고 싶다고요?" 의사가 라몬 로스에게 묻는다.

짧은 이야기, 즉 「그는 늘 앞서나갔고, 특이하고 정말 특이했다」의 줄거리 전체는 파라노이코 페레스가 라몬 로스에게 이야기해준 것을 라몬 로스가 모두 충실하게 옮긴 것이다.

"결국 나는 내 첫 번째 소설을 쓰려 했는데," 파라노이코 페레스가 라몬 로스에게 이야기하기 시작한다. "내가 정말 열심히 구상해왔던 그 이야기는 전부 신트라 도로道路, 그러니까 신트리타* 도로 옆에 위치한 그 거대한 수도원에서 일어난 일에 관해 다룬 것이었어요. 그런데 어느 날 갑자기 서점 진열대에서 사라마구라는 사람이 쓴 책 한 권을 발견했는데, 정말 황당하더군요. 그 책의 제목이 바로 『수도원의 비망록』이었지 뭐예요. 나 원 참, 어이가 없어서……."

자신이 하는 모든 이야기에 축소사를 즐겨 쓰는 파라노이코 페레스는 자신이 구상한 소설의 내용을 들려주고는, 사라마구의 소설을 보고서 자신이 쓰려 했던 소설과 그 소설이 '놀랄 만큼, 정말 동일하다'는 사실을 확인했을 때, 공포에 사로잡혀 얼어버릴 뻔한 일에 관해 설명한다.

"충격이 어쩌나 크던지 정신이 멍해져버리더군요." 파라노이코 페레스가 말을 이었다. "정말 멍해져버렸고, 그런 상황에 어떻게 대처해야 할지 아무 생각도 들지 않은 상태였는데, 그러던 어느 날, 목소리 형태로, 그러니까 우리 내부에서 말하는 목소리, 우리 것이 아닌, 정말 우리 것이 아닌 목소리 형태로 가끔 우리

---

* '신트리타Sintrita'는 '신트라Sintra'의 축소사縮小詞다. 축소사는 흔히 작은 사물을 지칭할 때 사용하거나, 화자가 특정 사물을 작거나 귀엽다고 느낄 경우에 사용한다.

에게 도달하는 이야기들이 있다는 말을 누군가로부터 듣게 되었지요. 나는 그것이 내게 일어난 그 특이한 현상을 이해하기 위해 당시 내가 찾을 수 있었던 가장 좋은 설명이라고, 내가 소설을 쓰기 위해 계획해둔 모든 것이 내부의 목소리 형태로 사마라구씨의 머리로 옮겨가버렸을 가능성이 아주 농후하다고 혼잣말을 했어요."

파라노이코 페레스가 들려주는 이야기를 통해 우리는 이 사람이 그 특이한 경우를 겪고 난 뒤 자기에게 밀려온 위기를 극복하고서 다른 소설을 즐겁게 구상하기 시작했고, 결국 페르난도 페소아의 또 다른 분신인 히카르두 헤이스[**]가 주인공을 맡게 될 이야기 하나를 세세하게 계획했다는 사실을 알게 된다. 당연히, 파라노이코 페레스가 막 자기 이야기를 쓰려 했을 때, 서점에 사라마구의 새로운 소설 『히카르두 헤이스가 죽은 해』[***]가 등장함으로써 파라노이코 페레스가 느낀 놀라움은 무척 컸다.

"그는 늘 앞서나갔고, 특이하고 정말 특이했어요." 파라노이코 페레스가 화자에게 한 말이다. 여기서 언급되는 '그'는 물론 사라마구다. 잠시 뒤 파라노이코 페레스는, 2년 뒤에 사라마구의

[**] '히카르두 헤이스'는 페소아의 또다른 분신인 '알베르투 카에이루'와 가장 많이 닮은 인물이다. '현자는 모색을 하지 않는다'는 모토를 가지고 있는 그는 삶에 결코 의문을 제기하지 않는 숙명주의자로, 자신의 정신적 삶은 제한되어 있고, 진정한 행복은 얻을 수 없다고 믿는다.
[***] 1986년에 출간된 이 소설의 주인공은 히카르두 헤이스다.

새로운 소설 『돌 뗏목』이 나타났을 때 자신이 그 책 앞에서 돌처럼 굳어버렸다는 이야기를 화자에게 했다. 왜냐하면, 파라노이코 페레스가 아주 집요한 형식으로, 특이하고 정말 특이한 형식으로 자기를 앞서버리는 그런 나쁜 습관을 지닌 그 작가의 새로운 작품에 펼쳐진 것과 유사한, 정말 유사한 아이디어 하나를 불과 며칠 전에 꿈에서 생각했고, 그 후로 실제로 그 아이디어를 간직하고 있었다는 사실을 기억했기 때문이다.

파라노이코 페레스의 친구들은 그를 비웃으면서 그더러 글을 쓰지 않는 것을 정당화하려면 적합한 변명거리를 찾아야 할 거라고 조롱하기 시작했다. 사라마구에게 정보를 제공한 것은 바로 친구들이라고 파라노이코 페레스가 친구들을 몰아세우자 친구들은 파라노이코 페레스를 '편집증 환자'라고 평가하기 시작했다. "소설 한 권을 쓰기 위해 내가 세워놓은 계획은 무엇이든 너희에게 절대 발설하지 않겠어. 너희가 나중에 사라마구에게 가서 죄다 불어버릴 테니까." 파라노이코 페레스가 친구들에게 말했다. 그리고 물론 친구들은 그를 비웃었다.

어느 날, 파라노이코 페레스는 소심증을 이겨내고 사라마구에게 편지 한 통을 썼다. 그는 사라마구가 다음에 펴낼 소설의 테마에 관심을 표명한 뒤에, 그 소설의 무대가 자신이 이미 생각해둔 것과 동일하게 리스본이라면, 자신이 아주 치명적인 방법을 취할 생각이라고 사라마구에게 경고했다. 사라마구의 새 소설 『리스본 포위의 역사』가 출간되었을 때, 파라노이코 페레스는 미쳐버릴 것만 같았고, 그래서 사라마구에 대한 항의의 표시로 로마 시대 원로원 의원 복장을 한 채 사라마구의 집 앞에 버티고 섰다. 한 손에는, 자신이 사라마구가 다음에 쓸 소설의 살아 있는 주인공이라는 사실이 대단히 만족스럽다고 쓴 현수막을 들고 있었다. 왜냐하면 로마제국의 쇠퇴에 관한 이야기 하나를 막 구상해놓고 있던 파라노이코 페레스는 사라마구가 자기 아이디어를 이미 훔쳐서 죽어가는 로마의 원로원 원로들의 세계에 관해 쓸 것이라고 확신하고 있었기 때문이다.

파라노이코 페레스는 사라마구가 쓰게 될 소설의 등장인물의 복장을 한 채, 사라마구가 준비하고 있던 그 소설에 관해 자신이 완벽히 알고 있다는 사실을 세상에 알리고 싶어 했을 뿐이다.

"내가 글을 쓰도록 사라마구가 내버려두지 않기 때문에," 파라노이코 페레스가 자신의 경우에 관심을 보이던 몇몇 기자에게 말했다. "적어도 그가 다음에 출간할 소설에는 내가 등장인물로 나오도록 해줘야 한다는 거지요."

"나는 정신병원에 갇혀 있는 사람이에요." 파라노이코 페레스가 라몬 로스에게 말한다. "그런데 내가 사라마구에게 뭘 할 수 있겠어요? 사람들은 나를 믿지 않고 사라마구를 믿어요. 사라마구가 나보다 중요한 사람이니까요. 그게 바로 인생이잖아요."

파라노이코 페레스는 이렇게 자기 생각을 밝히고, 그 짧은 이야기는 결말을 향해 진행되기 시작한다. 화자가 우리에게 밤이 된다고 말한다. 독특하고 근사한 밤이다. 달이 '건강의 집' 정원 아치 위에 놓여 있었기 때문에 손만 뻗치면 너끈히 잡을 수 있을 것 같았다. 화자는 달을 쳐다보고 담배에 불을 붙인다. 남자 간호사들이 파라노이코 페레스를 데려간다. '건강의 집' 밖 저 멀리서 개 짖는 소리가 들려온다. 내가 보기에 화자는, 달을 쳐다보며 구슬프게 짖어대다 죽은 에스파냐의 왕*을 괜스레 떠올려보는 것 같다.

그때 파라노이코 페레스가 바틀비증후군의 다른 경우를 밝힌다. 바로 사라마구가 겪고 있는 증후군이다.

"비록 내가 원한을 품고 있지 않다 할지라도," 파라노이코 페레스가 결론을 내린다. "사라마구의 모습을 보면 무한한 즐거움을 느껴요. 그는 노벨 문학상을 받은 뒤로 명예박사 학위를 이미 열네 개나 받고, 지금도 더 많은 명예박사 학위가 그를 기다리고 있어요. 그런 일로 그는 너무 바빠서 이제 글을 전혀 쓰지 않고, 문학을 포기해버렸으며, 실서증에 걸려버렸지요. 적어도 정의가

---

* 이 왕은 에스파냐 부르봉왕조의 초대 국왕인 펠리페 5세Felipe V(1683~1746)를 가리키는데, 일설에 따르면, 그의 후계자인 페르난도 4세도 달을 보고 구슬프게 짖어대다 죽었다고 한다.

구현되어서 그가 벌을 받게 되는 모습을 보니 아주 만족스럽네
요……."

　　　　　61) '아니오'의 글쓰기가 지닌 우울한 면모는
마드리드에 있는 알바로 폼보의 집 안 벽난로 불 옆에 있는 찻
잔들에 반사되어 있다.

　『둥근 정방형』**의 서문에는 다음과 같은 글이 쓰여 있다. "우
리가 아주 신중하게 쓰고 또 써서 휴지통에 던져버리는 사절지
종이들, 6월 중순의 마드리드에서 갑작스럽게 겨울처럼 추워져버
린 이 초저녁에 벽난로 불 옆에 있는 찻잔들을 비추고 따스한 온
기를 넉넉하게 오래오래 발산하면서 타들어가는 천 장이 넘는
사절지들을 기리며, 에르네스토 칼라부익에게."

　'아니오'의 글쓰기로 인한 우울증이 갑자기 내 서재 천장에 달
려 있는 샹들리에의 어느 유리구슬에 반사되었고, 내 우울증은
유리구슬에 반영되어 있는 이 마지막 작가 알바로 폼보의 이미
지를 보도록 도와주었는데, 문학의 작은 미스터리는 그 작가와

** '둥근 정방형La cuadratura del círculo'은 흔히 '얻을 수 없거나 실현할 수 없는 것'을 가리킨다.

함께(이런 일은 조만간에 일어나야 할 것이기 때문에) 아무도
모르게 사라져갈 것이다. 자연히 이 마지막 작가는 자신이 원하
든 원치 않든 '아니오'의 작가가 될 것이다. 나는 그 작가를 방금
전에 보았다고 믿었다. 이렇게 내 자신의 '우울증의 별'을 따라
간 나는, 작가 자신과 함께 영원히 죽어버릴 그 단어(모든 단어
들 가운데 마지막 단어)가 사그라지는 소리를 듣고 있던 작가를
보았던 것이다.

　　　　　　　　62) 오늘 아침 바르톨리 씨, 즉 사장으로부터
소식을 들었다. 나는 해고되었다. 사무실이여 안녕.*

　오후에 나는 자기 문체를 갈고 다듬기 위해 민법을 정성들여
읽던 스탕달을 모방했다.

　밤에, 나는 지나치지만 아주 유익했던 나의 마지막 칩거를 잠
시 중단하겠다고 작정했다. 약간은 세속적인 삶이 나와 잘 어울
릴 수 있다는 생각을 해본 것이다. 나는 곧장 문타네르 거리에
있는 시에나 식당으로 갔다. 비톨트 곰브로비치의 『일기』도 가

* 「필경사 바틀비」의 바틀비도 행복한 남자처럼 자신에게 주어진 업무를 '하지 않으려고 하
다'가 고용주인 변호사로부터 해고당한다.

져갔다. 식당에 들어가자마자, 혹여 '거의 와트'라는 사람이 전화로 나를 찾거들랑 그런 사람 없다고 대답하라고 종업원에게 말했다.

첫 번째 음식이 나오기를 기다리는 동안, 나는 내용을 이미 잘 알고 있던 곰브로비치의 『일기』를 조금씩 읽어보았다. 이 책에 수록된 모든 글 중에서 곰브로비치가 레옹 블루아의 『일기』에 관해 비웃고 있는 글이 다시금 마음에 들었다. 곰브로비치가 비웃은 것은 레옹 블루아가 그날 새벽 어디서 들려오는지 도무지 알 수 없는 무시무시한 소리 때문에 잠에서 깨어났다고 기술해 놓은 부분이다. "나는 그것이 형을 선고받은 어느 영혼의 절규라는 사실을 알고서," 블루아가 쓴다. "무릎을 꿇고 간절한 기도를 바쳤다."

곰브로비치는 무릎을 꿇은 채 기도하고 있는 블루아를 완전히 조롱한다. 그리고 다음 날 블루아가 다음과 같이 쓰고 있다는 사실을 알았을 때는 더욱더 그를 조롱한다. "아하, 나는 그 영혼이 누구의 것인지 이제 안다. 신문은 어제 알프레드 자리가 죽었다고 전하는데, 그가 죽은 시각은 그 절규가 내게 도달한 때와 같은 시각이었다⋯⋯."

곰브로비치가 놀릴 만한 것은 여기서 끝나지 않는다. 그 이유는 곰브로비치가 블루아의 『일기』에 연속적으로 실려 있는 그 모든 바보 같은 것들의 그림을 완성시킬 수 있는 또 하나의 조롱거리를 발견하기 때문이다. "그리고, 게다가," 곰브로비치가 끝맺는다. "그 웃기는 알프레드 자리는 하느님에게 복수를 하기 위해 젓가락 하나를 달라고 해서 이를 쑤시면서 죽었다."

내가 이 부분을 읽고 있을 때 첫 번째 음식이 나왔고, 내가 책에서 시선을 치켜든 순간 젓가락으로 이빨을 쑤시고 있던 어느 바보 같은 손님이 보였다. 그 모습을 보자 기분이 아주 나빠졌고, 이어지는 다음 장면은 내 기분을 더욱더 상하게 만들었다. 내 옆 테이블에 앉아 식사를 하던 여자들이 입에 죽은 고기 조각을 집어넣고 있었는데, 자신들이 그 고기 조각을 위해 진정으로 희생하고 있다는 태도였던 것이다. 정말 끔찍했다. 또한, 남자들은 자신들이 투명 인간으로 변해버리기라도 한 것처럼, 바지 속에 들어 있던 종아리를 드러내기 시작하더니, 그 종아리가 혐오스러운 소화기관들에 의해 영양을 공급받던 바로 그 순간에는 완전히 드러내버렸다.

나는 이 모든 것이 전혀 마음에 들지 않았기 때문에 종업원에게 계산서를 가져다달라고 하면서, '거의 와트' 씨와 약속이 되어 있다는 사실이 막 생각났기 때문에 두 번째 음식을 기다릴 수 없노라고 말했다. 음식값을 지불하고 거리로 나온 나는 이제 집으로 돌아가고 있었다. 내 유머가 기온과 마찬가지로 오후에는 따스해지고 밤에는 차가워진다는 사실을 잠시 동안 생각해보았다.

　　　　　63) 모든 이야기에는 가끔씩 뭔가 아주 모호한 이유로 우리의 짜증을 유발하는 인물이 늘 있기 마련이다. 정확히 말하자면 우리가 그를 싫어하는 것이 아니라 싫어한다고 판단해버리는 것인데, 그 이유가 무엇인지는 잘 모르겠다.

　지금 나는 '아니오'의 모든 이야기에서 내게 반감을 일으키는 사람은 아주 소수이고, 설령 그 소수가 반감을 일으킨다 해도, 반감은 아주 미미하다는 사실을 고백해야겠다. 이제 만약 누군가가, 어떤 사람, 즉 그 사람에 관한 뭔가를 읽을 때 입이 막혀 말이 나오지 않게 만드는 그런 사람의 이름이 누구인지 알려달라고 내게 강요한다면, 나는 서슴없이 비트겐슈타인의 이름을 대겠다. 이 모든 것은 아주 유명해져버린 비트겐슈타인의 문장 때문인데, 나는 이 주석 노트를 쓰기 시작했을 때, 언젠가는 이에 관해 언급하게 될 것이라는 사실을 알고 있었다.

　나는 모든 사람이 이구동성으로 영리하다고 평가하는 그런 사람을 불신한다. 더욱이, 비트겐슈타인이라는 인물이, 아주 영

리한 인물인 비트겐슈타인의 글 중 가장 많이 인용되는 문장이,
내게는 썩 영리해 보이지 않는다.

'말할 수 없는 것에 관해서는 입을 다물어야 〈한다〉'고 비트겐
슈타인이 말했다. 이 문장이 '아니오'의 역사에서 명예로운 자
리를 차지할 만하다는 것은 명백하지만, 그 자리가 비웃음을 살
만한 자리가 아닌지는 잘 모르겠다. 그 이유에 관해 모리스 블
랑쇼는 다음과 같이 말한다. "비트겐슈타인의 지나치게 뛰어나
고 과도한 훈계는, 비트겐슈타인이 이 말을 함으로써 자신에게
말을 하지 말라고 강제할 수 있었기 때문에, 입을 다물기 위해서
는 결국 말을 해야 한다는 사실을 효율적으로 가르쳐준다. 하지
만, 어떤 종류의 단어를 사용해야 한다는 말인가?" 만약 블랑쇼
가 에스파냐어를 할 줄 알았더라면, '그 정도의 여행을 하는 데
는 배낭을 많이 꾸릴 필요가 없다'고 쉽게 말했을 것이다.

다른 한편으로, 비트겐슈타인이 실제로 자기 자신에게 침묵
을 강요했을까? 그는 말을 조금 했으나, 하기는 했다. 비트겐슈
타인은, 만약 어느 날 누군가가 어느 책에 윤리적인 진실들에 관
해 기술하면서 명확하고 검증 가능한 문장들을 이용해 절대적
인 의미에서 무엇이 선이고 무엇이 악인지 밝히는 글을 쓴다면
그 책은 다른 모든 책을 폭파시켜 산산조각 내어버리는 것과 같
은 효과를 유발할 것이라고 말하면서, 아주 특이한 은유 하나를

선택했다. 비트겐슈타인은 모든 책을 제거해버리는 한 권의 책을 쓰고 싶어 했던 것이다. 참으로 신성한 야망이다! 비트겐슈타인은 이런 야망에 대한 선례를 모세의 십계명에서 취했는데, 사실 십계명의 구절들은 자신의 메시지가 지닌 위대함을 전달할 수 없다는 사실이 증명되었다. 내가 방금 전에 읽은 글에서 다니엘 A. 아딸라가 밝히고 있다시피, 비트겐슈타인의 없는 책, 즉 지금까지 쓰인 모든 책을 없애버리기 위해 그가 쓰고자 했던 그 책은 불가능한 책이다. 그 이유는, 수백만 권의 책이 존재한다는 단순한 사실은 그 어떤 책도 진실을 담고 있지 않다는 것에 대한 부정할 수 없는 증거이기 때문이다. 게다가(나는 지금 나 스스로에게 말한다) 비트겐슈타인의 책 한 권만 존재하고, 우리가 그의 법칙을 받아들여야 한다면 얼마나 무시무시하겠는가. 책이 단 한 권만 존재해야 한다는 가정하에서 내게 선택권이 주어진다면, 나는 비트겐슈타인이 모세 덕분에 쓰지 않은 그 책보다는 후안 룰포가 쓴 두 권의 책 가운데 한 권을 수천 번 먼저 선택했을 것이다.

(64) 마르셀 마니에르가 여러 해 전에 썼던 멋진 책이라면 내가 사족을 못 쓴다는 사실을 고백하겠다. 그 책은 그가 쓴 유일한 것으로, 『향기로운 지옥』이라는 독특한 제목이 붙어 있는데, 왜 그가 그런 제목을 붙였는지는 전혀 알 수 없는 일이다.

그 책은 마니에르가 처음부터 모든 사람을 속이려는 독을 품은 소책자이다. 첫 번째 사기는 그가 글을 어떻게 시작해야 할지 모른다고 말하는 첫 문장에서 이미 나타나고 있다. 하지만, 실제로 그는 글을 어떻게 시작해야 하는지 완벽하게 알고 있다. 글은 마니에르가 자신이 누구인지 말하는 것으로 시작된다(오늘날에도 여전히 마르셀 마니에르가 누구인지 알려져 있지 않다고 생각하거나, 또 그가 자신의 책 첫 문장에서 인정하다시피, 페렉, 크노, 칼비노 등이 속해 있던 실천 운동인 울리포*, 즉 '잠재적인 문학의 작업장'에 속해 있는 작가라고, 모든 사람이 동의하는 단 한 가지 사항마저 확실하지 않다고 생각하면 절로 웃음이 나온다).

---

* '울리포OuLiPo'라는 말은 '잠재적인 문학의 작업장Ouvroir de Littérature Potentielle'의 첫 글자들을 따서 만든 것으로, 1960년 작가 레몽 크노와 수학자 프랑수와 르 리요네에 의해 창설된 후로 지금도 여전히 계속되고 있는 문학 운동이다. 회원은 '울리피앙oulipien'이라 불리는데, 유명한 울리피앙으로는 두 창설자를 비롯해 조르주 페렉, 이탈로 칼비노, 자크 루보, 베르나르 세르킬리니 같은 작가, 수학자, 언어학자 등을 꼽을 수 있다. 대중적으로 덜 유명한 사람도 있고, 외국인도 있다.

"사실 나는 어떻게 글을 시작해야 하는지 잘 모른다. 우선 내 이름이 마르셀 마니에르고, 울리포에 속해 있으며, 이제 두 번째 문장으로 넘어갈 수 있다는 사실을 알기 때문에 지금 깊은 안도를 느낀다고 말해야겠다. 사실 두 번째 문장은 첫 번째 문장보다 명예를 훨씬 덜 훼손시키고, 다들 알다시피 첫 번째 문장은 아무리 정성을 많이 기울여도 늘 부족할 정도로 모든 책에서 가장 중요하다." 이는 마니에르라는 사람의 첫 번째 사기, 또는 삼중三重의 사기다. 그 이유를 말해보자면, 그가 글을 어떻게 시작하는지 모른다는 것도 확실하지 않고, 그가 자신이 속해 있다고 하는 그 문학 그룹에 속해 있는지조차 확실치 않으며, 게다가 그의 이름이 마르셀 마니에르도 아니기 때문이다.

처음에 그가 삼중의 사기를 친 뒤로도 새로운 사기가 매 장章마다 하나씩 현기증이 날 정도로 리듬감 있게 나타난다. 마르셀 마니에르는 스스로를 글쓰기의 강력한 신화를 과격하게 까발리는 사람으로 설정함으로써 '아니오'의 문학을 패러디한다. 예를 들어, 그는 첫 번째 장에서 글쓰기의 비언어적인 의사소통이 지닌 장점을 칭송한다. 두 번째 장에서는 자신이 비트겐슈타인의 열성적인 제자라 선언하고, 단어들에 대해 불신감을 드러내면서 언어를 무자비하게 공격한다. 우리가 소통하는 데는 단어들이 단 한 번도 소용된 적이 없다는 것이다. 세 번째 장에서는 침묵을 최고로 가치 있는 것이라 찬양한다. 네 번째 장에서는 삶을 예찬한다. 삶이 하찮은 문학보다 훨씬 상위에 있다고 생각하는 것이다. 다섯 번째 장에서는 '아니오'라는 단어가 시의 풍경과 동체라는 이론을 옹호하면서 이 단어가 의미를 가지는 유일한 것이기 때문에 그가 최대로 존경할 만한 가치가 있다고 말한다.

마니에르가 문학을 끝내버리는 꿈을 꾸고 있다고 우리 모두가 이미 믿고 있을 때, 그는 눈물을 흘리며 여섯 번째 장을 쓴다. 그리고 마니에르가 늘 꿈꾸어왔던 것은 실제로 그가 쓴 극작품에 드러나 있다. 그 극작품에서 그는 자신의 무한한 재능을 쉬지 않고 지속적으로 보여주게 될 것이라고 우리에게 고백함으로써 우리를 엄청나게 부끄럽게 만들어버렸다.

"나의 재능이 절대적으로 부족해서 그동안 꿈꾸어온 극작품을 쓸 수 없기 때문에," 그가 우리에게 말한다. "그 대신 내가 쓸 수 있었던 작은 작품 한 권만을 독자들에게 제공하는 것이다. 이 것은 가장 터무니없는 것을 다루는 터무니없는 극작품이다. (친절한 독자가 읽기를 끝내가고 있는 이 작은 책자와 마찬가지로) 단 한마디의 말도, 정말 단 한마디의 말도 내 것이 아닌 아주 짧은 작품이다. 이 작품을 공연하기 위해서는 배우 두 명이 필요하다. 한 명은 '아니오'의 역할을, 한 명은 '예'의 역할을 맡는다. 아주 까마득한 옛날부터 밤마다 이오네스코의 극작품이 공연되던 파리의 그 극장에서 어느 날 〈대머리 여가수〉*의 개막극 공연을 보는 것은 나의 가장 큰 희망이 될 것이다."

두 사람 사이의 대화로 이루어진 그 작은 작품(빈정거리기 좋아하는 마니에르는 그 작품을 '막간극'이라고 평가한다)은 공연 시간이 채 4분을 넘지 않는다. 두 사람 가운데 한 사람, 즉 '아니오' 역을 맡은 사람은 르베르디**고, 다른 사람, 즉 '예'의 역을 맡은 사람은 시오랑***이다. 이 작은 작품은 두 사람이 각자 단 한 차례만 말을 하면 끝나버린다. 마니에르가 자신이 문학과 마찬가지로 파괴와 죽음에 이르렀음을 느낀다고 말하면서(이 시점에서 그의 말은 단 한 마디도 믿기 어렵다) 모든 사람과 작별함으로써 이 작은 작품도 끝나고 마는 것이다.

'아니오'와 '예' 사이의 대화는 이렇다.

'아니오': 사람들이 생각하고 관심을 가져왔던 중요한 것, 말

---

* 〈대머리 여가수La Cantatrice chauve〉는 1950년 초연 당시에 내세운 '반연극反演劇'이라는 부제剛題가 말하듯, 1950년대에 대두된 부조리극不條理劇의 효시가 된 작품이다.

** 르베르디Pierre Reverdy(1889~1960)는 프랑스의 입체파, 초현실파 시인이다. 자신을 남에게 알리기 싫어하는 성격으로, 그 누구도 진정한 의중을 파악할 수 없는 신비로운 인물이었다. 통제할 수 없는 고독, 인생과 현실에 대한 허무와 위화감으로 고민했고, 시를 고뇌와 불안을 극복하기 위한 수단으로 삼았다. 1923년, 종교적 목적보다는 세속으로부터의 초탈과 진실에 대한 갈구로, 솔레슴수도원 근처에 은거해 1960년에 생을 마칠 때까지 궁핍과 고독과 명상의 생활을 영위했다. 그의 언어는 조용한 독백이고, 어조는 낮고 단조로우며, 화려한 음이나 이미지를 고의로 피했다.

*** 시오랑Emil Cioran(1911~1995)은 루마니아 출신의 철학자, 수필가다. 그는 파리에서 쓸쓸하게 죽은 1995년까지 평생 독신으로, 이방인으로 살면서 낯설고 기괴한 아포리즘과 독설로 세상을 매도하고 저주함으로써 독자에게 끊임없이 절망을 강요했다.

하기에 단순한 것은 수천 년 동안에 모두 말해져왔어요. 관점을 더 넓히고 광범위하게 만들던 심오한 것들은 죄다 말해져왔다고요. 오늘날 우리는 지금까지 말해진 것을 반복할 뿐이지요. 우리에게는 별 의미가 없는 몇몇 세부 항목만 아직 탐험되지 않은 채 남아 있어요. 현대의 인간에게는 가장 불쾌하고 훨씬 덜 뛰어난 과제, 즉 비어 있는 곳을 그 헛소리 같은 세부 항목으로 채우는 일만 남아 있을 뿐이에요.

'예': 그런가요? 모든 것이 말해졌기 때문에 이제는 말할 것이 전혀 없다는 사실을 우리는 알 수 있고, 느낄 수 있어요. 하지만 그보다 덜 느껴지는 것은, 이 증거가 특이하고 심지어는 불안하기까지 한 규칙을 언어에 부여하는데, 그 규칙이 언어를 구해준다는 사실이지요. 말은 자신이 죽음으로써 살아났어요.

내가 마니에르의 작은 작품 『향기로운 지옥』을 처음으로 접해 다 읽고 나서 생각해보았고, 지금도 생각하고 있는 사실은 이 책이 그 자체의 모방적 특성 때문에 '아니오' 문학의 『돈키호테』라는 것이다.

65) 쿠바의 위대한 작가 비르힐리오 피녜라가 쓴 마지막 극작품『아님』이, '아니오' 연극의 은하계에서 마니에르의 작은 작품 곁에서 빛을 내뿜고 있다.

피녜라는 아주 최근에 멕시코의 부엘타출판사가 출간한 특이한 작품『아님』을 통해 우리에게 결코 결혼하지 않겠다고 작정한 어느 연인을 소개한다.

피녜라의 연극이 가진 중요한 원칙은 항상 희극적이고 그로테스크한 것을 통해 비극적이고 본질적인 것을 제시하는 것이었다.『아님』에서 피녜라는 마지막 장면까지 가장 불길하고 음울한 유머, 가장 전복적顚覆的인 유머를 구사한다. 연인의 '아니오'라는 대답은 기독교적인 결혼의 '예, 하겠습니다'라는 아주 흔한 대답과 완전히 반대되는데, 이는 연인에게 아주 작은 자의식, 꺼림칙한 의견 차가 있음을 암시한다.

내가 가지고 있는『아님』판본의 서문을 쓴 에르네스토 에르난데스 부스토는 피녜라가 교묘한 풍자적 유희를 구사함으로써 그 쿠바 비극의 주인공들이 은연중에 '오만hybris'을 드러내게 만든다고 평가한다. 그리스 고전극들이 과장된 정욕과 과도한 디오니소스적 열망에 신성한 벌을 내리는 것을 내포하고 있었다면,『아님』의 주요 등장인물들은 그리스 고전극들과 반대 방향으로 '도가 지나치'고, 육체적인 방종의 질서 반대쪽에 설정된 질서를 위반한다. 즉, 그들은 아폴로적인 고행을 함으로써 '괴물'로 변해버리는 것이다.

피녜라의 작품의 주인공들은 '아니오'라고 말하며, 전통적인 의미의 '예'를 단호하게 부정한다. 주인공인 에밀리아와 비센테는 완고하게 거부하고, 최소한의 행위만 하는 사람들이다. 그럼에도 불구하고 그들의 이런 태도는 그들을 다른 사람과 다르게 만드는 유일한 것이다. 그들의 거부는 '예'의 법칙이 지닌 보복성 장치를 가동시키는데, 그 장치는 처음에는 부모에 의해, 나중에는 익명의 남자와 여자들에 의해 작동된다. 가족의 억압적인 질서는 차츰차츰 넓어져 결국에는 심지어 경찰까지 개입하게 되고, 경찰은 '사건의 재건'에 몰두한다. 사건의 재건은 경찰이 결혼하기를 거부한 연인에게 유죄를 선고함으로써 이루어진다. 마지막으로 형이 구형된다. 이것은 쿠바의 카프카라고 할 수 있는 피녜라의 아주 기발한 결말이다. 그가 만들어낸 최고의 반항적인 국면에서 '아니오'가 대폭발한다.

'남자': 지금 아니라고 말하는 것은 쉽소. 우리는 한 달 안에 만나게 될 거요. (침묵) 게다가, 당신들이 만남을 거부하면 할수록 우리는 더 자주 찾아올 거요. 우리는 당신들과 함께 밤을 보내게 될 것이고, 결국 이 집에 자리를 잡을 것인데, 이는 모두 당신들에게 달려 있소.

연인은 이 말을 듣고는 숨어버리기로 작정한다.

"당신은 우리의 이 작은 게임을 어떻게 생각하오?" 비센테가 에밀리아에게 묻는다.

"머리카락이 곤두서는 느낌이네요." 그녀가 대답한다.

두 사람은 부엌에 숨기로 작정하고, 서로 몸을 꽉 껴안은 채 바닥에 앉아 가스관의 꼭지를 튼다. 두 사람이 결혼할 수 있으면 하라고 내버려두지 그래!

66) 나는 작업을 제대로 했기 때문에 내가 해놓은 작업에 만족할 수 있다. 날이 어두워지기 때문에 나는 펜을 놓는다. 황혼의 꿈. 활기 넘치는 아내와 자식들이 옆방에 있다. 나는 건강하고 돈도 많다. 그런데, 오 하느님, 나는 왜 이토록 불행한가요!

그런데 내가 지금 무슨 말을 하고 있는 거지? 나는 불행하지도 않고, 펜을 놓지도 않았으며, 아내도, 자식도, 옆방도 없고, 돈도 충분하지 않고, 날이 어두워지고 있지도 않다.

67) 로베르 드랭이 내게 편지를 보내왔다.

내가 로베르 드랭에게 1,000프랑을 보내면서 그더러 '애 좀 써보라encore un effort'고 부탁하고, '아니오'에 관한 내 주석을 위해 어떤 문건을 보내달라고 부탁한 뒤로 그가 내 부탁을 들어주어야 할 의무감을 느낀 것 같다. 하지만 그가 그런 의무감을 어느 정도 느꼈다 해도, 아주 나쁜 생각을 품고 다음과 같은 답장을 쓴 것은 용서되지 않는다.

친애하는 동지여(나는 편지를 읽는다), 귀하가 1,000프랑을 보내줘서 감사합니다만, 1,000프랑을 더 보내야 할 것입니다. 그 이유는 하나뿐인데, 아주 정성스럽게 귀하에게 보내는 문건을 방금 전에 복사하다가 하마터면 손가락을 델 뻔했기 때문입니다.

우선, 구스타프 야누흐가 프란츠 카프카와 나눈 대화를 모아놓은 책에 수록되어 있는 프란츠 카프카의 말 몇 문장을 귀하에게 보냅니다. 그런데 문제는 바틀비증후군을 끈기 있게 탐색하는 귀하의 작업이 결과적으로 무용할 수도 있다는 사실을 카프카의 문장들이 알려주게 될 뿐이라는 것입니다. 그렇다고 해도 불평하지 마세요, 친구. 내가 통찰력 있는 카프카의 문장들을 이용해 귀하를 완전히 실망시키고자 한다고는 생각하지 마세요. 내가 위에서 언급한 그 증후군에 관한 귀하의 연구 전체를 한주먹으로 납작하게 만들어버리기를 원했더라면, 훨씬 더 명시적이고, 틀림없이 귀하의 작업을 영원히 실패하도록 만들어버릴 수 있는 카프카의 문장 하나를 보냈을 것입니다. 무슨 말이냐고요? 그 문장이 무엇인지 알고 싶다고요? 좋아요, 내 귀하에게 그 문장을 써주겠습니다. '글을 쓰지 않는 작가는 독자를 미치게 만드는 괴물이다.'

이 문장이 귀하의 의욕을 빼앗지 않는다고요? 이 문장이 미치광이 괴물들을 위한 것이라는 사실을 귀하가 알게 되었을 때 귀하의 낯빛이 어두워지지 않는다고요? 좋아요, 아무 문제 없어요. 그럼 계속해봅시다. 두 번째로, 랭보의 침묵에 대한 우스꽝스러운 신화화에 대해 쥘리앵 그라크가 보인 짜증스러운 반응에 관한 소식들, 귀하가 현재 쓰고 있다고 말한 텍스트 없는 주석들 전체가 가지고 있다고 판단되는 문제, 즉 그 주석들의 핵심에 영향을 미치는 아주 심각한 문제에 관해 귀하에게 주의를 주기 위한 것일 뿐인 소식들을 귀하에게 보내는 바입니다. 왜냐하면, 위대한 그라크가 결정적인 순간에 간과하지 않았다시피, 나는 귀하의 주석들이 글쓰기의 침묵에 관한 테마, 즉 절대적으로 과도하게 평가된 테마를 신비화시킨다는 사실을 의심하지 않기 때문입니다.

쇼펜하우어의 문장 몇 개도 보내는 바입니다. 그러나 내가 그 문장들을 보내는 이유와, 그 문장들을 귀하의 주석들이 가진 허영기(어휘가 가진 문자상의 의미에서)와 연관시키는 이유가 무엇인지는 밝히지 않겠습니다. 왜 쇼펜하우어인지, 그리고 왜 하필이면 다른 문장들이 아니고 이 문장들인가를 귀하가 탐색할 수 있는지(내가 귀하에게 일감을 주는 일이 얼마나 재미있는지 귀하는 모를 겁니다) 한번 보겠습니다. 아마도, 어느 정도의 운이 작용해 귀하의 주석들이 빛을 발하고, 귀하의 얄팍한 현학을 읽어주는 일부 독자, 즉 귀하가 쇼펜하우어의 문장을 인용하지 않았더라면 귀하가 '문화의 불편함'에 관해 전혀 알지 못했다고 생각했을 수도 있을 독자들의 칭찬을 받게 될 것입니다.

쇼펜하우어 다음으로는 특별하게 귀하의 주석들을 위해 쓰인 것처럼 보이는 멜빌의 텍스트 하나가 있습니다. 사실이 텍스트는 귀하의 '아니오'에 관한 헛소리에 실크 장갑처럼 잘 어울립니다. 이전 편지에 청량제 형식으로 페렉을 보냈기 때문에 지금 이 편지에는 멜빌을 보내는 것입니다. 멜빌은 귀하를 두 배로 시원하게 만들어줄 사람일 뿐만 아니라, 만약 귀하가 예전에 쇼펜하우어와 더불어 멜빌을 깊이 있게 작업했더라면, 감사했어야 할 사람이지요.

청량감을 주는 휴식 시간을 가진 뒤에는 카를로스 에밀리오 갓다를 다루어야 하는데, 그 이유가 무엇인지는 귀하가 곧 알게 될 것입니다. 그리고 이렇게 넉넉한 문건들에다 마지막으로 데렉 월컷의 시 한 구절을 더 넘기겠습니다. 이 시에서 데렉 월컷은 귀하가 명작들을 모방하거나 가리려고 하는 것은 터무니없다는 사실을 귀하가 깨달을 수 있도록, 그리고 귀하가 할 수 있는 가장 훌륭한 일은 귀하 자신을 가리는 것임을 귀하가 인지할 수 있도록 귀하를 다정하게 초대하는 바입니다.

귀하의 친구
드랭

(68) 카프카가 야누흐에게 보낸 문장들은 드랭이 애초에 원했던 것보다 내게 훨씬 더 절실하게 다가온다. 왜냐하면 그 문장들은 내가 '아니오'라는 미로의 중심을 찾으려는

헛된 모색을 해가면서 부딪치게 되는 문제가 무엇인지 내게 말해주기 때문이다. "사람은 더 멀리 가면 갈수록 목표물로부터 멀어진다. 괜히 힘만 허비하게 된다. 자신이 앞으로 걸어간다고 생각하지만, 정작 앞으로 나아가지도 못한 채 공호을 향해 허둥댄다. 그것이 전부다."

이런 문장들은 바틀비증후군이라고 하는 그 빌어먹을 혼란의 바다를 항해하면서 바람 부는 대로 파도치는 대로 떠다니는 이 일기를 만들어가는 내게 무슨 일이 일어나고 있는지를 기술하는 것처럼 보이는데, 사실 바틀비증후군은 중심이 없는 미로 같은 테마다. 왜냐하면 문학을 그만둔 이유나 형태가 작가의 수만큼이나 다양하고, 모든 경우가 단일한 특성을 띠고 있지도 않으며, 내가 문학 특유의 병, 즉 가장 훌륭한 사람들을 마비시키는 부정적인 충동 뒤에 숨어 있는 진실의 깊은 곳에 도달했다는 환각에 빠질 수 있게 만드는 문장 하나를 발견하는 것도 썩 쉽지 않기 때문이다. 내가 바틀비증후군이라고 하는 극적 사건을 표현하기 위해 단편적인 것을 섭렵하거나, 우연히 발견하거나, 중심 없는 미로의 차원들을 확장시키는 책들, 삶들, 텍스트들, 또는 단순히 흩어져 있는 낱개의 문장들을 갑작스럽게 모으는 일을 아주 잘한다는 사실만을 알 뿐이다.

나는 탐험가처럼 살고 있다. 내가 미로의 중심을 찾기 위해 앞으로 나아가면 나아갈수록 중심으로부터 차츰차츰 멀어지고 있다. 나는 『유형지에서』*에서 장교가 보여주는 발명품들의 의미를 이해하지 못하는 탐험가처럼 살고 있다. "아주 기발한 기계입니다만, 제대로 이해할 수가 없군요."

나는 그 탐험가와 같은 사람이고, 은수자隱修者처럼 엄격하고 절제된 생활을 하고, 테스트 씨와 마찬가지로, 나 자신이 소설의 소재가 될 만한 사람은 아니라고 느낀다. 소설의 거대한 장면들, 분노와 욕정 그리고 비극적인 순간들이 나를 열광시키기는커녕 '불행한 폭발음처럼, 초보의 상태처럼 내게 다가오는데, 그런 상태에서는 모든 바보짓이 활개를 치고, 존재는 엉터리가 될 정도로 단순해져버린다.'

나는 공空을 향해 나아가는 탐험가다. 그것이 전부다.

---

* 『유형지에서』는 카프카가 1919년에 출간한 작품으로, 줄거리는 다음과 같다. 한 탐험가가 유형지를 방문했다. 여기서 근무하는 장교는 재판관이면서 동시에 처형관이다. 그는 처형 기계로 죄수를 처형하는 모습을 보여줌으로써 기계의 우수하고 완벽한 성능을 과시하고자 한다. 처형 기계는 죄수의 몸에 죄목을 바늘로 기록하고 몸에서 흐르는 피를 닦아내도록 고안된 장치다. 죄수의 죄목은 야간 보초를 서던 중 잠이 들었다가 상관에게 들켰는데도 사과를 하기는커녕 상관의 다리를 물었다는 것이다. 처형 기계를 다루는 장교는 어떤 범죄건 확실하기 때문에 조사나 심문 따위는 필요하지 않다고 주장한다. 이에 따라 죄수로 끌려온 사병에게는 변명할 기회조차 주어지지 않는다. 열두 시간이 지나면 죄수는 죽어서 구덩이에 던져지게 되어 있다. 이런 처형 제도는 전임 사령관이 애착을 갖고 실시하던 것인데, 그가 죽고 신임 사령관이 부임한 이후에는 논란거리가 되었기 때문에 장교는 탐험가에게 이 제도에 대해 좋은 평가를 해달라고 부탁한다.

69) 쥘리앵 그라크는 젊었을 때 시인 랭보의 탄생 100주년을 기념해, 랭보의 침묵을 신화화하는 책을 한 장 한 장 논박했다. 그라크는 과거에 침묵 서원이 묵인되거나 무시되었다고 지적했다. 궁정의 신료臣僚, 신앙심 깊은 사람, 또는 예술가가 수도원이나 시골집에서 침묵을 지키며 죽기 위해 인생을 포기하는 경우는 그리 드물지 않았다.

드랭은 그라크의 말이 내 주석 노트의 핵심에 영향을 미칠 수 있다고 믿으나 이는 완전히 잘못된 생각이다. 침묵의 신화가 가진 중요성을 완화시키는 것은 나의 탐험이 무겁고 중요하다는 생각을 털어버리는 데 도움을 주고, 탐험을 계속하는 시간에 내게 커다란 즐거움을 선사한다. 그렇게, 나는 가끔 실패에 대한 두려움을 유발하는 긴장으로부터, 내 야심을 훼손시키지 않은 채, 해방된다.

다른 한편으로, 나는 자주 랭보의 탓이라고 생각하던 그 그릇된 성스러움에 대한 신화를 제거한 첫 번째 사람이다. 나는 '무엇보다도 담배를 피우고, 쇳물처럼 센 술을 마신다(이는 아주 아름다운 시적 자세를 취하는 것이다)'라고 말한 사람이 바로 에디오피아에서 '나는 물만 마시고, 이를 위해 한 달에 15프랑을 쓰고, 모든 것이 너무 비싸다. 나는 결코 담배를 피우지 않는다'라고 말한 그 인색한 사람이었다는 사실을 잊을 수가 없다.

70) 드랭이 내게 보낸 쇼펜하우어의 첫 번째 단락에, 전문가는 결코 일급 재주꾼이 될 수 없다고 쓰여 있다. 드랭은 내 자신이 바틀비의 전문가라 자부한다고 생각하고서 내 사기를 떨어뜨리려 하는데, 나는 이 점을 이해한다. "일급 재주꾼은," 쇼펜하우어가 쓴다. "결코 전문가가 아닐 것이다. 일급 재주꾼은 총체적인 실존의 문제를 자신들이 해결해야 할 것으로 생각하고, 인류는 재주꾼 각자에게 새로운 지평을 다양한 형식으로 보여줄 것이다. 크고, 본질적이고, 보편적인 것을 작업 테마로 채택하는 사람은 천재라는 이름을 받고, 사물 사이에 존재하는 특별한 관계를 설명하는 데 일생을 바친 사람은 천재라는 이름을 받지 못한다."

그래서? 쇼펜하우어를 두려워하는 사람이 어디 있는가? 내가 바틀비증후군의 전문가가 되려고 애를 쓴다고 말한 사람은 대체 누구인가? 사실 쇼펜하우어의 첫 번째 단락은 내게 방해가 되지 않는다. 아니, 나는 쇼펜하우어의 말에 전적으로 동의한다. 나는 전문가가 아니고, 그저 바틀비들을 추적하는 사람이기 때문이다.

드랭이 내게 보낸 쇼펜하우어의 두 번째 단락에 관해 말하자면, 그것도 똑같다. 나는 쇼펜하우어의 말이 전적으로 옳다고 생각한다. 사실, 그 단락은 바틀비증후군과 근본적으로 반대되는 것이지만, 다루어보고 싶은 생각이 드는 어느 악에 관해 말할 기회를 내게 주고 있다. 물론, 쇼펜하우어가 어느 악에 관해서는 훌륭한 전문가로 보인다. 쇼펜하우어가 언급한 그 악은 나쁜 책들, 즉 모든 시대마다 넘쳐났던 그 끔찍한 책들이 뿜어내는 악이다. "나쁜 책은 정신을 파괴하는 지적인 독이다. 그리고 대부분의 사람이 각기 다른 시대에 만들어진 최고의 책을 읽는 대신에 최^催신간만을 읽고, 작가는 유행하는 각종 관념의 좁은 범주에 스스로를 가둬두고, 독자는 자기 자신의 수렁에 갈수록 깊이 빠져든다."

71) 드랭이 마치 허먼 멜빌과 대화를 나눈 것 같다. 그가 '아니오'라고 말한 사람들에 관한 텍스트, 즉 '아니오'의 작가들에 관한 텍스트를 허먼 멜빌에게 맡긴 것 같다.

예전에 나는 이 텍스트, 즉 멜빌이 친구 나사니엘 호손에게 보낸 편지를 읽어본 적이 없으나, 그 편지는 이 주석들을 위해 쓰인 것처럼 보인다.

'아니오'는 비어 있는 중심이지만 항상 수확이 풍성하기 때문에 아주 멋지답니다. 천둥 번개 같은 목소리로 '아니오'

라고 말하는 정신을 소유한 사람들에게는 악마라고 할지라도 '예'라고 말하게 할 수 없는 법입니다. 왜냐하면 '예'라고 말하는 사람들은 모두 거짓말을 하는 것이고, '아니오'라고 말하는 사람들은 유럽을 부지런하게 여행하는 사람들의 행복한 조건을 갖고 있는 것이기 때문입니다. '아니오'라고 말하는 사람들은 가방 하나만 달랑 든 채, 즉 에고ego만 지닌 채 영원성으로 가는 경계선들을 넘어가버립니다. 반면에 '예'라고 말하는 사람들 패거리는 모두 엄청난 짐을 들고 여행을 하는데, 그 저주받은 사람들은 세관 문을 결코 통과하지 못합니다.

72) 카를로 에밀리오 갓다가 소설을 쓰기 시작했다. 그의 소설들은 이내 사방으로 퍼져나감으로써 끝나지 않는 소설로 변하고, '결코 끝나지 않는 이야기'의 왕이었던 그는 이로 인해 소설 쓰기를 중단한 채 자신이 원하지 않았던 문학적 침묵에 깊이 빠져야만 하는 역설적인 상황에 처해버렸다.

그렇기 때문에 나는 카를로 에밀리오 갓다가 거꾸로 된 바틀비증후군을 앓고 있다고 말하겠다. 만약 수많은 작가가 자신들

의 침묵을 해명하기 위해 모든 문체를 가진 '셀레리노 삼촌들'
을 발명한 적이 있다면, 카를로 에밀리오 갓다의 경우도 이 작
가들과 썩 다를 수 없다. 그 이유는 이탈로 칼비노가 '다양성의
예술'이라고 평가했던 것, 즉 '결코 끝나지 않는 이야기'를 쓰는
예술, 로렌스 스턴이 『트리스트럼 샌디』에서 언급한 바 있는 그
'끝없는 이야기'를 쓰는 작업을 카를로 에밀리오 갓다가 평생
동안 정말 열심히 실행했기 때문이다. 로렌스 스턴은 『트리스
트럼 샌디』에서 '끝없는 이야기'에 관해 언급한다. 어느 이야기
에서 작가가 몰이꾼과 마찬가지로 이야기를 늘 자기 마음대로
(직선으로, 항상 앞으로) 이끌 수는 없다. 그 이유는 만약 노새
몰이꾼이 최소한의 기운을 가진 사람이라면 노새를 이끌고 길
을 가는 동안 이 일행 또는 저 일행과 재결합하기 위해 직선으
로부터 쉰 번은 벗어나야 할 의무를 갖게 되고, 이는 결코 피할
수 없기 때문이다. "작가가 영원히 관심을 가질 만한 관점과 전
망이 작가에게 제시될 것이고, 작가는 그 관점과 전망을 보기 위
해 멈춰 설 것이다. 멈춰 서지 않는다는 것은 하늘을 나는 것처

---

* 스턴은 『트리스트럼 샌디Tristram Shandy』에서 직업이 작가인 주인공 트리스트럼 샌디의 가족
과 지인들에 대한 이야기를 줄거리나 인과관계 등을 무시한 지극히 자유로운 서술 방식으로
풀어놓는다. 그것은 '자기 방식대로 자기 이야기를 하라'는 스턴의 주장과도 일맥상통하는 것
이다. 스턴은 인간의 삶 자체가 소설과 마찬가지로 통제 불가능한 것이며, 우연과 불확실성으
로 가득한 '트리스트럼 샌디'의 세계가 바로 우리가 살아가는 세계라고 말한다.

럼 어려운 일일 것이다. 게다가 그는 다음과 같이 다양한 것을 갖
게 될 것이다.

> 짝을 맞춰야 할 짧은 이야기들,
> 편집해야 할 일화들,
> 판독해야 할 비문碑文들,
> 짜야 할 이야기들,
> 연구해야 할 전통들,
> 방문해야 할 사람들."

결국, 이것은 결코 끝나지 않는 이야기라고 스턴이 말한다.
"내 여러분께 확언컨대, 6주 전부터 그 일에 전념하면서 가능하
면 최대의 속도로 진행하고 있지만, 아직 만들어내지 못하고 있
기 때문이다."

카를로 레비는 스턴의 『트리스트럼 샌디』의 끝없는 이야기
에 관해 언급하면서 이 소설의 주인공은 시계의 영향을 받고 태
어났기 때문에 시계가 그 책의 첫 번째 상징이라고 말하면서 이
렇게 덧붙인다. "트리스트럼 샌디는 죽고 싶지 않기 때문에 태어
나고 싶지 않았다. 모든 수단과 모든 무기는 죽음과 시간으로부
터 스스로를 구제하는 데 유용하다. 만약 직선이 숙명적이고 피

할 수 없는 두 점 사이에서 가장 짧은 것이라면, 탈선은 그 선을 길게 만들 것이다. 그리고 만약 그런 탈선이 아주 복잡하고, 서로 얽혀 있고, 구불구불하고, 빨라서, 탈선 자체의 흔적을 사라지게 만든다면, 아마도 죽음이 우리를 발견하지 못할 것이다. 시간은 탈선을 하고, 우리는 변덕스러운 은닉처에 숨을 수 있을 것이기 때문이다."

카를로 에밀리오 갓다는 본의 아니게 '아니오'의 작가가 된 사람이었다. '모든 것은 허위고, 아무도 없으며, 아무것도 없다'고 베케트는 말한다. 우리는 갓다가 이런 극단적인 관점의 다른 극단에 있다는 사실을 발견할 수 있다. 갓다는 그 어떤 것도 허위가 아니라고 주장하고, 세상에는 '많은 것(아주 많은 것)'이 있다고, 그리고 그 어떤 것도 허위가 아니라 실재라고 주장한다. 갓다는 넓은 세상을 포괄하고, 모든 것을 알고, 모든 것을 묘사하겠다는 욕망에 사로잡힘으로써 광적인 실의에 젖어버린다.

'아니오'의 반대 작가인 갓다의 글에는 이성적인 정확성과 세상의 신비가 들어 있는데, 이 두 가지 사이에 존재하는 긴장감 때문에 이 글이 그가 세상사를 바라보는 방식의 기본 요소라고 규정될 수 있을 것이다. 갓다처럼 솜씨 좋은 작가 로베르트 무질은 갓다가 표현하려 했던 것과 동일한 긴장감을 갓다가 글을 쓰던 시기의 몇 년 동안 『특성 없는 남자』에 표현하려고 시도했다. 로베르토 무질은 완전히 다른 용어들을 사용함으로써 『특성 없는 남자』를 유연하고, 풍자적이고, 멋들어지게 조절된 산문으로 표현했다.

어느 경우든 서로 어울리지 않는 갓다와 무질 사이에는 공통점이 하나 있다. 두 사람 모두 자신들의 책이 도저히 끝나지 않는 책으로 변해버렸기 때문에 책을 포기해야 했고, 두 사람 모두 원치 않으면서도 자신들의 소설에 종지부를 찍을 수밖에 없었고, 그렇게 함으로써 바틀비증후군에 빠져버렸고, 그들이 거부하던 어떤 유형의 침묵에 빠져버렸다. 두 사람 사이에 아주 명백한 차이들이 있음에도 불구하고, 두 사람이 빠져버린 그 침묵은, 말하자면, 내가 원하든 원하지 않든 조만간에 빠지게 될 그런 유형의 침묵이었다. 왜냐하면 내가, 이 주석들이 갈수록 사각형들로 가득 채워진 몬드리안의 면面들을 닮아간다는 사실을 부정한다는 것은 순진한 짓이기 때문이다. 사실 관객들은 몬드리안의 면들을 보면서 이 면들이 캔버스를 벗어나서는 무한성無限性을 틀 속에 넣기 위한 방법을 (당연히) 모색하고 있는 것 같다는 느낌을 받게 된다. 같은 식으로, 만약 내가 이미 이런 방식을 실행하고 있다는 생각을 하게 되면, 내가 표정을 살짝만 바꾸어도 내가 나 자신을 가려버리는 모순에 빠지게 될 것이다. 그런 일이 일어났을 때, 독자는 분노한 내 두 눈썹 사이에 검은 주름 하나가 세로로 잡힐 것이라는 사실을 아주 쉽게 상상할 텐데, 그 주름은 기분이 나쁠 때 나타나는 것, 즉 갓다의 명작 『메룰라나 가街의 무시무시한 소동』의 갑작스러운 결말에서 나타나는 바로 그런 것이다. "분노한 내 두 눈썹 사이에 세로로 생긴 주름과 유사한 주름이 그 아가씨의 백지장 같은 얼굴에 생김으로써 '그를 꼼짝하지 못하게 만들었고', 그가 반성을 하고 상당히 후회하도록 만들었다."

73) 조셉 콘래드의 어느 소설에서 담뱃불을 보고, 어느 화산의 용암도 본 데렉 월컷은 「화산」에서 자신이 글쓰기를 포기할 수 있을 것이라고 우리에게 말한다. 만약 어느 날 데렉 월컷이 글쓰기를 포기하기로 작정한다면, 그가 '아니오'의 작가들, 즉 비자발적인 그 무리들에 관해 다루는 모든 역사에서 중요한 자리를 하나씩 차지하게 될 것이라는 사실은 의심할 여지가 없다.

드랭이 내게 보낸 월컷의 시들은 하이메 힐 데 비에드마가 한 말과 상당히 유사하다. 하이메 힐 데 비에드마는 정상적인 것은 결국 '읽는 것'이라고 말한다.

누구든 큰 것이 서서히 연소되는 징후를 포착하면
글쓰기를 포기할 수 있을 것이다.
그 대신 명작을 사랑하는
이상적이고, 사색적이고, 욕심 많은 독자는
명작을 흉내내거나 빛을 잃게 하려고
시도하는 사람보다 뛰어난 독자이고,
그렇게 함으로써 세상에서 가장 훌륭한 독자가 된다.

　　　　　74) 어제 나는 양의 숫자를 세는 것과 유사하
지만 더 섬세한 방식을 실행하면서 잠이 들었다. 생각할 수 있
는 모든 것을 명확하게 생각할 수 있고, 말할 수 있는 모든 것을
명확하게 말할 수 있으나, 생각할 수 있는 모든 것을 다 말할 수
는 없다고 한 비트겐슈타인의 말을 계속해서 외운 것이다.

　비트겐슈타인의 문장이 아주 지루했기 때문에 내가 잠을 이
루는 데 그리 많은 시간이 걸리지 않았다는 말은 새삼 할 필요
가 없을 것이다. 또 내가 카프카의 어느 무대, 어느 기다란 복도,
즉 엉성하게 만들어진 문 몇 개가 어느 더그매 아래로 분리되어
있는 각기 다른 방으로 연결시켜주는 복도에 있게 되는 데는 그

리 많은 시간이 걸리지 않았다고 말할 필요도 없을 것이다. 그 공간에 햇빛이 직접적으로 들어오지는 않았다 할지라도, 수많은 방이 판자벽이 아니라 천장까지 닿는 단순한 나무 격자에 의해 복도와 분리되어 햇빛이 약간 들어오기 때문에 완전히 어둡지만은 않았고, 또 나무 격자 옆 책상에 앉아 글을 쓰는 사람들이 보이고, 틈새로 복도에 있는 사람들을 관찰하면서 서 있는 직원들의 모습이 보였다. 이렇게 나는 나의 옛 사무실에 있었다. 그리고 나는 복도에 있는 사람들을 관찰하고 서 있는 직원들 가운데 하나였다. 복도에 있는 사람은 수가 많지 않았다. 내가 아주 잘 안다는 느낌이 드는 세 사람이었다. 나는 귀를 쫑긋 세운 채, 랭보가 노예장사를 하느라 피곤해졌기 때문에 무슨 수를 써서라도 시 쓰는 작업으로 되돌아오려 한다고 말하는 소리를 주의 깊게 들었다. 비트겐슈타인은 병원의 간호사라는 비천한 직업이 이제 아주 질린다고 느끼고 있었다. 뒤샹은 그림을 그리지 못하고 매일 장기를 두어야 한다면서 불평하고 있었다. 세 사람이 비통하게 한탄하고 있을 때 곰브로비치가 들어왔다. 그 세 사람보다 나이가 두 배 정도 더 들어 보이는 곰브로비치가 후회할 만한 것이 전혀 없는 사람은 바로 뒤샹이라고 말했다. 그 이유는 뒤샹이, 어찌 되었든, 소름끼치는 어떤 것(그림), 즉 영원히 떨쳐버릴 필요가 있을 뿐만 아니라 잊어버리는 것이 필요한 어떤 것을 이미 떨쳐버렸기 때문이라는 것이었다.

"선생님, 이해할 수가 없네요." 랭보가 말했다. "왜 뒤샹만 후회하지 않을 권리를 가졌다는 겁니까?"

"그에 관해서는 내가 이미 말했다고 생각하는데요." 곰브로비치가 대단히 거드름을 피우며 오만하게 대답했다. "왜냐하면 뒤샹은 시에서든 철학에서든 할 일이 여전히 많기 때문이죠. 물론 당신 랭보나 당신 비트겐슈타인은 할 일이 전혀 없어요. 그림에는 평생 할 일이 전혀 없잖아요. 붓은 효과적인 도구가 아니라는 사실을 왜 한 번에 확실하게 인정하지 않는 거죠? 이는 당신들이 온갖 광채를 뿜어대는 우주를 단순한 칫솔로 그리는 것과 같은 거라고요. 그림만큼 표현력이 빈약한 예술은 없어요. 그림을 그린다고 해봤자, 그릴 수 없는 것은 죄다 포기하고 그릴 수 있는 것만 그리는 것에 불과하잖아요."

75) 1911년에 리마에서 태어난 시인 에밀리오 아돌포 웨스트팔렌은 페루의 시를 에스파냐 시의 전통과 기발하게 결합함으로써, 그리고 심원한 서정시를 두 권에 담아 각각 1933년과 1935년에 출간해 독자들의 혼을 빼앗아버림으로써

페루의 시를 발전시켰다. 그 시집들의 이름은 『특이한 섬들』과
『죽음의 폐지』였다.

웨스트팔렌은 초기에 공격적으로 시를 쓰다가 45년 동안 시
적 침묵에 빠져버렸다. 레오나르도 발렌시아가 썼듯이 '그는 45
년 동안 새로운 시집을 단 한 권도 출간하지 않고 침묵에 빠져버
렸음에도, 잊힌 게 아니라 더 두드러지는 존재가 되었고, 〈주목을
받았다〉.'

45년 동안의 침묵을 끝낸 웨스트팔렌은 한 연 또는 두 연짜리
시를 씀으로써(내 친구 피네다처럼) 조용히 시에 복귀했다. 침
묵의 45년 동안, 모든 사람이 그에게 왜 시 쓰기를 그만두었는
지 물었다. 그들은 웨스트팔렌이 아주 드물게 모습을 드러내는
경우에 이렇게 물었고, 웨스트팔렌은 사람들 앞에 모습을 드러
낼 때 사람 세상에서 타인의 눈에 띄는 것이 고통스럽다는 듯,
손가락이 피아니스트처럼 기다랗고 예민해 보이는 왼손으로 늘
얼굴을 가리고 있었다. 45년 동안 그가 관심의 표적이 되었던
드문 경우에, 말하자면 멕시코에서 룰포가 그랬던 것처럼, 늘 룰
포가 받은 것과 아주 유사한 질문을 받았다. 항상 같은 질문이
었다. 그는 거의 반세기 동안 늘 왼손으로 얼굴을 가린 채 동일
한(수수께끼 같은 대답인지는 잘 모르겠지만) 대답을 했다.

"아직 준비가 안 되어서요."

76) 나는 후안과 대화를 재개했고, 잠깐 동안 전화로 얘기를 나누었다. 후안은 자신이 '아니오의 주석'이라고 부르는 내 작품을 한번 훑어보고 싶다고 했다. 후안이 나의 첫 번째 독자가 될 것이다. 나는 읽히는 작가가 되고, 그렇게 됨으로써 나는 내 스스로 '외부적인 활력'이라고 부를 삶, 즉 누군가가 가지려고 하면 위험스럽게도 빠져나가려고 하는, 외양이 화려한 삶과의 관계를 천천히 회복하기 시작해야 한다는 생각에 익숙해질 필요가 있다.

전화를 끊기 조금 전에 후안이 두 가지를 물었는데, 내가 나중에 글로 대답하겠다고 했기 때문에 그 질문은 아직 무응답 상태로 남아 있다. 후안은 내 일기의 본질이 무엇인지, 그리고 주석을 모아놓은 이 책에서 가장 잘 어울리는 풍경(실제적인 풍경이어야 한다)은 무엇이 될 것인지 알고 싶어 했던 것이다.

문학에 본질적인 것이 존재하지 않듯이 이 주석에도 본질적인 것은 존재할 수 없다. 모든 텍스트의 본질은 바로 텍스트 자체의 본질이 확실하게 결정되는 것을 피하고, 텍스트 자체를 확정하거나 구체화시킬 수 있는 단언을 피하는 데 있기 때문이다. 블랑쇼가 말하듯, 문학의 본질은 이제 결코 여기에 있지 않고, 항상 새롭게 발견하거나 만들어내야 한다. 그렇듯, 나는 문학에 게임의 법칙 몇 개가 존재한다는 사실을 배제한 채, 발견하고 만들어내면서 이 주석 작업을 해오고 있다. 나는 아주 부주의하거나 무질서한 형식으로, 위대한 투우사 벨몬테가 어느 인터뷰에서 투우에 관해 조금만 언급해달라는 요청을 받았을 때 했던 대답을 가끔 생각나게 만드는 그런 방식으로, 이 주석 작업을 해오고 있다. "글쎄요, 잘 모르겠는데요." 벨몬테가 대답했다. "솔직히 말해 잘 모르겠어요. 나는 규칙이 무언지도 모르고, 규칙을 믿지도 않아요. 나는 투우를 느끼고요, 규칙에 신경 쓰지 않은 채 내 방식대로 해요."

문학이 무엇이라고 확언하는 사람은 결국 아무것도 확언하지 않는 사람이다. 문학을 찾는 사람은 빠져나오는 것만 찾게 되고, 문학을 발견하는 사람은 여기에 있는 것만, 또는 문학 너머에 있는 더 나쁜 것만 발견하게 된다. 그래서 결국, 각각의 책은 '비문학非文學'을 추구하게 되는데, 그 비문학은 각각의 책이 발견하고자 간절히 원하는 것의 본질이다.

모든 책에는 하나의 실제적인 풍경이 있다는 말이 사실이라고 한다면, 이 일기의 풍경은 아조레스제도의 폰타델가다 섬에서 만나게 되는 풍경일 것이다.

들판을 여러 개로 갈라놓고 있는 파란빛과 파란 진달래 때문에 아조레스는 파란색이다. 외따로 떨어져 있다는 것은 의심할 바 없이 폰타델가다가 지닌 매력인데, 어느 날 내가 라울 브란다오의 어느 책, 즉 『낯선 섬들』에서 발견한 그 특이한 장소에는 특정 시간이 되면 더 이상 말을 할 수 없게 만드는 풍경이 있다. 나는 그곳에서 세상의 마지막 작가와 세상의 마지막 말을 맞아들일 파란색 풍경을 발견했다. 말과 세상은 그 풍경 속에서 함께 죽을 것이다. "여기서 말이 죽고, 여기서 내가 아는 세상이 끝난다……."

77) 지금까지 나는 운이 좋았다. 그리고 나는 작가를 거의 한 명도 개인적으로 다룬 적이 없다. 나는 작가들이 허영심 강하고, 품위 없고, 교활하고, 이기적이고, 다루기 어려운 사람들이라는 사실을 안다. 그리고 그들이 에스파냐 사람들이라면 더욱이 질투심이 많고, 무섭다.

나는 몸을 숨기는 작가에게만 관심이 있기 때문에 내가 그들과 접촉하게 될 가능성은 아주 낮다. 몸을 숨기는 작가들 가운데는 쥘리앵 그라크가 있다. 역설적이게도 그는 내가 개인적으로 아는 몇 안 되는 작가 가운데 하나다.

내가 파리에서 일하고 있을 때 언젠가 제롬 가르생을 따라 은신 작가 쥘리앵 그라크를 방문했다. 쥘리앵 그라크를 만나러 그의 마지막 은신처인 생—플로랑—르—비에이*로 간 것이다.

쥘리앵 그라크는 루이 푸아리에가 숨었던 필명이다.** 루이 푸아리에는 그라크에 관해 이렇게 썼다. "스스로를 보호하려는 욕망, 귀찮은 일을 당하지 않으려는 욕망, 아니라고 말하려는 욕망, 즉 한마디로 '나를 구석에 조용히 놔두고 썩 꺼져버려'라는 식의 욕망은 그가 방데 지역 후손이기 때문에 생기는 것이다."

사실이 그랬다. 1793년에 방데에서 반란***이 일어난 지 두 세기가 지난 뒤 그라크는, 자기 땅에서 국민의회의 군대를 격퇴했던 선조들처럼, 파리에 저항하고 있다는 인상을 아주 강하게 풍긴다.

우리는 쥘리앵 그라크를 만나러 그의 은신처로 갔다. 우리가 그에게 인사말을 건네자마자 그는 우리가 무엇 때문에 왔는지, 뭘 보고자 하는지 물었다. "늙은이 하나를 보러들 오셨나?"

그리고 나중에 그는 덜 심술궂고, 더 달콤하고, 더 서글프게 말했다. "한 번 더, 나는 이제 죽을 때가 다 되었다는 느낌을 갖고 있어요. 이는 늙으면 부닥치게 되는 것들 가운데 하나지요. 죽

* 쥘리앵 그라크의 고향인 생—플로랑—르—비에이Saint—Florent—le—Vieil는 낭트와 앙제 사이 르와르 강가를 낀 소도시다. 그는 1970년 교직 은퇴 후 계속 그곳에 침거하며 글을 쓰고 있다.
** 쥘리앵 그라크의 본명은 '루이 푸아리에Louis Poirier'인데 '쥘리앵'은 스탕달의 『적과 흑』의 주인공 이름에서 따온 것이고, '그라크'는 로마공화정 말기의 호민관 '그라쿠스'의 성에서 따온 것이다.
*** '방데의 반란'은 1793~1795의 프랑스혁명 중에 왕당파 농민들이 방데 지방을 중심으로 일으킨 반혁명운동이다.

음은 무시무시한 거지만, 생존은 지루함을 유발해요."

그라크는 자신의 형이상학적이고 카르투지오회[****]적인 문학을 통해 비현실적인 세계들을 상상하고, 내부 풍경 속에, 가끔은 잃어버린 세계에, 과거의 영역에 살고 있다. 이는 그가 존경하는 바르베 도르비이가 살았던 방식과 동일하다.

바르베는 조상들, 즉 슈앙들[*****]의 아득히 먼 세계에 살고 있었다. "역사는," 바르베가 썼다. "슈앙들을 잊었다. 영광이, 그리고 심지어는 정의가 그들을 잊었듯이 잊어버린 것이다. 방데 사람들, 즉 최전선의 그 전사들이, 나폴레옹이 자신들에 관해 했던 말 아래서, 조용히, 죽지 않은 채 잠을 자고, 비명碑銘에 둘러싸여 기다리고 (……) 한편 슈앙들에게는 어둠으로부터 자신들을 꺼내줄 사람이 단 한 명도 없다."

쥘리앵 그라크는 선량한 방데 사람답게 기다릴 줄 아는 사람이라는 느낌을 준다. 그가 기다릴 줄 아는 사람이라는 사실은 그를 관찰하는 것만으로도, 그가 자기 집 테라스에 앉아 루아

[****] 카르투지오회는 1086년 성 브루노가 프랑스 카르투지오에 설립한 것이다. 가톨릭교회의 수도회 가운데 가장 엄격한 수도회로, 자급자족을 원칙으로 한다. 외부와 단절되어 있으며 방문객을 일절 받지 않는다.

[*****] 발자크는 「올빼미당Les Chouans」이라는 작품에서 4인 구도와 두 남자의 한 여인을 향한 삼각관계를 보여줌으로써 혁명 과정을 사실적으로 다루고 있다. '슈앙Chouan'은 '올빼미'라는 뜻으로 프랑스 브르타뉴 지방의 농민을 일컫는다. 슈앙의 지도자는 성직자와 귀족이었지만, 대부분의 구성원은 평범한 농민과 상인이었다.

르 강이 흘러가는 모습을 바라보고 있는 모습을 보는 것만으로
도 충분히 확인할 수 있다. 강물에 눈길을 빼앗긴 채 그곳에 있
는 그의 모습을 보면, 무언가를 혹은 아무것도 아닌 것을 기다리
고 있는 사람의 살아 있는 이미지를 보는 것 같다. 며칠 뒤, 제롬
가르생은 다음과 같이 쓸 것이다. "그라크의 눈 아래로 항상 흐
르고 있는 것은 루아르 강만이 아니다. 역사, 역사의 신화, 역사의
행위가 흐르고 있다. 그라크는 그것들 안에서 성장했다. 그라크
뒤에는 영웅적인 방데, 전투에 의해 혼쭐이 난 방데가 있고, 그라
크 앞에는 유명한 바타이외즈 섬이 있다. 동포 쥘 베른의 책을 읽
는 젊은 독자 그라크는 이내 그 섬의 버드나무, 미루나무, 갈대, 오
리나무 사이에 '로빈슨 크루소처럼' 도피처를 만들었다. 한쪽으
로는 클리오*, 과거, 폐허의 성들이 있다. 다른 쪽으로는 키메라들,
환상적인 것들, 공중누각들이 있다. 그라크는 작품 때문에 찬양
받는다. 그런 환생의 욕망을 느끼기 위해서는 생—플로랑—르—비
에이로 가야 할 필요가 있다."

　이것이 바로 가르생과 내가 한 일이다. 우리는 우리 시대에
가장 깊숙이 숨어 있는 작가들 가운데 한 사람, 가장 잘 도피하

---

* '클리오Clio'는 그리스 신화의 여신으로, 역사를 담당하는 무사다. 클리오라는 이름의 뜻은
'명성' 혹은 '서술자'다. 클리오는 다른 무사들과 마찬가지로 제우스와 므네모시네의 딸이다.
양피지 두루마리, 명판, 긴 나팔 등을 들고 있는 모습으로 묘사되어 '찬양하는 자'로도 알려져
있다.

고 고립되어 있는 작가들 가운데 한 사람, 도대체 무엇을 하려고 부정을 하는지는 모르겠지만, '부정'의 왕들 가운데 한 사람의 도피처로 갔다. 우리는, 문체가 패배하기 전의, 우리가 '단명 短命하는 문학'이라고 부르는 문학이 압도적으로 출판되기 전의, '영양가 있는 문학'이 야만적으로 개입하기 전의 프랑스에서 마지막으로 위대한 작가였던 사람을 만나러 간 것이다. '영양가 있는 문학'이란 그라크가 1950년에 출간한 팸플릿 「위胃 속에 든 문학」에서 언급한 것이다. 그라크는 이 팸플릿에서 텔레비전이 유행하는 시대에 점증하는 출판업의 사기성과 게임의 말 없는 규칙을 공격했다.

우리는 '두목'(프랑스에서 일부 사람들은 그라크를 두목으로 알고 있다)의 도피처까지, 루아르 강이 흐르는 모습을 바라보는 동안 그가 느낀 울적한 마음을 우리에게 단 한 순간도 숨길 수 없었던 그 은둔 작가의 도피처까지 갔다.

1939년까지 그라크는 공산주의자였다. "그해까지," 그라크가 우리에게 말했다. "나는 세상을 바꿀 수 있다고 진정으로 믿었소." 그에게 혁명은 하나의 일이고 하나의 신앙이었는데, 마침내 실의에 빠지고 만 것이다.

1958년까지 그라크는 소설가였다. 『숲의 눈』을 출간한 뒤 소설 쓰기를 포기하고("소설 쓰기가 내게는 부족한 엄청난 에너지와 힘, 신념을 요구하기 때문에")『여행 수첩』의 단편적인 글쓰기를 선택했다('아마도 내 작업은 이 단편들과 함께, 아주 다행스럽게도, 거기서 멈추었을 것이오', 그가 갑자기 이렇게 자문했고, 그의 목소리가 잦아들었다). 날이 어두워질 무렵 우리는 그라크의 서재로 갔다. 금지된 사원으로 들어가는 느낌. 강 위에 걸린 다리로 자동차와 마차가 지나가는 모습이 창문을 통해 보였다. 생—플로랑—르—비에이는 현대의 각종 소음에 휩싸여 있었다. 그때 그라크는 다음과 같이 관찰했다. "어떤 오후에는 이런 소음이 파리의 일부 구역에서보다 더 시끄럽게 울린다오."

우리가 그라크에게, 어렸을 때 부두의 포장길 위에서, 밤나무 가로수와 빨래하는 여자들의 빨랫방망이 사이에서 놀던 시절부터 지금까지 가장 많이 변한 것이 무엇인지 물었다. 그가 우리에게 대답했다.

"삶이 쇠락해버린 것이지요."

그러고서 그는 고독에 관해 말했다. 우리가 이미 스튜디오를 나오고 있을 때였다. "나는 혼자 있지만, 불평은 하지 않아요. 작가는 타인으로부터 기대할 게 전혀 없거든요. 내 말을 믿어요. 작가는 오직 자기 자신을 위해 쓴다니까요!"

테라스에 있게 된 우리는 어느 순간 그라크가 빛을 등지고 서 있는 모습을 볼 수 있었다. 나는 그가 실제로 우리에게 말을 하는 게 아니라 독백을 하고 있는 것처럼 보인다고 생각했다. 나중에 우리가 그의 집 밖으로 나왔을 때 가르생이 자신도 그와 유사한 느낌을 받았노라고 말할 것이다. "그뿐이 아니에요." 가르생이 내게 말했다. "그는, 말(馬) 없는 기사가 그렇듯, 자기 자신에게 말하고 있었어요."

밤이 되어 우리가 그라크와 작별할 시각이 가까워졌을 때, 그라크가 텔레비전에 관해 우리에게 말했다. 그라크는, 가끔 텔레비전을 켜놓고 문학 관련 프로그램의 사회자들을 볼 때면, 그들이 여러 가지 옷감의 샘플을 팔고 있는 것처럼 행동하는 것을 보고는 할 말을 잊노라고 했다.

작별할 시각에 '두목'은 집 출구로 연결된 작은 돌계단을 통해 우리를 바래다주었다. 잠들어 있는 루아르 강으로부터 미지근한 진흙 냄새가 올라오고 있었다.

"1월인데 특이하게도 루아르 강이 이토록 낮아져버렸네요." 그라크가 말했다.

우리는 두목과 악수를 한 뒤 길을 떠나기 시작했고, 그 은둔 작가는 그 자리에서 자신의 강물을, 루아르 강처럼, 천천히 흘려보내고 있었다.

78) 클라라 브호리제크는 1863년 1월 8일 카를로비 바리에서 태어났으나 태어난 지 몇 개월 만에 가족이 단치히(그단스크)로 이주하는 바람에 그곳에서 유년 시절과 소녀 시절을 보냈다. 그녀는『마음속의 등불』에다 그 시절에 관해 기술해놓았는데, 그 책은 오직 '일곱 개의 비누 거품 같은 기억 일곱 개'만을 보존하고 있다.

클라라 브호리제크는 스물한 살에 베를린에 도착해 그곳에서 에드바르트 뭉크, 크누트 함순 등과 함께 아우구스트 스트린드베리의 정기 서클에 참여했다. 1892년에 베르라스브호리제크출판사를 설립했는데, 이 출판사는『마음속의 등불』만을 출간하고, 그 후 얼마 지나지 않아(알베르 지로의『달에 홀린 피에로』를 출간할 준비를 하고 있을 때) 파산했다.

클라라 브호리제크가 생애 마지막 날까지 문학적 침묵을 유지할 수밖에 없었던 이유는, 어느 면에서는, 그녀의 책에 대한 독자의 무반응 때문이었지, 출판사의 파산 때문이 아니었다. 만약 그녀가 글쓰기를 그만두었다면, 그것은 바로(그녀가 친구 파울 셰어바르트에게 말했다시피) 다음과 같은 이유에서였다. "글쓰기만이 아리아드네의 실*처럼 나를 내 동료들과 연결시켜줄

* '아리아드네의 실'은 풀기 어려운 난제를 해결하는 지혜를 의미한다.

수 있을 것이라는 사실을 내가 안다고 할지라도, 그럼에도 불구하고 나는 내 친구들 가운데 그 누구도 내 책을 읽도록 만들 수 없을 것이다. 그 이유는 내가 문학적인 침묵을 지키는 동안 구상해갔던 책들은 진짜 비누 거품이고, 그 어떤 사람, 하다못해 나의 가장 친한 친구에게도 읽힐 수 없는 것이어서, 내가 할 수 있는 가장 사려 깊은 행동은 내가 지금까지 해온 것을 지속하는 것, 즉 책을 쓰지 않는 것이다."

전쟁에 대한 항거의 표시로 음식 섭취를 거부했던 클라라 브호리제크는 1915년 10월 16일에 베를린에서 죽었다. 그녀는 '배고픈 예술가'의 '원조avant la lettre'**였으며, 곤충 그레고르 잠자(죽기 위해 인간적인 의지로 음식을 먹지 않은)에게 길을 열어주었고, 아마도 그 이유를 자신도 정확히 모른 채, 바틀비를 따랐다. 바틀비는 마당의 잔디밭 위에서 지친 몸으로, 두 눈을 희멀겋게 뜨고서, 하지만 그날 밤 역시 저녁 식사를 하지 않겠느냐고 묻는 요리사가 내려다보는 가운데 깊이 잠든 상태에서, 태아의 자세를 취한 채 죽었다.

** '아방 라 레트르avant la lettre'는 인쇄에서 '판화의 제목을 찍기 전에(의)'라는 의미로 사용되고, 비유적으로는 '완전한 발육 이전'이라는 의미로도 사용된다. 흔히, '그런 명칭이 생기기 전에(의)'라는 의미, 즉 '어느 특정한 것을 지칭하는 단어가 만들어지기 전에 이미 그것이 존재했다'는 의미를 지닌다.

79) 그라크 또는 샐린저보다 훨씬 더 은둔적인 사람은 뉴요커인 토머스 핀천이다. 그에 관해서는 1937년 롱아일랜드에서 태어나, 1958년 코넬대학에서 영문학사 학위를 받고, 보잉사의 기술 관련 서적의 편집자로 일했다는 사실만 알려져 있을 뿐이다. 그것 말고는 알려진 것이 전혀 없다. 학창 시절에 찍은 사진 외에는 단 한 장의 사진도 발견되지 않는다. 사진에는 솔직히 말해 못생긴 소년 하나가 보이는데, 그 소년이 바로 핀천이라고 유추할 만한 근거가 없기 때문에 사진은 또 하나의 연막일 수 있다.

호세 안토니오 구르페기가 몇 년 전에 노팅엄대학 미국 문학 교수인 친구 피터 메셴트로부터 들은 이야기를 전한다. 메셴트는 학위 논문을 핀천에 관해 썼기 때문에 자신이 열심히 연구해 온 작가를 만나고 싶다는 강박관념에 자연스럽게 사로잡혔다. 그는 약간의 시행착오를 겪은 뒤,『제49호 품목의 경매』를 쓴 눈부신 작가와 뉴욕에서 짧게 인터뷰를 할 수 있었다. 그 후 몇 해가 지난 뒤, 이제 권위 있는 교수이자 헤밍웨이에 관한 명저의 저자로 변한 메셴트는 로스앤젤레스에서 핀천과 친한 사람들의 모임에 초대되었다. 놀랍게도 핀천은 메셴트가 몇 년 전에 뉴욕에서 인터뷰를 한 사람과 완전히 달랐다. 그러나 뉴욕에서 만난 핀천은 로스앤젤레스에서 만난 핀천과 마찬가지로 자기 작품의 세세한 점들까지도 완벽하게 파악하고 있었다. 모임이 끝날 무렵 메센트가 인간의 이중성에 관해 자신의 견해를 과감하게 밝히자 핀천은, 아니면 그가 누구였든지 간에, 전혀 동요하지 않은 채 대답했다.

"그렇다면 어떤 사람이 진짜인지는 당신이 결정해야겠군요."

80) 프랑스어로 글을 쓰는 반反바틀비적 작가들 중에서 역사상 가장 다산적인 작가인 조르주 심농의 분별없는 에너지는 단연 두드러진다. 조르주 심농은 1919년부터 1980년까지 소설 190편을 각기 다른 필명으로 출간하고, 195편을 자기 이름으로 출간하고, 자서전적인 작품 25편과 1,000편이 넘는 단편소설을 출간했다. 또한 신문에 발표한 글도 많은 데다 그가 구술한 책이 여러 권이었으며, 출간하지 않은 책도 아주 많았다. 1929년에는 반바틀비적인 행위가 도발적으로 드러났다. 그는 그해에만 소설 마흔한 편을 썼다.

"아침 일찍부터 작업을 시작하는데요," 언젠가 심농이 설명했다. "보통은 아침 여섯 시경에 시작해 오후 끝 무렵에 끝냅니다. 술 두 병을 마시면서 80쪽을 쓰는 거지요. (……) 아주 빠르게 작업하는데요, 가끔은 하루에 단편소설 여덟 편을 쓰기도 했어요."

반바틀비적 오만에 빠진 심농은 언젠가 작품을 생산할 때 적용하는 하나의 방법 또는 기술, 즉 개인적인 방법을 차근차근 습득한 과정에 관해 이야기했다. 이런 방법을 일단 습득하면, '하지 않으려고 합니다'라는 기색은 전혀 드러내지 않은 채 한 작품을 늘여가는 데 필요한 무한한 가능성을 발견하게 된다는 것이다. "일단 글쓰기 작업을 시작하면, 매그레*든 아니든, 12일 만에 소설 한 편이 완성됩니다. 시간을 더 압축하고, 글에서 액세서리 같은 치장이나 불필요한 항목을 제거하려 노력함으로써 차츰차츰 11일이 걸리던 것이 10일이 걸리고, 나중에는 9일이 걸렸습니다. 방금 전에는 생전 처음으로 7일 만에 소설 한 편을 끝냈습니다."

물론 심농의 경우는 자못 황당하다. 바틀비적 감수성을 듬뿍 지닌(우리가 이미 살펴보았다시피, 무엇보다도 『테스트 씨』의 경우에) 작가 폴 발레리의 경우는 정도가 훨씬 더 심한데, 그는 우리에게 이만구천 쪽짜리 『노트』를 남겼다.

하지만, 이것이 황당하다고 해도, 나는 이제 특이하게 생각하

---

* 조르즈 심농은 1929년에 트렌치코트를 걸치고 파이프 담배를 문 채 쉴 새 없이 맥주를 마셔 대는 거구의 사나이 '매그레Jules Maigret' 반장의 캐릭터를 구상해, 1930년에 매그레가 주인공으로 등장하는 단편소설 「불안의 집」을 발표한 뒤 1931년에만 『수상한 라트비아인』 등 열 편 이상의 '매그레 시리즈'를 펴내 엄청난 성공을 거둔다. 총 103편(장편 75편, 단편 28편)의 이야기에 등장해 독특한 심리 게임으로 온갖 사건을 풀어가는 매그레는 셜록 홈스, 아르센 뤼팽과 더불어 추리 문학 역사상 가장 사랑받는 주인공으로 등극했다.

지 않는 법을 배웠다. 뭔가가 나를 황당하게 만들 때면 나는 나를 차분하게 만들어주는 아주 단순한 술책에 의존한다. 단순히 잭 런던을 생각해보는 것인데, 그는 술에 절어 살았음에도 미국의 금주법을 옹호하는 사람들 가운데 하나였다. 이런 경우를 보고도 놀라지 않는 것이 바로 바틀비적 감수성에 부합하는 것이다.

81) 자신의 책 『바틀비 또는 우연에 관해』 (1993년, 마체라타)를 통해 '아니오'의 작가들과 결합된 조르조 아감벤은 우리가 다시 가난해지고 있다고 생각하는데, 구체적으로는 『산문에 관한 생각』(1985, 밀라노)에서 다음과 같이 예리하게 예측한다. "1915년과 1930년 사이에 쓰인 수많은 철학적·문학적 작품이 여전히 시대적 감각의 열쇠를 쥐고 있다는 사실과, 우리의 정신 상태와 우리의 감정에 관한 설득력 있는 마지막 기술이, 한마디로 말해, 50년도 넘는 세월 이전에 쓰인 것이라는 사실이 참으로 특이하다."

그리고 내 친구 후안은, 위와 동일한 주제에 관해 언급하면서, 무질(그리고 펠리스베르토 에르난데스) 다음으로는 선택할 작가가 그리 많지 않다는 자신의 이론을 다음과 같이 설명한다.

"제이차세계대전 이전과 이후의 소설가들 사이에 존재할 수 있는 가장 일반적인 차이 가운데 하나는 1945년 이전 작가들이 자신들의 소설에 정보를 주고 소설을 만들어내는 데 기여하는 어느 문화를 늘 향유하고 있었던 데 반해 1945년 이후 작가들은, 문학적인 과정들(이들 과정은 모두 똑같다)에서는 예외적이지만, 전승된 문화에 완전히 무관심하다는 데 있다."

포르투갈의 안토니우 게레이루가 쓴 어느 텍스트(나는 그 텍스트에서 아감벤이 쓴 주석을 발견한 적이 있다)는, 오늘날 문학의 약속에 관해 이야기할 수 있는지 묻고 있다. 그런데, 글을 쓰는 사람이 무엇과, 그리고 무엇 때문에 약속을 하겠는가?

우리는 한트케의『무인無人의 만灣에서 보낸 나의 해』에서도 그 질문을 발견하게 된다. 무엇에 관해 써야 하며 무엇에 관해 쓰지 말아야 하는가? 사물을 지칭하는 단어와 지칭되는 사물 사이에 지속적으로 발생하는 어긋남은 과연 참을 수 있는 것인가? 지나치게 이르지도 않고 지나치게 늦지도 않은 때는 언제인가? 모든 것은 글로 쓰여 있는가?

펠릭스 데 아수아는『강제적인 읽기』에서, 오직 가장 확실하게 부정함으로써, 그리고 문학적 단어의 힘은 여전히 고갈되지 않았다고 믿음으로써(또는 고갈되지 않기를 원함으로써) 우리가 현재의 악몽에서, 아무도 없는 만灣에서 꾼 악몽에서 깨어나는 것이 가능할 것이라고 암시한다.

그리고 게레이루는, 진정한 문학적 창조를 향해 열려 있는 유일한 길은 바틀비 성향의 스타 작가들(호프만스탈, 발저, 카프카, 무질, 베케트, 첼란)의 작품에 녹아들어 있는 작가들의 나쁜 의식에 의구심을 품은 채, 뭔가를 '부정'하는 태도로 추적하는 것이라는 입장을 견지함으로써 펠릭스 데 아수아와 유사한 뭔가를 말하는 것 같다.

총체적인 표현 방법에 대한 모든 꿈이 사라져버렸기 때문에 우리는 우리만의 표현 방법을 재발명해야 한다. 나는 쳇 베이커의 음악을 들으면서 이 글을 쓰고, 지금은 1999년도 8월 7일 밤 열한 시 반이고, 오늘은 푹푹 찌는 무더운 날이었다. 이제 잠을 잘 시각이 가까워지고 있기 때문에(이는 내가 바라는 바다) 결론을 내릴 예정이다. 우리가, 우리에게 열려 있는 유일한 길('바틀비와 바틀비들'이 부정을 통해 열어놓은 길)을 추적하는 것이, 언젠가 세상이 보상받아 마땅한 평온함, 즉, 페소아가 말했듯이, 불가사의에 관해 생각하는 누군가가 있다는 유일한 불가사의에 관해 알게 되는 그 평온함으로 우리를 인도하듯이, 여전히 아주 캄캄한 터널을 지나는 것이 가능하다는 믿음에서 그 결론을 내릴 것이다.

82) 자신이 영원히 죽지 않는다고 믿음으로써 영원히 절필해버린 사람이 있다.

1850년 노르망디의 미로메닐에서 태어난 기 드 모파상의 경우가 그렇다. 야심만만한 어머니 로르 드 모파상은 어떤 대가를 치르든 가문에 뛰어난 남자 한 명이 있기를 고대했다. 어머니는 문학적으로 위대한 기술을 가진 전문가에게 아들을 맡기기로 작정했고, 플로베르에게 맡겼다. 그녀의 아들은 '위대한 작가'가 될 예정이었고, 오늘날에도 여전히 우리는 그를 '위대한 작가'로 알고 있다.

플로베르는 젊은 기 드 모파상을 가르쳤다. 모파상은 불후의 작가가 될 준비가 이미 충분히 되었을 때인 서른 살까지 글쓰기를 시작도 하지 않은 상태였다. 물론 모파상에게는 훌륭한 스승이 있었다. 플로베르는 더 이상 바랄 게 없이 훌륭한 스승이었으나, 모두가 알다시피, 훌륭한 스승이라고 해서 제자가 뛰어나다는 법은 없다. 모파상의 야심적인 어머니는 이 사실을 무시하지 않았고, 선생님의 자질이 훌륭함에도 불구하고 모든 것이 잘못될까 봐 걱정했다. 하지만 사실은 그렇지 않았다. 모파상은 글을 쓰기 시작했고, 즉시 대단한 글쓰기꾼이라는 사실이 드러났다. 그가 쓴 짧은 이야기들에는 그의 비상한 관찰력, 등장인물과 상황을 묘사하는 탁월한 능력, 그리고 플로베르의 영향을 받았음에도 불구하고 자기만의 개성 넘치는 문체가 드러나 있었다.

얼마 지나지 않아 모파상은 문학의 대가로 변했고, 그로 인해 호사스럽게 살게 되었다. 아카데미프랑세즈를 제외하고 모든 이가 모파상에게 갈채를 보내며 환호했다. 아카데미프랑세즈의 계획에는 모파상을 '아카데미프랑세즈 회원'으로 받아들이는 것이 포함되어 있지 않았다.* 발자크, 플로베르, 졸라도 아카데미프랑세즈에 들어가지 못했기 때문에 아카데미프랑세즈의 어리석은 짓은 전혀 새로운 것이 아니었다. 하지만 어머니처럼 야심적이었던 모파상은 아카데미프랑세즈 회원이 되는 것을 포기하는 대신에 아카데미프랑세즈 회원들의 무감각과 게으름으로 인해 자신이 입은 피해를 자연스럽게 보상받을 방법을 찾았다. 자신이 어느 면에서 보나 아카데미프랑세즈의 회원이라고 믿게 만드는 망상의 소용돌이 속에서 보상을 찾은 것이다.

모파상은 어느 날 밤 칸에서 어머니와 함께 저녁 식사를 마친 뒤, 집으로 돌아가 위험한 경험을 한다. 자신이 불사신이라는 사실을 확실히 하고 싶어 한 것이다. 그의 집사인 충성스러

---

* '아카데미프랑세즈'는 프랑스의 다섯 개 아카데미 가운데 가장 역사가 깊고 권위 있는 기관으로, 프랑스어의 통일과 순화 및 프랑스어 발전을 도모하는 것이 주된 역할이다. 아카데미프랑세즈 회원이 되는 것은 프랑스 국민 최대의 영예다. 회원은 '불사신immortel'이라 불릴 정도로 온 국민의 존경을 받는다.

운 타싸르는 온 집 안을 울리는 폭발음을 듣고 깜짝 놀라 잠에서 깨어났다.

침대 앞에 서 있던 모파상은, 취침용 모자를 쓰고 두 손으로 팬티를 끌어 올리며 침실로 뛰어든 집사에게, 자신에게 일어난 그 특이한 일을 이야기할 수 있음을 매우 만족스러워하고 있었다.

"나는 상처를 입지 않아, 나는 불사신이야." 모파상이 소리친다. "방금 전에 머리에 권총 한 발을 쏘았는데, 이렇게 멀쩡하잖아. 믿지 못하겠다고? 자, 봐."

모파상은 다시 관자놀이에 총구를 갖다 대고 방아쇠를 당겼다. 총소리가 어찌나 컸는지 벽이 무너질 것 같았으나 '불사신' 모파상은 침대 앞에 서서 씩 웃었다.

"이제 믿겠는가? 이제는 그 어떤 것도 내게 영향을 미칠 수 없어. 장담하건대 내가 목을 찔러도 피가 흐르지 않는다는 말이야."

모파상은 그 순간 그 사실을 인지하지 못했지만, 이제 더 이상 아무것도 쓸 수 없게 된 것이다.

이 '불멸의 장면'에 관한 모든 기술 가운데 알베르토 사비니오가 「모파상과 다른 것」에서 기술한 것이 가장 뛰어나다. 유머와 비극 사이의 멋들어진 균형을 유지하고 있기 때문이다.

"모파상은," 사비니오가 쓴다. "두 번 다시 생각하지 않은 채 자신의 생각을 실천해버렸고, 편지 봉투를 여는 칼을 단도처럼 탁자에서 집어 들어, 그 칼도 자기에게 아무런 해를 끼칠 수 없다는 것을 과시하듯 목을 찔렀다. 하지만 경험이 그를 속였다. 콸콸 쏟아져 나온 피가 파도처럼 흘러내려 셔츠의 컬러, 넥타이, 조끼를 적셨다."

모파상은 그날부터 죽는 날까지(그날이 머지않아 도래한다) 아무것도 쓰지 않았고, '모파상이 미쳤다'는 기사가 실린 신문들만 읽었다. 그의 충성스런 집사 타싸르가 매일 아침 밀크커피와 함께 가져다주는 신문들에서 모파상은 자신의 사진을 보고 사진 밑에 실린 다음과 같은 문체의 평가를 읽었다. "기 드 모파상 씨의 불사에 대한 광기가 지속되고 있다."

모파상이 이제 글을 전혀 쓰지 않는다는 말은 그가 글쓰기에 재미를 못 느낀다거나 그가 글을 쓸 수 있도록 만들어주는 사건이 그에게 일어나지 않는다는 것을 의미하는 것이 아니었다. 이제 그가 글을 쓰는 번거로운 일 따위는 더 이상 생각하지 않았고, 또 자신이 불사신이기 때문에 그의 작품은 이제 닫혀 있다는 것을 의미했다. 그럼에도 불구하고, 그에게는 얘기될 만한 사건들이 일어났다. 어느 날, 예를 들어, 그는 땅바닥을 뚫어지게 응시하다가 곤충 떼가 밀려서 모르핀을 쏘아대는 것을 보았다. 그리고 다른 날 모파상은 교황 레오 13세에게 편지를 써야 할 것 같다는 생각을 밝힘으로써 불쌍한 따사르를 귀찮게 했다.

"나리께서 다시 글을 쓰시려고요?" 타싸르가 겁을 내며 모파상에게 물었다.

"아니," 모파상이 대답한다. "로마에 계신 교황님께 편지를 쓸 사람은 자네야."

모파상은 레오 13세에게 자신 같은 불사신들을 위한 호화 무덤을 만들라고 제안하고 싶었던 것이다. 내부에 아주 뜨거운 물, 아주 차가운 물이 흐르도록 해서 몸을 씻고 보존할 수 있는 시설을 갖춘 무덤이었다.

생애 마지막 며칠 동안 모파상은 자기 방을 기어 다니며(마치 글을 쓰고 있는 것처럼) 벽을 핥았다. 그리고 어느 날, 마침내 타싸르를 불러 구속복拘束服을 가져오라고 부탁했다. "모파상은," 사비니오가 썼다. "술집 종업원에게 맥주 한 잔을 부탁하듯 구속복을 가져오라고 부탁했다."

83) 1784년 11월에 프랑크푸르트에서 태어난 마리안네 융은 신분이 미천한 배우 집안의 딸로, '아니오'의 역사에서 가장 매력적인 은둔 작가다.

어렸을 때는 할리퀸으로 분장한 채 뮤지컬의 합창단에서 노래를 부르거나 춤을 추는 보조 연기자, 댄서, 단역배우였는데, 무대 위에서 움직이는 거대한 알에서 나오는 역을 맡기도 했다. 열여섯 살이 되었을 때 한 남자가 그녀를 샀다. 은행가이자 추밀 고문관樞密顧問官이던 빌레머가 프랑크푸르트에서 그녀를 보고는 그녀의 어머니에게 금화 200플로린**과 1년치 보상금을 지불하고 집으로 데려간 것이다. 추밀 고문관은 피그말리온*** 역을 맡았고, 마리안네는 훌륭한 예법, 프랑스어, 라틴어, 이탈리아어를 배우고 그림과 노래를 배웠다. 두 사람은 14년 동안 함께 살았고, 추밀 고문관은 그녀와 결혼할 생각을 진지하게 했는데, 그때 괴테가 나타났다. 당시 65세였던 괴테는 창작력이 가장 뛰어난 시기를 살면서 하피스의 페르시아적 서정시를 재구성한 시집 『서양—동양의 작품집』을 쓰고 있었다.**** 『서양—동양의 작품

* '할리퀸harlequin'은 무언극이나 발레 등에 나오는 어릿광대로, 가면을 쓰고, 얼룩빼기 옷을 입고, 나무칼을 가지고 있다.

** '플로린florin'은 1252년 플로렌스에서 발행한 금화다.

*** '피그말리온Pygmalion'은 오비디우스의 『변신 이야기』에 등장하는, 키프로스 섬에 사는 조각가다. 독신으로 살면서 상아로 아름다운 여인을 만들어 언제나 함께 생활했다. 피그말리온은 이 조각을 진짜 연인으로 여기고 옷도 입혔다. 그러던 중 베누스(그리스신화에서는 아프로디테)의 축제에서 자기 몫의 제물을 바치면서 상아조각이 진짜 여자로 변하게 해달라는 소원을 빌었고, 이 상아조각은 아름다운 여인으로 변했다.

**** 1814년 고타출판사에서 보내준 모하메드 쉠쉐드—딘 하피스의 시집은 괴테의 침체된 삶을 고양시키는 기폭제가 된다. 14세기의 페르시아 시인 하피스는 괴테의 영혼을 사로잡고, 괴테는 그의 강렬한 힘에 이끌려 창조의 사원으로 들어갔다. 동양 시인과의 만남을 창조적으로 수용해 자신의 것으로 만드는 괴테의 문학 태도에서 우리는 서양과 동양을, 과거와 현재를, 페르시아인과 독일인을 연결시켜 완성을 지향하는 괴테의 고전주의적 태도를 엿볼 수 있다.

집』에 실린 어느 시에 절세미인 술레이카가 등장해서, 하느님의
눈에는 모든 것이 영원하고, 이 신성한 삶은 한순간 그 자체 내
에서, 사랑스럽고 덧없는 아름다움 속에서 사랑받을 수 있다고
말한다. 이는 괴테가 남긴 불후의 시에서 술레이카가 한 말이
다. 하지만 술레이카가 한 이 말은 실제로 괴테가 쓴 것이 아니
라 마리안네가 쓴 것이었다.

　클라우디오 마그리스는 『다뉴브』에서 다음과 같이 말한다.
"『서양—동양의 작품집』과 이 시집 안에 실린 멋진 사랑의 대화
를 쓴 사람은 괴테로 되어 있다. 하지만, 마리안네는 사랑을 받고,
시에서 다루어지는 여자였을 뿐만 아니라 『서양—동양의 작품
집』 전체에서 진정으로 빼어난 시들 가운데 몇 편을 쓴 작가이기
도 하다. 괴테는 그녀가 쓴 시들을 시집에 포함시켜 자기 이름으
로 출간했다. 시인이 죽은 지 여러 해가 지나고 술레이카가 죽은
지 9년이 지난 뒤인 1869년이 되어, 마리안네가 자기의 비밀을 털
어놓았고, 괴테와 주고받은 편지를 보여주던 문헌학자 헤르만 그
림이 이 여자가 『서양—동양의 작품집』의 아주 귀하고 빼어난 시
들을 쓴 작가라는 사실을 알렸다."

　그렇듯 마리안네 융은 『서양—동양의 작품집』에 시 몇 편을
썼고, 그 시들은 현재 세계 서정시의 명작에 포함되어 있다. 그
후 그녀는 단 한 편도 결코 쓰지 않고 침묵을 선택했다.

마리안네 융은 '아니오'의 여성 작가들 가운데 가장 비밀스러운 존재다. "나는 내 삶에서 한 번," 그 시들을 쓴 지 여러 해가 지난 뒤 마리안네 융이 말했다. "뭔가 고상한 것, 즉 달콤하면서도 진심 어린 어떤 것을 말할 수 있다고 느꼈다는 사실을 깨달았으나, 시간은 그것들을 파괴해버린 것이 아니라 지워버렸다."

마리안네 융이, 시라는 것은 그녀 자신이 살았던 것과 같은 총체적인 경험으로부터 태어날 때만 의미가 있고, 또 그 은총의 순간이 지나가버리자 시 또한 지나가버렸다는 사실을 깨달았다고, 마그리스는 말했다.

84) 스스로를 B. 트라벤이라 부른 남자는 우리가 '은둔 작가'라 알고 있는 작가들 가운데, 그라크와 샐린저, 그리고 핀천보다 훨씬 더 진정한 은둔 작가였다.

그의 은둔은 그라크와 샐린저, 그리고 핀천의 경우보다 훨씬 더 심했다. B. 트라벤의 경우는 특이한 색조들로 가득 차 있기 때문이다. 이야기를 시작하기 위해 언급해보자면, 그가 어디 출신인지는 전혀 알려져 있지 않고, 그 자신도 그것에 관해 전혀 밝히지 않았다. 어떤 사람들은 자기 이름을 B. 트라벤이라고 부

른 그 남자가 시카고에서 태어난 미국 작가라고 했다. 다른 사람
들은 그가 무정부주의적인 사상을 가지고 있었기 때문에 법과
마찰을 빚었을 독일 작가 오또 파이게라고 했다. 하지만 또 다른
사람들은 그가 실제로는 '아이게AEG' 설립자의 아들인 마우리체
레테나우라고도 했고, 황제 빌헬름 2세의 아들이라고 확신하는
사람 또한 있었다.

『시에라마드레의 보물』 또는 『정글의 다리』 같은 소설의 작
자인 그가 1966년에 첫 인터뷰를 허용하긴 했지만, 자신의 사생
활에 관한 권리를 주장함으로써 그의 진짜 신분은 여전히 미스
터리로 남아 있다.

알레한드로 간다라는 『밀림의 다리』의 서문에서 '트라벤의 이
야기는 그가 자신을 부정하는 이야기다'라고 썼다. 실제로, 우
리는 트라벤에 관한 자료를 갖고 있지 않고, 또 갖고 있을 수도
없기 때문에 이것이 그에 관한 진정한 자료이다. 트라벤은 모든
과거를 부정하고, 현재의 모든 것, 즉 모든 현존을 부정했다. 트
라벤은 결코 존재하지 않았고, 그와 동시대를 살았던 사람들에
게조차도 존재하지 않았다. 그는 아주 특이한 '아니오'의 작가
이다. 자신의 정체성을 발명하기를 거부했던 그 힘 속에는 아주
비극적인 뭔가가 있다.

"이 은둔 작가에게는," 발터 레머가 말했다. "정체성이 없다. 정

체성이 없다는 것에는 현대문학의 모든 비극적 의식意識, 어느 글쓰기의 의식이 요약되어 있는데, 그 의식이 불충분성과 불가능성을 드러낼 때는 의식 자체의 근본적인 문제가 드러난다."

나는, 발터 레머의 이 말에는 텍스트 없는 주석들에 기울인 나의 노력 또한 요약되어 있을 것이라는 사실을 지금 막 깨달았다. 발터 레머의 이 말은, 어느 글쓰기의 의식 전체 또는 적어도 일부를 아울러 언급한 것이라고 할 수 있는데, 그 의식이 불가능성을 드러낼 때는 의식 자체의 근본적인 문제가 드러난다.

결국, 나는 발터 레머의 문장이 적절하기는 하나, 만약 트라벤이 그 문장을 읽었더라면 우선은 놀랐을 것이고, 나중에는 웃음을 터뜨렸을 것이라고 생각한다. 실제로 지금 나도 그런 식으로 반응할 정도다. 왜냐하면, 어찌 되었든, 나는 발터 레머의 수필이 지닌 엄숙성이 싫기 때문이다.

이제 트라벤에게 돌아가야겠다. 내가 트라벤에 관해 처음으로 들은 것은 멕시코의 푸에르토바야르타 외곽에 있는 어느 술집에서였다. 몇 년 전, 당시 나는 그동안 저축해두었던 돈을 8월에 외국을 여행하는 데 쓰고 있었다. 그때 그 술집에서 트라벤에 관한 이야기를 들었다. 나는 푸에르토에스콘디도에서 막 그곳에 도착해 있었다. 푸에르토에스콘디도는 그 특이한 이름 때문에 모든 사람으로부터 가장 완벽하게 숨어버린 작가에 관해 듣기에 가장 적합한 무대가 될 만한 곳이었다.[*] 하지만 내가 트라벤의 이야기를 누군가로부터 처음 들은 곳은 푸에르토에스콘디도가 아니라 푸에르토바야르타였던 것이다.

푸에르토바야르타의 술집은 『시에라마드레의 보물』을 영화로 만든 존 휴스턴이 라스칼레타스에 피신해 생애 마지막 몇 년을 보낸 집, 즉 앞은 바다요, 뒤는 정글인 곳에 자리한 별장, 멕시코 만灣에서 불어오는 허리케인에 침식되어 생기기 마련인 일종의 정글로 들어가는 항구로부터 몇 마일 떨어져 있었다.

휴스턴은 회고록에서 자신이 『시에라마드레의 보물』의 시나리오를 써서 복사본 한 부를 트라벤에게 보내자 트라벤이 영화 세트, 조명, 그리고 그 밖의 영화 촬영에 관한 제안을 상세하게 적은 스무 쪽짜리 답장을 보내왔다고 밝혔다.

당시 휴스턴은 자신의 진짜 이름을 숨기고 있던 그 신비로운 작가를 만나고 싶어 안달이 나 있었다. "나는," 휴스턴이 말한다. "그가 멕시코시티에 있는 바메르호텔에서 나를 만나주겠다는 모호한 약속을 그에게서 받아냈다. 멕시코시티로 가서 그를 기다렸다. 하지만 그는 나타나지 않았다. 그곳에 도착한 지 거의 1주일이 지난 날 아침, 동틀 녘이 조금 지난 시각에 잠에서 깨어

---

[*] '푸에르토에스콘디도Puerto Escondido'가 '숨겨진 항구'라는 의미를 가지고 있기 때문이다.

났는데, 그때 내 침대 끝에 한 남자가 서 있더니 다음과 같이 쓰인 명함 한 장을 내게 내밀었다. '할 크로브즈Hal Croves, 번역가. 아카풀코와 산 안토니오'."

그러고서 그 남자는 트라벤의 편지 한 장을 휴스턴에게 보여주었고, 휴스턴은 여전히 침대에 앉은 채 편지를 읽었다. 트라벤은, 몸이 아파서 약속을 지킬 수 없지만, 할 크로브즈는 자신의 절친한 친구로서 자기 작품에 관해 그 자신만큼 잘 알고 있기 때문에 자기에게 구하고자 하는 모든 자문에 답변할 자격을 갖추고 있노라고 썼다.

그리고 자신을 트라벤의 영화 에이전트라고 소개한 크로브즈는 실제로 트라벤의 작품에 관해 속속들이 알고 있었다. 크로브즈는 2주 동안 휴스턴과 함께 지내며 영화를 촬영하는 데 적극적으로 도와주었다. 특이하고 예의 바른 남자인 크로브즈는 대화를 유쾌하게 이끌어갔는데(가끔씩은 카를로스 에밀리오 갓다의 책처럼 대화가 끝이 없었다), 물론 진실의 순간에 밝혀진 사실은 그가 좋아하는 테마가 인간의 고통과 공포라는 것이었다. 그가 영화 촬영장을 떠났을 때 영화를 찍던 휴스턴과 그의 조수들은 실의 매듭을 묶기 시작했고, 그 영화 에이전트는 사기꾼이고, 그 에이전트가 바로 트라벤 자신이었을 개연성이 높다는 사실을 깨달았다.

영화가 상영되었을 때 B. 트라벤의 정체성의 미스터리에 관한 이야기들이 광범위하게 유포되기 시작했다. 그 이름 뒤에는 한 무리의 온두라스 출신 작가들이 있다는 이야기까지 나돌았다. 휴스턴에게는 할 크로브즈가 틀림없는 유럽인, 즉 독일인이거나 오스트리아인처럼 보였다. 그의 소설들은 어느 미국인이 동유럽, 바다, 멕시코 등지에서 겪은 일을 기술했는데, 특이한 것은 그 경험들이 생생하게 겪은 것이라는 느낌이 들었다는 것이다.

트라벤의 정체성에 관한 미스터리가 너무 광범위하게 회자되었기 때문에 멕시코의 어느 잡지사는 누가 실제로 트라벤의 영화 에이전트인지 알아내려고 리포터 두 명을 크로브즈에게 보냈다. 리포터들은 아카풀코 근처 정글 주변에 있는 작은 가게를 돌보고 있던 크로브즈를 발견했다. 리포터들은 크로브즈가 시내로 가기 위해 가게에서 나올 때까지 그를 감시했다. 크로브즈가 가게를 떠난 뒤 그들은 가게 문을 따고 들어가 그의 책상을 수색했다. 책상에는 트라벤이라는 이름이 적힌 원고 세 뭉치가 있었다. 크로브즈가 트라벤 토르스반이라는 다른 이름을 사용하고 있다는 증거였다.

신문기자들의 다른 조사에 따르면, 트라벤은 네 번째 이름을 갖고 있었다. 그는 바로 1923년에 멕시코에서 사라진 무정부주의자 작가 렛 마룻인데, 그에 관한 자료는 이를 정확히 증명했다. 크로브즈는 조수 로사 엘레나 루한과 결혼한 지 몇 년 뒤인 1969년에 죽었다. 그가 죽은 지 한 달 뒤에 그의 미망인은 B. 트라벤이 렛 마룻이었다고 밝혔다.

숨어 있기 좋아하는 작가 트라벤은 픽션에서건 실제에서건 자신의 실체를 숨기기 위해 혼란스러울 정도로 다양한 이름을, 있기만 하면, 사용했다. Traven Torsvan, Arnolds, Traves Torsvan, Barker, Traven Torsvan Torsvan, Berick Traven, Traven Torsvan Croves, B. T. Torsvan, Ret Marut, Rex Marut, Robert Marut, Traven Robert Marut, Fred Maruth, Fred Mareth, Red Marut, Richard Maurhut, Albert Otto Max Wienecke, Adolf Rudolf Feige Kraus, Martínez, Fred Gaudet, Otto Wiencke, Lainger, Goetz Ohly, Anton Riderschdeit, Robert Beck—Gran, Arthur Terlelm, Wilhelm Scheider, Heinrich Otto Baker, 그리고 Otto Torsvan이었다.

트라벤의 국적이 이름만큼 다양하지는 않았으나, 그 역시 적지는 않았다. 그는 자신을 영국인, 니카라과인, 크로아티아인, 멕시코인, 독일인, 오스트리아인, 미국인, 리투아니아인, 스웨덴인이라고 소개했다.

트라벤의 전기를 쓰려고 시도했던 사람들 중에 조나 래스킨이 있다. 그는 전기를 쓰는 도중에 미칠 지경에 이르렀다. 그는 처음부터 로사 엘레나 루한의 도움을 받았으나, 미망인 역시 트라벤이 누구인지 확실히 알지 못한다는 사실을 깨닫기 시작한 것이다. 더욱이 트라벤의 의붓딸은 트라벤이 할 크로브즈와 대화하는 모습을 본 기억이 있다고 절대적으로 확신함으로써 조나 래스킨을 더욱 헷갈리게 만들어버렸다.

조나 래스킨은 트라벤의 전기를 쓰겠다는 생각을 포기하고는, 결국 트라벤의 진짜 이름을 찾겠다고 나섰다. 하지만 결국 실패해버린 이야기, 즉 헛소리 같고, 소설 같은 이야기를 쓰게 되었다. 조나 래스킨은 자기의 정신이 이상해질 것 같다는 느낌이 들었을 때 조사를 포기해버린 것이다. 사실 래스킨은 트라벤의 옷을 입고, 그의 안경을 쓰고, 스스로를 할 크로브즈라 부르며⋯⋯.

은둔 작가들 가운데서 가장 은둔적이었던 B. 트라벤은 체스터턴의 『목요일의 사나이』의 주인공을 기억나게 한다. 이 소설은, 보르헤스가 말하다시피, '턱수염, 마스크, 그리고 별명들의 도움을 받아' 모든 사람을 속인 한 남자에 의해 현실에 존재하게 된 광범위하고 위험한 음모에 관해 다루고 있다.

85) 트라벤은 숨었고, 나도 숨을 것이다. 내일은 태양이 숨고, 밀레니엄을 통틀어 마지막 일식이 도래한다. 그리고 내 목소리는 자신이 떠날 거라고, 다른 장소들은 어떠한지 알아보기 위해 떠날 거라고 말할 준비를 하는 사이에 이미 아주 멀어지고 있다. 나는 단지 존재했을 뿐이라고, 나에 관해 말하는 것은 삶에 관해 말하는 것이 될 수 있다고 목소리가 말한다. 목소리는 자기 스스로를 가려버리고, 떠나버리고, 여기를 없애는 것이 완벽할 것이라고 말하나, 이렇게 하는 것이 과연 바람직한 것인지 묻는다. 그리고 목소리는, 자신이 누구의 것이든, 자신이 어디에 있든, 그것이 바람직하다고, 여기를 없애는 것은 아주 멋질 것이라고, 완벽할 것이라고 자기 자신에게 대답한다.

86) 톨스토이는 생애 마지막 며칠 동안 문학이 저주라는 사실을 깨닫고는 문학을 가장 중오하는 대상으로 삼았다. 그러고서 문학이 도덕적인 타락에 가장 큰 책임이 있다고 말하면서 글쓰기를 포기해버렸다.

그리고 어느 날 밤 일기에 생애 마지막 문장을 쓰기 시작했는데, 문장을 끝내지는 못했다. 그가 쓰고자 했던 문장은 '무슨 일이 일어나건 네 할 일을 하라Fais ce que dois, advienne que pourra'였다. 톨스토이가 가장 좋아하던 프랑스 속담이다. 그런데 다음 말밖에는 쓸 수가 없었다.

Fais ce que dois, adv……

1910년 10월 29일 동이 트기 전, 당시 세계에서 가장 유명한 작가였던 82세의 톨스토이는 차가운 어둠 속에서 야스나야폴랴나에 있는, 대대손손 살아온 집을 조용히 나와 마지막 여행을 시작했다. 영원히 절필을 해버린 그는 자신의 도피를 그처럼 특이한 방식으로 표출하면서 모든 문학은 문학 자체에 대한 부정이라는 현대적인 확신을 밝힌 것이다.

톨스토이는 집에서 사라진 지 열흘 만에 러시아어를 거의 사용하지 않는 마을 아스타포보의 역장의 나무집에서 죽었다. 이렇듯 톨스토이의 도피는 그토록 멀리 떨어진, 애수 어린 곳에서 갑작스러운 결말을 맞게 된다. 그가 남쪽으로 가는 기차에서 강제로 내려야 했던 곳이다. 연기로 가득 차고 찬 바람이 불어대며 난방도 되지 않는 기차 삼등칸에서 추위에 몸을 내맡긴 상태였기 때문에 폐렴에 걸리고 만 것이다.

톨스토이의 뒤에는 그가 떠나버린 집이 남아 있었다. 그가 남긴 일기(67년 동안 신의를 지킨 뒤 역시 포기해버린 일기)에는 그의 생애 마지막 문장이, 갑작스러운 문장이, 그가 바틀비처럼 소멸해가느라 온전히 끝맺지 못한 문장이 있었다.

Fais ce que dois, adv……

여러 해가 지난 뒤 베케트는 말할 것이다. 단어들까지도 우리를 버리고, 그렇게 되면 모든 것은 이미 말해진 상태가 된다고.

'아니오'의 미로에 들어선 이들에게

새로운 세기가 시작되는 2000년. '놀라운 상상력을 지닌 작가', '현재 에스파냐에서 가장 훌륭한 소설가, 가장 중요한 작가'로 평가받는 엔리께 빌라—마따스가 책 한 권을 출간했다. 『바틀비와 바틀비들(원제:바틀비와 동지들)』이다. 예리한 독자라면 쉽게 감지할 수 있으리라. 제목의 '바틀비'는 허먼 멜빌의 소설에 등장하는 유명한 필경사의 이름을 차용한 것이다.

이 책에는 처음부터 끝까지 독자를 사로잡는 몇 가지 신선하고 독특한 요소가 절묘하게 버무려져 있다.

우선은 특이한 소재가 독자의 관심을 끈다. 이는 화자가 '아니오'의 문학이라 부르는 것이다. 다양한 이유로 결코 글을 쓰지 않았거나, 멋진 책 한두 권을 쓴 뒤에 절필해버리거나, 자신의 신분을 집요하게 숨겨버린 '바틀비들'의 문학이다. 다시 말해 화자가 쓰는 것은, 기존의 글을 필사筆私하거나, 글쓰기를 포기하거나, 글쓰기를 결코 하지 않은 채 침묵을 선택한 작가들에 대한 각주다. 화자는 이들 바틀비가 글쓰기를 포기해버린 다양한 이유를 깊이 있게 천착한다. 그 이유는 언어에 대한 불신과 관련이 있다. 바틀비들은 이제 모든 것이 말해졌기 때문에 뭔가 새로운 것을 말하기는 어렵고(불가능하고), 따라서 글을 쓴다는 것은 이미 쓰인 것을 반복하거나 비밀스럽게 엿보는 것인 바, 이런 일은 더 이상 할 수 없다는 사실을 자각한다. '어떤 이의 영광 또는 장점은 글을 잘 쓰는 데 있다. 어떤 이의 영광 또는 장점은 글을 쓰지 않는 데 있다'는 장 드 라 브뤼예르의 말에서 후자를 선택한 것이다. 이 책을 구성하는 각주들에는 다양하기 이를 데 없는 바틀비적 작가 수십 명이 거주하고 있다. 예를 들어 노벨 문학상을 수상한 에스파냐의 시인 후안 라몬 히메네스는 부인이 죽어버렸기 때문에 절필했고, 멕시코의 국민 작가로 알려진 후안 룰포는 자신에게 이야기를 들려줌으로써 글을 쓸 수 있게 만들었던 삼촌이 죽었기 때문에 더 이상 글을 쓸 수 없게 되었다. 핀천, 무질, 톨스토이, 샐린저, 랭보 같은 작가들은 '오컬티즘occultism'에 빠져 절필했다.

다른 한편으로, 작가가 구사하는 문학적 유희는 독자가 책을 읽기 시작하자마자 조바심을 느끼게 만든다. 그리고 독자는 작가가 제공하는 정보가 진실인지 허구인지 헷갈리게 된다. 책에 등장하는 모든 작가가 실존 인물일까? 이 작가에 관한 이야기는 실제로 일어난 것일까? 빌라―마따스가 밝히는 이야기는 아주 사실적이다. 이 책의 화자가 소개한 로베르 드랭의 경우도 마찬가지다. 화자는 각주를 쓰는 작업에 도움을 받을 요량으로 드랭에게 편지 한 통을 보낸다. 그를 단 한 번도 만난 적이 없으나, 그는 평생 단 한 권의 책을 쓰고 나서 절필해버렸다는 공통점을 지닌 작가들의 짧은 이야기를 모아놓은 훌륭한 책『문학적 도피』를 쓴 사람이기 때문이다. 그런데, 여러 문학적 도피의 경우를 모아놓은 그 책에 실린 작가들은 모두 가공인물이고, 따라서 이 바틀비들의 이야기는 실제로 드랭 자신이 만들어낸 것이다. 여기서 우리는 작가가 깔아놓은 복선을 본다.『바틀비와 바틀비들』에 등장하는 인물들과 작품들, 그것들에 관한 에피소드가 대부분 실제일 수 있거나 실제적인 것으로 보이지만, 모든 것이 실제와 완벽하게 들어맞지만은 않는다는 사실을 인지하게 되는 것이다. 상당수는 각색되어 있다는 얘기다. 바틀비들에게서 '아니오'의 패러다임을 본 작가가 이들의 저항과 부정否定을 문학적으로 가공한 것이다. 이는 방대한 독서 체험과 깊은 사유를 바탕으로 철학적 에세이에 가까운 단편소설을 쓰면서 허구적 요소(가짜 각주)를 가미시킨 아르헨티나의 작가 보르헤스의 기법과 유사하다. 따라서 빌라―마따스가 만들어낸 이 책은 소설 같지 않은 소설, 수필적 소설, 메타 픽션이다. 대다수의 비평가도 빌라—마따스의 작업을 문학의 생산과정에 관한 성찰, 다른 작가 또는 작품에 관해 언급하는 '메타 문학'으로 규정한다.

늘 경계선상에 머무는 빌라—마따스는 이 소설에서, 그의 모든 소설에서와 마찬가지로, 흥미진진한 것을 만들어낸다. 아주 놀라운 일들이 일어난다. 소개하는 작가들의 정보를 전지적으로 다루는 데 허구적 요소가 아주 자연스럽게 뒤섞이고, 톤이 갑작스럽게 바뀌면서 웃음을 유발한다. 텍스트는 사방으로 열려 있고, 다양한 문체가 서로 뒤섞여 발현되며 복잡다단한 분위기가 조성된다. 이 소설은 다양한 각주로 이루어져 있는데, 이 각주 속에도 온갖 자잘한 각주가 씨실과 날실로 얽히고설켜 있다. 빌라—마따스의 미학은 다양하고 독특한 코멘트, 패러디, 출처가 의심스러운 정보들을 다루는 그의 재능에서 비롯되고, 이 책에 실린 다채로운 이야기는 제2의 현실로 기능한다. 이렇듯 빌라—마따스는 사라져버린 바틀비들, 안티바틀비들, 삶과 문학과 이별하는 바틀비들이 내포하고 있는 의미를 다양하게 만들어줌으로써 독자에게 특이한 즐거움을 선사한다.

화자는 소설의 첫 부분에서 '〈아니오〉의 미로, 즉 현대문학의 여러 경향 가운데 가장 혼란스럽고 가장 매력적인 오솔길을 거닐 준비를 하고 있다'고 쓴다. 그리고 '그 길은 진정한 문학 창작을 향해 열려 있는 유일한 길이다. 글쓰기가 무엇이며 글쓰기가 어디에 있는지 질문하는 길이고, 글쓰기를 불가능하게 만드는 것이 무엇인지 살펴보는 길이고, 이 밀레니엄의 끝 무렵에서 문학이 예측하는, 심각하지만 아주 자극적인 면모에 관한 진실을 말하는 길'이라고 쓴다.

자신의 문학적 작업이 허망하게 실패해버렸다는 위협적인 상황에서 스스로 봉쇄되어버린 작가들은 세계문학이 위기에 처해 있다는 사실을 충분히 인식하고 있다. 작가들이 대거 문학을 포기해버리기 때문에 그 위기는 미로다. '아니오'의 미로는 출구를 보여주지 않는다. 문학 자체의 불가능성, 자동 폐기의 경향으로부터 문학을 구출하고, 문학을 봉쇄로부터 풀어주어야 한다. 문학적 창조 자체에 위기가 내포되어 있다면, 위기의 해결책은 바로 문학 창조에서 나올 수 있는 것이다.

여기서 위기에 처해 있는 문학을 구해야 하는 사람은 작가가 아니라 바로 필경사 바틀비다. 문학을 구해주는 것은, 이 소설의 화자에게는, 하나의 미션이다. 그런데, 어떻게 한다는 말인가? 오직 부정적인 충동과 '아니오'의 미로로부터 미래의 글쓰기가 대동할 수 있다고 판단하는 화자의 계획은 미래의 문학이 지속되도록 '아니오'의 미로를 추적하는 데 있다. 문학을 가능한 경험으로 변화시키기 위해 문학의 불가능성에 관한 문학을 하는 것이다. 이런 역설적인 메커니즘이 화자로 하여금 현대문학의 악을 보여주는 임상적 사례들과 아주 유사한 일련의 자화상들을 통해 자전적—문학적 탐사를 시작하도록 한 것이다.

86개의 각주 형태로 이루어진 이 소설은 엄밀하게 말하면 처음과 끝이 분명하지 않다. 그럼에도 불구하고, 작가 자신이 지적한 바대로, 모든 책이 하나의 온점(.), 하나의 침묵을 가져야 하듯이, 부재는 '아니오'의 문학이 인쇄된 활자 사이에서 여전히 승리할 수 있다는 사실을 여지없이 보여준다. 이런 의미에서 빌라—마따스는 미래의 문학을 만들어내고 있다. 빌라—마따스의 문학은 보통의 기준에 정확하게 반하는 것임에도 불구하고, 특이하게도 상업적인 성공을 거두고 있다. 우리는 빌라—마따스의 모험적이고 특이한 작업에 감사해야 한다. 이 작업은 현대문학이 과거에 이미 설정된 것을 지루하게 응시하는 것에만 머물지 않도록, 유머와 깊이와 독특함이 필요한 현대문학에 새롭고 다채로운 길을 계속해서 열고 있기 때문이다.

호기심 많은 독자는 자신의 힘으로 이 바틀비들에 관한 연구를 계속하는 데 필요한 흥미로운 이야기, 참고 자료, 제언, 자극을 이 소설에서 다양하게 발견하게 될 것이다.

색인

가르시아 로르카(Federico García Lorca, 1898~1936)
에스파냐의 시인, 극작가, 연극 감독이다.

게오르크 루카치(György Lukács, 1885~1971)
헝가리의 마르크스주의 철학자, 문학사가文學史家이다.

구스타프 야누흐(Gustav Janouch, 1903~1968)
독일에서 태어나 체코슬로바키아에서 성장한 시인이다.

기 드보르(Guy Ernest Debord, 1931~1994)
프랑스의 마르크스주의자 작가, 이론가로, 상황주의 인터내셔널의 창설 멤버다.

길버트 체스터턴(Gilbert Keith Chesterton, 1874~1936)
영국의 작가로, 다양한 저널리즘서, 철학서, 시집, 전기, 가톨릭 신앙서, 판타지 소설, 탐정
소설 등을 남겼다.

나사니엘 호손(Nathaniel Hawthorne, 1804~1864)
미국의 낭만주의 소설가다. 『일곱 박공의 집』, 『블라이드데일 로맨스』, 『대리석 목신』 등
의 장편소설과 여러 단편소설을 썼으며, 이 작품들은 모두 『주홍 글자』 못지않은 역량을
갖춘 작품으로 평가받고 있다.

나움 가보(Naum Gabo, 1890~1977)
러시아의 추상주의 조각가다.

니콜라스 드 샹포르(Sébastien-Roch Nicolas Chamfort, 1741~1794)
뛰어난 기지로 유명한 프랑스 작가다. 그의 금언은 프랑스혁명 시절에 유행하는 속담이
되었다.

다니엘레 델 주디체(Daniele Del Giudice, 1949~)
이탈리아의 소설가, 문학평론가다.

다니엘 A. 아딸라(Daniel A.Attala, 1965~)
에스파냐의 문학평론가다.

달리(Salvador Domingo Felipe Jacinto Dalí i Domènech, 1904~1989)
에스파냐의 초현실주의 화가, 판화가, 영화제작자다.

데니스 디드로(Denis Diderot, 1713~1784)
프랑스의 철학자, 미술비평가, 작가다.

데렉 월컷(Derek Alton Walcott, 1930~)
세인트루이스의 시인, 극작가, 소설가로, 1992년에 노벨 문학상을 받았다.

딜런 토머스(Dylan Marlais Thomas, 1914~1953)
웨일즈의 시인, 작가다.

라울 브란다오(Raul Germano Brandão, 1867~1930)
포르투갈의 작가, 언론인이다.

랭보(Jean Nicolas Arthur Rimbaud, 1854~1891)
프랑스의 시인이다.

레스티프 드 라 브르톤(Restif de la Bretonne, 1734~1806)
프랑스의 소설가다.

레오나르도 발렌시아(Leonardo Valencia, 1969~)
에쿠아도르 출신 작가다.

레옹 블루아(Léon Bloy, 1846~1917)
프랑스의 소설가다.

로널드 퍼뱅크(Ronald Firbank, 1886~1926)
영국의 문화 예술인, 소설가다.

로돌포 엔리케 포그윌(Rodolfo Enrique Fogwill, 1941~)
아르헨티나의 작가, 사회학자다.

로돌포 윌콕(Juan Rodolfo Wilcock, 1919~1978)
아르헨티나의 작가, 시인, 비평가, 번역가다.

로렌스 스턴(Laurence Sterne, 1713~1768)
아일랜드에서 태어난 영국의 소설가다.

로버트 발저(Robert Walser, 1878~1956)
생전에 명성을 누리지 못했지만 1970년대에 그의 작품들이 새롭게 해석되면서 독일 문학
사의 불가해한 신화로 재탄생한다.

로베르토 칼라쏘(Roberto Calasso, 1941~)
이탈리아의 출판업자, 작가다.

로베르트 무질(Robert Musil, 1880~1942)
오스트리아의 작가로, 작품을 통해 근대적 인식과 탈근대적 인식 사이에서 고민하고 방황하는 모습을 보인다.

로저 샤툭(Roger Shattuck, 1923~2005)
20세기 프랑스 문학, 미술, 음악에 관한 저서로 유명한 미국 작가다.

루와르 강 La Loire
프랑스에서 가장 긴 강으로, 연안 지역은 포도주 생산지로도 유명하며, 아직도 수많은 고성이 남아 있다.

루이스 맥니스(Frederick Louis MacNeice, 1907~1963)
아일랜드의 시인, 극작가다.

리처드 브라우티건(Richard Brautigan, 1935~1984)
미국의 소설가다.

리처드 엘만(Richard David Ellmann, 1918~1987)
미국의 문학비평가로, 제임스 조이스, 오스카 와일드, 윌리엄 버틀러 예이츠의 전기를 썼다.

리처드 우드하우스(Richard Woodhouse, 1788~1834)
영국인으로, 키츠의 책을 발간하고 조언을 해준 사람이다.

마그리트 뒤라스(Marguerite Duras, 1914~1996)
프랑스령 인도차이나에서 태어난 작가, 영화감독이다.

『마디Mardi』
멜빌이 1849년에 발표한 소설이다.

마르셀 뒤샹(Marcel Duchamp, 1887~1968)
프랑스에서 태어났고 주로 미국에서 활동한 미술가로, 화가 자크 비용, 조각가 레이몽 뒤샹 비용과 형제다. 현대미술계에 큰 영향을 미친 인물 중 하나로 꼽힌다.

마르셀 베나보(Marcel Bénabou, 1939~)
프랑스의 역사가, 소설가다.

마르셀 슈보브(Marcel Schwob, 1867~1905)
프랑스의 작가다.

마리 로랑생(Marie Laurencin, 1883~1956)
프랑스의 화가다.

마리 트리니(María Trinidad Pérez de Miravete Mille, 1947~2009)
에스파냐의 가수, 작곡가, 배우다.

모리스 블랑쇼(Maurice Blanchot, 1907~2003)
프랑스의 작가이자 사상가로서 철학 · 문학비평 · 소설에서 방대한 양의 글을 남겼다.

몬드리안(Piet Mondrian, 1872~1944)
네덜란드계 미국인으로, 입체파를 거쳐 기하 추상에 도달한 초기 추상회화의 대표적인 화
가다. 그의 '신조형주의Neo-plasticism' 이론은 추상회화의 의미와 타당성을 특유의 명확한
논리와 명료한 문체로 풀어나간 것이다.

미겔 토르가(Miguel Torga; 별명, Adolfo Correia Rocha, 1907~1995)
20세기 포르투갈에서 가장 중요한 시인, 소설가, 극작가다.

미셸 꽈스트(Michel Quoist, 1921~1997)
프랑스의 가톨릭 사제, 작가다.

미켈란젤로 안토니오니(Michelangelo Antonioni, 1912~2007)
이탈리아의 영화감독, 각본가, 제작자다.

바르베 도르비이(Jules-Amédée Barbey d'Aurevilly, 1808~1889)
프랑스의 소설가, 평론가다.

방데Vendée
프랑스 서쪽 해안에 위치한 휴양지다.

발레리 라르보(Valery Larbaud, 1881~1957)
프랑스의 소설가다.

베르나르도 아차가(Bernardo Atxaga, 1951~)
에스파냐의 작가로, 본명은 호세바 이라수 가르멘디아Joseba Irazu Garmendia이다.

벨몬테(Juan Belmonte García, 1892~1962)
역사상 가장 위대하다고 평가받는 에스파냐의 투우사다.

보비 바즐렌(Bobi Bazlen, 1902~1965)
트리에스테 출신의 유대인 작가다.

부뉴엘(Luis Buñuel Portolés, 1900~1983)
에스파냐에서 태어나 멕시코 시민권을 얻고 멕시코, 프랑스, 에스파냐, 미국 등지에서 활약한 영화감독이다.

브루노 슐츠(Bruno Schulz, 1892~1942)
폴란드의 작가, 그래픽 아티스트, 문학평론가다.

블라스 데 오테로(Blas de Otero Muñoz, 1916~1979)
에스파냐의 시인이다.

블레즈 센드라스(Blaise Cendras, 1887~1961)
스위스에서 태어나 어렸을 때 이탈리아, 스위스, 이집트, 영국 등지에서 살다가 프랑스로 귀화한 소설가, 시인이다.

비르힐리오 피녜라(Virgilio Piñera Llera, 1912~1979)
쿠바의 소설가, 극작가, 시인이다.

비센테 몰리나 포익스(Vicente Molina Foix, 1946~)
에스파냐의 작가, 영화인이다.

비톨트 곰브로비치(Witold Gombrowicz, 1904~1969)
폴란드 출신의 전위적인 소설가 · 극작가다. 네 번째 장편 『코스모스』를 발표하고 1968년 노벨 문학상 후보에 올랐다. 미성숙에서 최고의 가치를 인정하고 미성숙과 성숙, 젊음과 완성의 대치 속에서 인간 실재의 본질을 파악하려 했다. 직설적으로 독설을 퍼부어 대는 곰브로비치는 계몽과 발전이란 이름하에 진화한다고 알려진 이성의 역사를 부정함으로써 '근대적 질서에 대한 반기' 를 들었다.

비트겐슈타인(Ludwig Wittgenstein, 1889~1951)
20세기 언어철학, 분석철학의 발판을 놓은 오스트리아의 철학자다.

사라마구(José Saramago, 1922~)
노벨문학상을 수상한 포르투갈의 소설가다.

사뮈엘 베케트(Samuel Beckett 1906~1989)
아일랜드 출신의 프랑스 소설가, 극작가로, 서사극의 창시자인 브레히트와 더불어 현대 연극의 두 극점을 이룬다.

살바도르 엘리손도(Salvador Elizondo Alcalde, 1932~2006)
멕시코의 작가다.

샤토브리앙(François-René de Chateaubriand, 1768~1848)
프랑스의 소설가이자 외교·정치가다. 화려하고 섬세한 정열을 드러내는 문체로, 서정적인 작품으로 낭만주의 문학의 선구자가 되었다.

세베로 사르두이(Severo Sarduy, 1937~1993)
쿠바의 소설가다.

수전 손택(Susan Sontag, 1933~2004)
미국의 소설가, 극작가, 영화감독, 연극연출가, 문화비평가, 사회운동가다. 스스로를 '우둔한 탐미주의자', '강박관념에 사로잡힌 도덕주의자'라고 칭했다.

슈나츨러(Arthur Schnitzler, 1862~1931)
오스트리아의 소설가, 극작가다.

슈테판 츠바이크(Stefan Zweig, 1881~1942)
오스트리아의 작가다. 특히 전기 작가로 이름을 떨쳤으며, 나치가 정권을 잡자 외국으로 망명해, 최후의 대작인 『발자크』를 미처 완성하지 못한 채 브라질에서 젊은 아내와 함께 자살했다.

스탕달(Stendhal, 1783~1842)
프랑스의 소설가이다. 프랑스 사실주의 문학의 시조로, 나폴레옹의 이탈리아 원정 이래 이탈리아 예찬자가 되었으며, 최초의 사실주의 소설이라고 불리는 『적赤과 흑黑』을 써서 왕정복고기의 특권계급에 도전하고, 『파르므의 수도원』에서는 전제군주에 대해 날카로운 비판을 퍼부었다.

시릴 콘널리(Cyril Connolly, 1903~1974)
영국의 비평가, 소설가다.

아르키펭코(Alexander Porfyrovych Archipenko, 1887~1964)
우크라이나 출신의 아방가르드 미술가, 조각가, 그래픽 아티스트다.

아르튀르 크라방(Arthur Cravan, 1887~1918)
스위스의 시인, 권투 선수, 미술 잡지 발행인이다.

아셀리노(Charles Asselineau, 1820~1874)
프랑스의 작가, 비평가다.

아우구스토 몬테로소(Augusto Monterroso, 1921~2003)
과테말라의 작가다. 촌철살인의 짧은 단편과 우화를 쓴 라틴아메리카의 대표 단편작가로
유명하다.

아우구스트 스트린드베리(Johan August Strindberg, 1849~1912)
스웨덴의 극작가다.

아폴리네르(Guillaume Apollinaire, 1880~1919)
프랑스의 시인이다. 로마에서 태어나 '빌헬름 아폴리나리 드 코스트로비츠키Wilhelm
Apollinaris de Kostrowitzky' 라는 이름을 썼으나 프랑스로 이주하면서 '기욤 아폴리네르' 로 바
꾸었다. 어머니 안젤리카 쿠스트로비츠카Angelica Kustrowicka는 지금은 벨라루스의 땅인 노
보그로덱 근교에서 태어난 폴란드 귀족이었는데, 아버지에 관해서는 알려져 있지 않다.

안토니오 게레이루(António Guerreiro, 1959~)
포르투갈의 문학비평가, 번역가, 수필가다.

안토니오 마차도(Antonio Machado, 1875~1939)
에스파냐의 시인이다.

안토니오 타부키(Antonio Tabucchi, 1943~)
이탈리아의 작가, 교육자다.

안톤 카스트로(Antón Castro, 1959~)
에스파냐의 작가, 극작가, 기자다.

알레한드로 간다라(Alejandro Gándara, 1957~)
에스파냐의 사회학자다.

알바로 폼보(Álvaro Pombo García de los Ríos, 1939~)
에스파냐의 시인, 소설가, 정치가다.

알베르 지로(Albert Giraud, 1860~1929)
벨기에의 시인이다.

알베르토 사비니오(Alberto Savinio; 본명, Andrea Francesco Alberto de Chirico, 1891~1952)
이탈리아 작가, 화가, 음악가, 언론인, 극작가, 세트 디자이너, 작곡가다.

알프레드 자리(Alfred Jarry, 1873~1907)
프랑스의 극작가, 시인이다.

에드문두 데 베텐쿠르(Edmundo de Bettencourt, 1889~1973)
마데이라에서 태어난 포르투갈의 가수이자 시인이다.

에드바르트 뭉크(Edvard Munch, 1863~1944)
노르웨이가 낳은 위대한 화가다.

에르네스토 칼라부익(Ernesto Calabuig, 1966~)
에스파냐의 문학비평가다.

에르베르투 엘데르(Helberto Helder, 1930~)
포르투갈의 시인, 산문가다.

엑토르 비안시오띠(Hector Bianciotti, 1930~)
아르헨티나에서 태어난 프랑스계 작가다.

엔리케 반치스(Enrique Banchs, 1888~1968)
아르헨티나의 서정 시인이다.

오스발트 비너(Oswald Wiener, 1935~)
오스트리아의 작가, 언어학자다.

오스카 와일드(Oscar Fingal O'Flahertie Wills Wilde, 1854~1900)
아일랜드의 극작가, 소설가, 시인, 단편 작가이자 프리메이슨 회원이었다.

이그나시오 비달 폴치(Ignacio Vidal-Folch, 1956~)
에스파냐의 작가, 기자다.

이오네스코(Eugène Ionesco, 1909~1994)
루마니아 태생의 프랑스 극작가다.

이탈로 칼비노(Italo Calvino, 1923~1985)
이탈리아의 언론인, 작가다.

장 드 라 브뤼예르(Jean de La Bruyère, 1645~1696)
프랑스의 모럴리스트 소설가다.

장―이브 주아네(Jean-Yves Jouannais, 1964~)
프랑스 출신의 미술비평가, 큐레이터, 수필가다.

잭 런던(Jack London, 1876~1916)
미국의 소설가, 사회 평론가다.

자크 비용(Jacques Villon, 본명은 Gaston Emile Duchamp, 1875~1963)
프랑스의 현대 화가, 판화가다.

제롬 가르생(Jérôme Garcin, 1956~)
프랑스의 소설가다.

조나 래스킨(Jonah Raskin, 1942~)
미국의 작가, 언론인이다.

조르디 료벳(Jordi Llovet, 1947~)
에스파냐의 문학비평가, 철학자, 번역가다.

조르주 심농(Georges Joseph Christian Simenon, 1903~1989)
벨기에의 작가다.

조르주 페렉(Georges Perec, 1936~1982)
프랑스의 소설가다. 전위 문학 단체 '울리포OuLiPo'의 회원으로 활동하면서 실험적이고
혁신적인 문학을 발표했다. 작가로 살았던 17년 동안 시, 소설, 희곡, 시나리오, 라디오 대
본, 십자말풀이, 바둑 해설서 등 글로 표현할 수 있는 모든 것을 썼고, 수학과 언어학 등을
문학에 적용하려 애썼다.

조셉 주베르(Joseph Joubert, 1754~1824)
프랑스의 윤리학자다.

조이스(James Augustine Aloysius Joyce, 1882~1941)
아일랜드의 소설가, 시인이다.

존 키츠(John Keats, 1795~1821)
영국의 시인이다. 셸리, 바이런과 함께 18세기 영국 낭만주의 3대 시인으로 불린다.

존 휴스턴(John Huston, 1906~1987)
필름누아르의 탄생을 알린 미국의 감독이다.

『주사위 던지기』
19세기 말에 이미 현대시의 뚜렷한 방향을 제시한 선구자이자 프랑스의 대표적인 상징주
의 시인인 스테판 말라르메(Stephane mallarme, 1842~1898)가 1897년에 출간한 시집이다.

쥘 르나르(Jules Renard, 1864~1910)
자전적 성장소설 『홍당무』를 통해 프랑스의 대표 작가로 추앙받고 있다. 특히 파리에서 겪은 고생스러운 생활을 기록하고 작품에 관한 메모를 남긴 24년 동안의 『일기』는 뛰어난 작품으로 평가받으며 일기문학의 훌륭한 모범이 되고 있다.

쥘리앵 그라크(Julien Gracq, 1910~2007)
프랑스의 소설가다.

쥘 베른(Jules Verne, 1828~1905)
프랑스의 작가, 여행가다.

조르조 아감벤(Giorgio Agamben, 1942~)
이탈리아의 철학자다.

지오반니 알베르토키(Giovanni Albertocchi, 1946~)
이탈리아 문학비평가다.

질 들뢰즈(Gilles Deleuze, 1935~1994)
프랑스 철학자로, 1960년대 초부터 죽을 때까지 철학, 문학, 영화, 예술 분야에서 영향력 있는 저작들을 썼다.

카네띠(Elias Canetti, 1905~1994)
1981년에 노벨 문학상을 수상한 영국의 작가다. 불가리아 태생의 유태인으로, 빈과 런던, 취리히에서 독일어로 작품 활동을 했다.

카를로 레비(Carlo Levi, 1902~1975)
이탈리아 화가, 작가, 반파시스트 운동가다.

카를로스 디아스 두포오(Carlos Díaz Dufoo, 1861~1941)
멕시코의 기자, 작가다.

카를로스 에밀리오 갓다(Carlo Emilio Gadda, 1893~1973)
이탈리아의 소설가, 시인이다.

카스텔레(Josep Maria Castellet, 1926~)
에스파냐의 작가, 문학비평가, 편집자다.

칼 실리그(Carl Seelig, 1894~1962)
아인슈타인의 자서전을 쓴 독일 작가다.

캐서린 드라이어(Katherine Sophie Dreier, 1877~1952)
미국의 미술가이자 미술계의 후원자다.

크누트 함순(Knut Hamsun, 1859~1952)
노르웨이의 소설가로, 노벨 문학상을 수상했다.

크세노폰(Xenophon, BC431?~BC350?)
그리스의 철학자, 역사가, 장군으로, 소크라테스의 제자다.

클라우디오 마그리스(Claudio Magris, 1939~)
이탈리아의 수필가, 번역가, 소설가다.

클레망 로쎄(Clément Rosset, 1939~)
프랑스 철학자, 작가다.

토니 프리셸라(Tony Fruscella, 1927~1969)
미국의 재즈 트럼펫 연주자다.

토머스 드퀸시(Thomas de Quincey, 1785~1859)
『영국인 아편쟁이의 고백』(1821)으로 유명한 영국 작가다.

토머스 핀천(Thomas Ruggles Pynchon, Jr., 1937~)
미국의 소설가다.

파울 셰어바르트(Paul Karl Wilhelm Scheerbart, 1863~1915)
독일의 소설가다.

파울 첼란(Paul Celan, 1920~1970)
루마니아 태생의 독일 시인이다. 제이차세계대전 후 독일 문학을 아주 강력하게 혁신했다.

파트리지아 롬바르도(Patrizia Lombardo, 1958~)
이탈리아의 건축학자다.

페드로 가르피아스(Pedro Garfias, 1901~1967)
에스파냐의 시인이다.

페드로 카사리에고 코르도바(Pedro Casariego Córdoba, 1955~1993)
에스파냐의 시인, 화가다.

페레르 레린(Francisco Ferrer Lerín, 1942~)
에스파냐의 작가, 조류학자다.

페핀 베요(Pepín Bello, 1904~2008)
에스파냐의 작가로, 정식 이름은 '호세 페핀 베요 라시에라José Pepín Bello Lasierra'다.

펠리스베르토 에르난데스(Felisberto Hernández, 1902~1964)
우루과이의 피아니스트, 환상 문학 작가다.

펠리시엥 마보에우프(Félicien Marbœuf, 1852~1924)
프랑스 출신의 '작품 없는 위대한 작가'로 알려져 있다.

펠리체 바우어(Felice Bauer, 1887~1960)
카프카가 '명랑하고 건강하며 자신감 있는 소녀'라고 표현했던 인물로, 카프카와는 두 번의 약혼, 두 번의 파혼을 한 사이다.

펠릭스 데 아수아(Félix de Azúa, 1944~)
에스파냐의 작가다.

폴 모랑(Paul Morand, 1888~1976)
프랑스의 시인, 소설가로, 코즈모폴리턴 문학의 창조자 중 하나다.

프란츠 블라이(Franz Blei, 1871~1942)
오스트리아의 작가, 번역가, 잡지 발행인이다.

프랭크 해리스(Frank Harris, 1856~1931)
영국 출신의 미국인 작가, 출판업자, 언론인이다.

피에르 카반느(Pierre Cabanne, 1921~2007)
프랑스의 미술사학자이자 미술비평가로, 파리국립고등장식미술학교에서 강의하고, 미술 관련 라디오방송을 맡았다.

하비에르 세르카스(Javier Cercas, 1962~)
에스파냐의 작가다.

하이메 힐 데 비에드마(Jaime Gil de Biedma y Alba, 1929~1990)
에스파냐의 시인이다.

하인리히 폰 클라이스트(Bernd Heinrich Wilhelm von Kleist, 1777~1811)
독일의 극작가다.

하트 크레인(Harold Hart Crane, 1899~1932)
미국의 시인이다.

한트케(Peter Handke, 1942~)
오스트리아의 전위 소설가, 극작가다.

헤르만 그림(Hermann Grimm, 1828~1901)
독일 출신의 러시아 건축가다.

헤르만 브로흐(Hermann Broch, 1886~1951)
오스트리아 태생의 미국 소설가다. 최초의 장편 3부작 『몽유병자들』로 작가의 지위를 굳힌 후, 대표작으로 장편 『베르길리우스의 죽음』, 단편집 『죄 없는 사람들』 등의 작품을 남겼다.

헨리 로스(Henry Roth, 1906~1995)
미국의 소설가다.

호세 안토니오 구르페기(José Antonio Gurpegui Palacios, 1951~)
에스파냐의 문학평론가다.

호프만스탈(Hugo von Hofmannsthal, 1874~1929)
오스트리아의 시인, 극작가, 수필가다.

후안 라몬 히메네스(Juan Ramón Juménez, 1881~1958)
에스파냐의 시인이다.

후안 베넷(Juan Benet Goita, 1927~1993)
에스파냐의 작가다. 난해한 소설과 실험적인 서술적 산문체로 널리 알려져 있다.

후안 룰포(Juan Rulfo, 1918~1986)
소설 『뻬드로 빠라모』를 쓴 멕시코의 작가다.

훌리오 라몬 리베이로(Julio Ramón Ribeyro, 1929~1994)
페루의 단편 소설가다.

휠더린(Johann Christian Friedrich Holderlin, 1770~1843)
독일의 서정 시인으로, 고대 그리스 시의 고전적 형식을 독일 시에 도입하고 그리스도교
와 고전이라는 두 주제를 융합하는 데 성공했다.

J. G. 피셔(Frederick J. G. Fischer, 1858~1930)
캐나다의 경찰이다.

J. V. 포이스(Josep Vicenç Foix i Mas, 1893~1987)
에스파냐의 소설가, 시인, 수필가이다.